Susanne Bienwald

Da geht einer

Roman

Verlag Expeditionen

Bibliografische Information der Deutschen Nationalbibliothek:
Die Deutsche Nationalbibliothek verzeichnet diese Publikation in der Deutschen Nationalbibliografie; detaillierte bibliografische Daten sind im Internet über http://dnb.dnb.de abrufbar.

Susanne Bienwald
Da geht einer
2. Auflage 2016
Umschlaggestaltung: Birgitta Sjöblom
Foto: Walther Hundt
Printed in Germany

ISBN: 978-3-943863-48-2

Kapitel 1

Um sechs Uhr früh wurde es allmählich hell. Hebbel stand am Fenster und glaubte, die Kastanie auszumachen, unter der er vor einem halben Jahr Emil Rousseau verabschiedet hatte. Draußen auf dem kleinen Platz hatte er den Freund ein letztes Mal umarmt. „Wie ich mich jetzt schon freue, dich in Ansbach wiederzusehen und deine Eltern kennenzulernen."

Ein allerletzter Handschlag, ein eilig aufgetragener Gruß – der Wagen wartete schon –, dann rollte Rousseau davon. Kein Schatten hatte auf diesem Abschied gelegen, nichts, gar nichts darauf hingedeutet, dass es ein Abschied auf immer war und er den Freund nie wiedersehen sollte.

Seit Rousseaus Tod schloss er die Augen, wenn sein Blick auf den Kastanienbaum fiel, und dann hörte er das Rollen der Räder. „Rollende Räder" waren scheußliche Worte, und das doppelte R hatte einen scheußlichen Klang.

„Träum nicht, Friedl. Es wird Zeit", Josepha legte ihm ihre Hand in den Nacken. Er wandte sich um. „Nun muss ich allein durch Deutschland wandern."
„Ich habe etwas, das dich begleiten wird", sie drückte ihm ein flaches Päckchen in die Hand, „aber du darfst es erst an deinem Geburtstag auspacken." Dann nahm sie seinen Ranzen auf den Rücken, er wog nicht schwer. Papiere, Bücher und seine anderen Habseligkeiten waren schon mit einer Fuhrgelegenheit nach Hamburg vorausgeschickt worden.

Er schloss die Tür mit Bedacht, auf der Treppe packte ihn ein kurzer Schwindel. Würde er das Zimmer, das Haus jemals wiedersehen?

Kalter Nordostwind schnitt ihnen ins Gesicht, es herrschte klares Frostwetter. Ihm war es recht, Kälte konnte ihm nichts anhaben. Sein

Hund sprang an ihm hoch und freute sich über den Morgenspaziergang.

„Hänschen weiß nicht, was ihm bevorsteht", sagte Josepha. „Und du weißt es auch nicht. Erst vor zwei Tagen ist der Vater vom Schorsch auf dem Weg nach Augsburg liegen geblieben und erfroren."
„Das war ein alter Mann. Ich bin sechsundzwanzig und Strapazen gewohnt."
„Du hast noch nicht einmal einen warmen Mantel."
„Hör auf damit", sagte er barsch. Gleich darauf tat es ihm leid. „Mach dir keine Sorgen, mein Reiserock ist warm genug." Ich werde nicht frieren, weil mir ein Mantel fehlt, dachte er, sondern wegen der Blicke und der verfluchten Fragen, warum ich keinen Mantel trage.

Als sie den Odeonsplatz erreicht hatten, lag die Ludwigstraße vor ihnen, schnurgerade führte sie nach Norden aus der Stadt heraus. Überall wurde gebaut. Unwillkürlich ging er langsamer. Es tat ihm weh, dass er wohl nie wieder durch diese Straße flanieren und ihre endgültige Pracht nicht erleben würde, dass er sich von den Gärten und Parks, den Biergärten, Kaffeehäusern und Museen, die ihm in den vergangenen zwei Jahren eine neue Welt eröffnet hatten, dass er sich von allem, was er an München geliebt hatte, verabschieden musste.

Am Ende der Ludwigstraße nahm er Josepha den Ranzen ab. Die Wege hinterm Stadttor waren hart gefroren, in den ersten schrägen Sonnenstrahlen glitzerte der Raureif wie frisch gefallener Schnee, es knirschte unter seinen Schritten. Tiefe Wagenspuren, in denen Pfützen zu Eis gefroren waren, zeigten, dass vor kurzem Tauwetter geherrscht hatte.

Vor einigen Tagen war er zu einer längeren Wanderung aufgebrochen, um zu erkunden, wie schnell er vorankam. Doch schon nach wenigen Metern war er bis zu den Knöcheln im Matsch versunken, und nach ein paar weiteren Schritten waren seine Stiefel durchweicht. Es schien unmöglich, in den veranschlagten vier Wochen Hamburg zu erreichen, am liebsten hätte er seinen Fußmarsch in den April oder Mai verschoben, aber seine Sachen waren schon unterwegs und seine finanziellen Reserven erschöpft. Und selbst wenn das Geld für einen noch längeren Aufenthalt in München gereicht hätte, wäre ein Aufschub unmöglich gewesen, er hätte sich vor allen lächerlich gemacht. Bei seinen Abschiedsbesuchen hatte er die Bedenken und Warnungen seiner Freunde beiseite gewischt, er wisse, auf was er sich einlasse, er sei stark genug für eine Winterwanderung quer durch Deutschland. Nun hatten Frost und Kälte dafür gesorgt, dass die Wege passierbar blieben. Er nahm es als gutes Zeichen.

Nach zwei Stunden erreichten Josepha und er eine Bauernschänke im Wald. Sie teilten ein letztes Bier, redeten über den neugierigen Nachbarn in der Lerchenstraße, über Josephas Näharbeiten und über Hänschen, der einen warmen Platz unter dem Ofen gefunden hatte und sich die Pfoten leckte. Dann verstummten sie beide. Sie starrte auf den schmierigen Ring, den ihr Glas auf dem Tisch hinterlassen hatte, er studierte die Gaststube, als wolle er sie auswendig lernen. Er hätte ihr gern gesagt, dass der Schmerz, den sie gerade spürte, ein besonders wertvolles Gefühl war und sie dieses Gefühl auskosten und Kraft aus ihm ziehen müsse, um den Abschied zu ertragen. Er hatte sogar schon ein Gedicht darüber gemacht.

Draußen ging ein junger Mann in roten Stiefeln vorbei.

Das Geschenk einer liebenden Frau, dachte er, er ist auf dem Weg zu ihr, er hat es eilig, jede Minute zählt, und ich vergeude unsere Zeit mit der Erinnerung an ein Gedicht. Er gab sich einen Ruck und sah Josepha an. Sie hielt den Kopf gesenkt, ihre schwarzen Locken hingen wie ein Vorhang vor ihrem Gesicht.

„Ich schreibe dir jede Woche. Und ich schicke Geld, falls doch etwas passiert ist ..."
Sie schüttelte den Kopf.
„Es ist nun einmal wie es ist. Nur in Hamburg kann ich als Schriftsteller etwas werden."
„Ja", sagte sie leise und verrieb einen feuchten Fleck auf der Tischplatte.
Da erst begriff er, dass sie weinte. Er versuchte ihre Hand festzuhalten, doch sie schüttelte ihn ab.
„Mach es uns nicht so schwer, Beppi", bat er. „Wenn mir nicht bald etwas gelingt, habe ich umsonst gelebt. Ich muss fort."
„Und gehst zurück zu ... ihr."
„Das ist etwas ganz anderes als mit uns." Auf einmal fühlte er sich erleichtert, Josepha hatte keinen Grund zur Eifersucht. Elise Lensing in Hamburg war nur eine gute Freundin. Seine Affäre mit ihr lag lang zurück, und er hatte nicht vor, sie wieder aufleben zu lassen. „Aber es geht nicht um uns, nicht um dich und nicht um mich. Es geht um mein

Werk. Warum verstehst du das nicht?"
„Ich versteh nur, dass du mich verlässt." Tränen liefen ihr übers Gesicht.
„Hör auf zu weinen."
„Du weinst ja selbst."

Er wusste, dass sie sich nicht vom Fleck gerührt hatte, dass sie noch immer neben der Schänke stand in ihrem zu dünnen Mantel, den gelben Schal, den er ihr zu Weihnachten geschenkt hatte, dreifach um den Hals geschlungen. Dass sie dort so lange stehen würde, bis er für sie nur noch ein kleiner, schwarzer Punkt war, der sich schließlich ganz auflösen würde.

Es ist besser für sie, wenn ich mich nicht umdrehte und ihr noch einmal zuwinkte, dachte er. Jetzt ist sie traurig darüber, jetzt wartet sie vergeblich auf einen letzten Gruß, später aber wird sie mein langsames Verschwinden als tröstlich empfinden, weil sie ungestört Abschied nehmen konnte. Solange er ihre Blicke im Rücken spürte, fühlte er sich wie ein Schauspieler, der eine Abschiedsszene zu spielen hat. Er ging immer schneller und musste sich zwingen, nicht davonzulaufen, dann endlich riss das Band, und er war frei. In ihm war eine große Kälte, er ging, um zu gehen, ohne etwas anderes wahrzunehmen als die nächsten Meter, die vor ihm lagen und die er hinter sich brachte, um die nächsten Meter in Angriff zu nehmen, die vor ihm lagen, immer seinem Schatten hinterher.

In Unterbruck holte er den jungen Mann mit den roten Stiefeln ein. Er hieß Bichler und stammte aus Günzelshausen. Bichler hatte gerade die Försterprüfung abgelegt und wartete auf das Ergebnis der staatlichen Prüfungskommission. Hebbel stellte sich als Philologe und Schriftsteller vor, er sei auf dem Weg nach Hamburg, um Kontakte zu vertiefen und literarische Projekte zu verwirklichen.

„Man hört, dass Sie aus dem Norden stammen", sagte Bichler, „ich habe es mir auch gleich gedacht. Hier in Bayern sind die Männer selten so großgewachsen und blond. Kann ich schon etwas von Ihnen gelesen haben?"
„In den ‚Stuttgarter Morgenblättern' ist einiges von mir erschienen, aber das waren nur journalistische Arbeiten", er machte eine wegwerfende Handbewegung. „Ich habe einen Roman und einen Band Gedich-

te geschrieben, deren Veröffentlichung ich in Hamburg vorantreiben will."

Bichler zeigte sich beeindruckt. „Friedrich Hebbel, den Namen werde ich mir merken." Bis ganz nach Hamburg wolle er nicht, das sei im Winter ohnehin ein gewagtes Unternehmen, aber vielleicht könne man bis Ingolstadt zusammenbleiben. Hebbel war einverstanden, er fragte nach den Einzelheiten der Forstprüfung.

„Ich weiß nicht, ob Ihnen damit gedient ist, die Aufgaben eines Försters sehen anders aus, als die Romane Ihrer Kollegen vermuten lassen. Ich habe das Gefühl, dass meine Wirklichkeit in der Literatur keine Rolle spielt. Die Dichter, die eine Waldszene beschreiben, sind wahrscheinlich noch nie im Wald gewesen, höchstens auf einer Lichtung. Und da scheint dann den ganzen Tag die liebe Sonne, Damen in duftigen Kleidern und mit bloßen Armen lagern anmutig auf weichen Decken, ihre Kavaliere reichen ihnen Getränke in funkelnden Gläsern, und in den Bäumen singen die Vöglein. „Dabei krächzen die meisten Vögel, und im hellen Mittagslicht halten alle den Schnabel. Verstehen Sie mich nicht falsch, das soll kein Vorwurf sein ..."
„Doch, doch, Sie haben ganz Recht", unterbrach ihn Hebbel, „die romantische Schule ist Unsinn und für mich schon lange abgetan. Ein moderner Dichter muss sich der wirklichen Wirklichkeit stellen, bevor er aus ihr heraus etwas Großes und Bleibendes erschafft. Bitte erzählen Sie mir von Ihrer Prüfung, so wie Sie sie erlebt haben."

Zunächst einmal sei er schriftlich und unter Aufsicht zu allen Teilen der Forst und Jagdwissenschaft und allen Hilfswissenschaften befragt worden, berichtete Bichler. Seine Antworten habe er anschließend ausführlich begründen und weiterentwickeln müssen. Die Prüfungskommission, bestehend aus einem Oberförster, einem Forstmeister, einem Mathematiker und einem Rechnungsbeamten, habe den kleinsten Fehler aufgespürt und tiefer gebohrt, sobald sie auf eine Unsicherheit stieß. „Und sie schienen ihre Freude daran zu haben, mich zu verunsichern und stellten gemeine Fangfragen."
„Das erinnert mich an eine juristische Disputation an der Universität, es ist eine wahre Hetzjagd gewesen."
„Da haben Sie den treffender Ausdruck gefunden", sagte Bichler erfreut. „Und das war erst der Anfang." Nach dem theoretischen Teil habe es eine praktische Prüfung im Wald gegeben. Er habe die Höhe eines Baumes und den Klaftergehalt des Stammes taxieren müssen

und einschätzen sollen, wie viele Klafter Holz ein haubarer Bestand enthielt und wie viel Klafter ein Bestand bei der nächsten Durchforstung ergeben würde. Er habe Vorschläge für die zweckmäßige Bewirtschaftung eines heruntergekommenen Bestandes gemacht und die Kosten der Aufforstung einer Waldblöße überschlagen. Dann habe er Bäume aussuchen müssen, die zu den in der Gegend bekannten Bauholzsortimenten passten, außerdem habe er Bodenproben analysiert, große Flächen abgeschätzt und Tierfährten benannt. „Es nahm und nahm kein Ende."

Während der ganzen Zeit habe es in Strömen geregnet, ihm habe das nichts ausgemacht, aber er habe das sichere Gefühl gehabt, dass die Prüfenden ihm die Schuld am Regen gaben und deshalb schlecht auf ihn zu sprechen waren.

Seine Antworten und Vorschläge seien protokolliert und mit den schriftlichen Arbeiten an die Oberforstdirektion in München geschickt worden. Dort würden alle Ergebnisse noch einmal genau überprüft und einzeln benotet. Und das könne dauern. Er habe die Fragen seiner Mutter, den forschenden Blick des Vaters, die gut gemeinten Zärtlichkeiten der kleinen Schwester und die Neugier der Nachbarn nicht länger ausgehalten und sei nun auf dem Weg zu einem Freund. „Noch bin ich nur Forstkandidat, und vielleicht werde ich es bleiben, weil die hohen Herren in ihren Schreibstuben mich wegen eines verfluchten Regenwetters durchfallen lassen."

Es sei doch sicher möglich, die Prüfung zu wiederholen?

„Aber die Kosten. Und die Schande! In Günzelshausen wird bald jeder Bescheid wissen. Sie machen sich keine Vorstellung davon, was das für mich bedeutet. Das verfluchte Regenwetter."

Hebbel schwieg. Wie sollte er Bichler erklären, dass er sich dessen Ängste nur zu genau vorstellen konnte?

Gegen Mittag machten sie Rast. Sie setzten sich rittlings auf einen umgestürzten Baumstamm am Wegrand, Hebbel nahm Brot, Käse und zwei dicke Bratenstücke, die Josepha ihm heimlich eingepackt hatte, aus dem Ranzen und legte alles auf ein sauberes Taschentuch. Bichler hatte Zwiebeln, Trockenobst und eine Zwei-Liter-Flasche Starkbier dabei. Sie teilten ihre Vorräte, und Hänschen bekam ein Stück vom Braten.

Nach dem Imbiss streckten sie ihre Beine aus und ließen sich die Märzsonne ins Gesicht scheinen. Hebbel geriet ins Träumen, er sah sich in Hamburg über den Jungfernstieg schlendern in modischen Halbstiefeln mit glänzendem Schaft, einen weiten, ärmellosen Mantel über dem gut sitzenden Frack. Neugierige, bewundernde, neidische Blicke treffen ihn und manch geschäftstüchtiger Kaufmann zieht vor ihm den Hut. Aus dem Kaffeehaus an der Alster winkt ihm ein bekannter Schriftsteller zu und möchte ihn zu sich hereinbitten, aber er hat keine Zeit. Er hat eine Verabredung mit einer unbekannten Schönen, die ihm am Tag zuvor im Theater ihre Adresse zugeflüstert hat ..., er muss zu seinem Verleger ..., er hat einen wichtigen Gedanken im Kopf, gerade ist ihm ein neues Gedicht eingefallen ..., die Idee zu einer Erzählung ..., einem Roman. So hebt er nur kurz die Hand zum Gruß und geht vorbei.

Bichler drängte zum Aufbruch, Pfaffenhofen, wo sie übernachten wollten, sei noch eine gute Strecke entfernt.

Die Gegend war ermüdend kahl, Bichler setzte zu Erklärungen an, warum sich eine Aufforstung nicht lohne, sprach über Erosion, Wind und Bodenbeschaffenheit, Hebbel hing Hamburger Träumen nach. Hänschen umtanzt ihn und zieht die Blicke junger Damen auf sich, sie bewundern sein glänzendes Fell, die weißen Pfötchen und die weiße Brust und fragen nach seinem Namen. So ließen sich leicht Bekanntschaften machen ...

Schweigend marschierten sie nebeneinander her. Inzwischen hatte die Sonne den Weg aufgeweicht, und sie kamen nur langsam voran. Als sie Pfaffenhofen endlich erreichten, waren sie zu erschöpft, um nach einer günstigen Herberge zu suchen und kehrten in die Posthalterei ein.

Der Wirt hieß gerade die Insassen einer Kutsche willkommen. „Zu Diensten, ganz zu Ihren Diensten. Wenn mir die Herrschaften in die warme Gaststube folgen wollen ..., die Zimmer sind hergerichtet, und für die Pferde wird bestens gesorgt." Unter vielfachen Verbeugungen geleitete er seine Gäste hinein. Bichler und Hebbel wurden kurz gemustert, sein langes Haar und sein Bart mit einem kritischen Blick bedacht, Hänschen in eine Ecke verwiesen. „Wenn Ihr Viech das Zimmer beschmutzt, kostet es extra."

Ihm kam die Idee, sich am nächsten Tag als „Doktor Hebbel" ins

Fremdenbuch einzutragen. Das würde den groben Kerl lehren, Fußwanderern in Zukunft mit Respekt zu begegnen.

Am Nachbartisch trug der Kellner bald einen dampfender Braten, Knödel und eine große Schüssel Rotkraut auf, Bichler und er bekamen aufgewärmten Brei aus Rüben, Kartoffeln und zerkochtem Fleisch vorgesetzt, das Bier schmeckte fad und dünn. Nach wenigen Bissen schob Hebbel seinen halb vollen Teller zu Hänschen unter den Tisch und machte sich auf eine Szene gefasst, doch zu seinem Ärger bemerkte es niemand. Da holte er Papier und Bleistift aus der Rocktasche, um es dem Wirt auf seine Weise heimzuzahlen.

Man prüft am fremden Gast,
den Mantel und den Kragen,
mit Blicken, welche fast
die Liebe untersagen.

Am Ende des Gedichtes sollte der Gast den unfreundlichen Wirt niederschlagen, er probierte verschiedene Fassungen aus. Der Ort, aus dem er stamme, sei für seine wehrhaften Männer bekannt, erklärte er Bichler, „Wesselburener Fäuste" seien in ganz Dithmarschen gefürchtet. Bichler nickte voller Bewunderung.

Sie verabredeten, am nächsten Tag zeitig aufzubrechen und ohne Aufenthalt bis nach Ingolstadt zu marschieren, um dem Schmutz der aufgeweichten Wege zu entgehen. Dann wünschten sie sich eine gute Nacht.

Die Luft in seinem Zimmer war dumpf und stickig, geschwängert von den Ausdünstungen früherer Übernachtungsgäste. Es roch nach unreinen Kleidern, alten Zwiebeln und Fäulnis. Er öffnete die Fensterläden, kalte, reine Nachtluft strömte zu ihm herein, er atmete tief durch, bis er sich wie von innen gewaschen fühlte. Endlich unterwegs, dachte er, dankbar für den Augenblick und den Tag. Hänschen stupste ihn an, wedelte mit dem Schwanz und machte Anstalten, aufs Bett zu springen.

„Gleich, Hänschen, gleich. Ich weiß, dass du müde bist." Er rückte das Bett von der Wand, steckte als zusätzlichen Schutz gegen Wanzen vier wallnussgroße Kampferstücke zwischen Betttuch und Laken und klopfte auf das Fußende des Bettes. Hänschen sprang sofort hinauf, rollte sich zusammen und war in wenigen Augenblicken eingeschlafen. Hebbel zog nur die Stiefel aus und deckte sich mit seinem Reiserock zu. Auf der harten und wahrscheinlich schmutzigen Matratze liegend, dachte er daran, dass er zusammen mit Rousseau nach Hamburg gewollt hatte. Wie anders wäre diese Reise dann verlaufen. Sie hätten die Extrapost genommen, hätten sich ein geheiztes Zimmer geteilt und abends ihr Reisebettzeug ausgepackt, zwei zusammengenähte Hirschhäute aufs Unterbett gelegt und mit einem reinen Laken bezogen.

„Schlummere sanft", hätte Rousseau zu ihm gesagt, so wie er es jeden Abend in München zu ihm gesagt hatte. Oft waren dies die letzten Worte, die er vor dem Einschlafen vernommen hatte.
„Schlummere sanft", flüsterte Rousseau, „schlummere sanft."

Kapitel 2

Er erschrak über die Summe, die er am nächsten Morgen zu bezahlen hatte, wollte sich jedoch vor Bichler keine Blöße geben und verzichtete darauf zu handeln. In Zukunft würde er besser haushalten müssen.

Um halb sieben brachen sie auf, wieder war es ein klarer, frostiger Morgen. Hebbel war ausgeruht und fühlte sich von der Kälte belebt, Bichler hatte Mühe, mit ihm Schritt zu halten. Der Forstkandidat schien bedrückt, er hielt den Kopf gesenkt und sah auf seine Stiefelspitzen.

Hebbel versuchte, seinen Reisegefährten aufzumuntern. Es werde ihm besser gehen, wenn er das Ergebnis seiner Prüfung erst in Händen halte, ganz gleich wie es ausgefallen sei. Es seien die Anspannung, die quälenden Gedanken an ein Scheitern und die Folgen dieses Scheiterns, die einem das Herz schwer machten. Statt davonzulaufen, könne Bichler seinem Schicksal bald offen ins Gesicht sehen, das werde ihm helfen, Mut zu fassen und neue Pläne zu schmieden. „Lassen Sie den Kopf nicht hängen."
„Ach", sagte Bichler, „es sind die Stiefel. Schauen Sie" – und er hob den linken Fuß und zeigte die Stiefelspitze –, „schauen Sie nur, wie das schöne, rote Leder gestern gelitten hat."
„Die Stiefel ...", sagte Hebbel verstimmt, warf einen Stock, lobte Hänschen fürs Apportieren, klopfte und streichelte seinen Hund ausführlich und tat sehr beschäftigt. Aber seine Verstimmung hielt nicht lange an. Es war ein zu schöner Tag, die Luft atmete das Licht. Er fühlte sich wie ein Schwimmer, den die Wellen schaukeln und der das ganze große Meer unter sich zu haben und es ordentlich zu drücken meint. Im Gehen stimmte er ein Lied an. Seine sonst immer etwas belegte Stimme wurde beim Singen geschmeidig, ein klarer Tenor klang durch den Morgen.

Noch ahnt man kaum der Sonne Licht,
noch sind die Morgenglocken nicht
im finstern Tal erklungen.

Wie still des Tales weiter Raum!
Die Vögel zwitschern nur im Traum,
kein Sang hat sich erschwungen.

Ich hab' mich längst ins Feld gemacht
und habe schon dies Lied erdacht
und hab' es laut gesungen.

„Wie es Ihnen gelingt, die Stimmung einzufangen ...", sagte Bichler, „und dazu die schöne Melodie ..., meine aufrichtige Bewunderung."
„Es gibt schon Vertonungen meiner Lieder", er räusperte sich ausführlich, „sie sind vor wenigen Monaten in München aufgeführt worden. Aber das eben war das ‚Morgenlied' von Ludwig Uhland, ein Dichter, dessen gewaltiger Name alle Jahrtausende überdauern wird", dabei machte er eine weit ausholende Armbewegung. Bichler trat vorsichtig einen Schritt beiseite.

Er sei seit vielen Jahren persönlich mit Uhland bekannt, fuhr Hebbel fort, der große Dichter schätze seine Gedichte und habe bei seinem Verleger in Tübingen ein gutes Wort für ihn eingelegt. Aus dem geplanten Gedichtband sei dann aber leider nichts geworden, weil es einen Brand im Verlag gegeben habe. Da habe der Freiherr von Cotta natürlich anderes im Kopf gehabt, als einen jungen Autor zu verlegen. Doch mit Uhlands Empfehlung werde er bei „Hoffmann und Campe" in Hamburg ganz sicher Erfolg haben. „Und sind die Gedichte erst einmal veröffentlicht, verkauft sich auch der Roman."

„Ich gratuliere. Sie sehen einer großen Zukunft entgegen."

Er wehrte ab, es bringe kein Glück, zu früh darüber zu sprechen.

In Ingolstadt ließen sie Hänschen im Gasthof zurück und besichtigten die Festungsanlagen. Bichler zeigte sich beeindruckt. „Dieses gewaltige Bauwerk wird die Stadt für immer zu einer uneinnehmbaren Festung machen."

Hebbel widersprach. „Seit dem Mittelalter haben hier andere mächtige Verteidigungsanlagen gestanden, und alle sind sie untergegangen, da kann man sich leicht ausrechnen, dass auch dieses Bauwerk keinen Bestand haben wird. Und macht es Sinn, in der bloßen Erwartung eines Krieges riesige Geldmengen in Festungsanlagen zu verbauen?" Bichler schüttelte den Kopf.

Trotz des strengen Winterwetters wurde an einigen Stellen gearbeitet, ein Halbwüchsiger schichtete mit bloßen Händen Steine aufeinander.

„Für Handschuhe scheint das königliche Geld nicht gereicht zu haben", sagte Hebbel.
„Ja, als Handlanger auf einer Baustelle zu arbeiten ist hart, auch eine wirkliche Wirklichkeit, die unsere Dichter nie am eigenen Leib gespürt haben."

Er zuckte zusammen.

„Sie sind ganz blass", sagte Bichler, „wenn Ihnen nicht wohl ist, gehen wir ins Gasthaus zurück."

Der Wirt hatte Hänschen einen Knochen gegeben und einen Napf Wasser hingestellt. Hebbel bedankte sich, ging mit seinem Hund aufs Zimmer, zog die Stiefel aus und legte sich für einen Augenblick aufs Bett. Da fühlte er sich angenehm schwer werden und fallen.

Stimmen weckten ihn, durch einen Türspalt am Boden drang flackerndes Licht und erlosch, das Fenster wurde zu einem schwarzen Rechteck, hinter dem die Nacht lag. Im Dunkeln zwängte er sich in seine Stiefel, sie schienen in der letzten Stunde enger geworden zu sein. Eine Tür klappte, dann hörte er, wie Bichler sich beim Wirt für sein langes Aufbleiben entschuldigte. Von einer Kirche schlug es elf.

Zu spät, dachte er. Nur mit Mühe und unter Schmerzen gelang es ihm, die Stiefel wieder auszuziehen, dann kroch er unter die Decke und starrte in die Dunkelheit. Im Gasthof wurde es still, bis auf die Nachtgeräusche, die die Stille vertieften. Ein Knacken im Holz, ein Rascheln auf dem Dachboden, ein unterdrücktes Husten, das Schnauben eines Pferdes, Hänschen, der im Schlaf seufzte. Alles schlief. Hebbel war todmüde und hellwach, und ihm graute bei der Vorstellung, stundenlang im Dunkeln wach zu liegen.

„Schlummere sanft, schlummere sanft, schlummere sanft!", beschwor er sich. Doch statt Rousseaus sanftem Abendgruß hörte er Josephas Abschiedsworte, ihre ungewohnt kratzige Stimme nach der letzten Umarmung vor der Bauernschänke im Wald: „Ich kenne dich, Friedl, du hast heißes Blut. Wenn es nicht diese eine Frau ist, wird es eine andere sein."

Er hatte ihr nicht widersprochen, ihr Abschied hatte Wahrhaftigkeit verdient. Nun erschien es ihm unbarmherzig und kalt, dass er geschwiegen hatte. Was mochte sie auf ihrem langen Weg zurück nach München gedacht haben? Ob sie in dieser Nacht wach lag wie er, ob sie sich nach ihm sehnte? Es kam ihm vor, als beginge er ein Unrecht, dass er hier in einem fremden Bett lag, in einer fremden Stadt, mit der er nichts zu schaffen hatte. Was gingen ihn Ingolstädter Festungsanlagen an?

Sicher fror sie unter der dünnen Decke, unter der sie oft gefroren hatte, bis er nach Hause kam und sie in seine Arme schloss. Er dachte an ihre dichten, schwarzen Locken auf dem hellen Kissen, an ihre glatte Haut, ihren Duft nach frischem Holz und Sommergras, an ihre festen, spitzen Brüste, die Brüste einer Neunzehnjährigen, an den winzigen, halbmondförmigen Leberfleck, an ihre zärtlich fordernden Hände, ihren so roten Mund ... Sein Geschlecht erwachte. Vergeblich versuchte er die Bilder, die ihn bedrängten, zu verscheuchen. Er befriedigte sich hart und schnell, es war eine Mischung aus Schmerz, Lust und aus Demütigung, denn er hatte auf ein fremdes Laken zu achten.

Es schlug zwölf. Ein eisiger Hauch zog durchs Zimmer. Zum ersten Mal empfand er die Kälte als einen Feind, der nicht unterschätzt werden durfte. Er durchwühlte den Ranzen nach seinem zweiten Hemd und dem zweiten Paar Strümpfe. Dabei fiel ihm eine Brotrinde in die Hände, und auf einmal spürte er, wie hungrig er war. Er verbot es sich, an das verpasste Abendessen zu denken, kaute gierig auf dem Kanten und trank in kleinen Schlucken von dem billigen Branntwein, den er mitgenommen hatte, um sich abends Schenkel und Füße abzureiben.

Bestimmt hatte es eine heiße Suppe gegeben, eine Leberknödel oder Pfannkuchensuppe, die von innen wärmte, dann einen Braten, einen großen Kalbs oder Schweinebraten mit knuspriger Kruste über dem zarten Fleisch, und Kraut und Knödel, die in brauner Soße schwammen. Dazu ein kräftiges Bier und Würste, Geselchtes und frischen

Spargel oder Räucherfleisch mit Fruchtsoße. Hinterher Schmalzkoch, wie die Bayern ihren mit Zucker bestreuten Grießbrei nannten, oder Dampfnudeln mit Vanille, süße Krapfen mit Zimt und einer fruchtigen Füllung, die auf der Zunge zerging. Und bestimmt hatte Bichler für zwei gegessen und stöhnte und wälzte sich nun im Schlaf, so satt war er.

Er zitterte vor Kälte und vor Empörung und schluckte trocken. Hunger war er gewohnt, aber dass sein Reisegefährte ein regelrechtes Gelage veranstaltet und alles in sich hineingeschlungen hatte, das war zu viel. Er würde den Lump zur Rede stellen.

In der Hoffnung, Josepha habe ganz unten unter der überflüssigen Hemdbrust ein Stück Kuchen versteckt, durchsuchte er den Ranzen und hätte weinen mögen, als er nichts fand. Wenigstens ein paar Kekse hätte sie ihm einpacken können, Elise Lensing hätte ganz sicher daran gedacht, ihm etwas mitzugeben. Ein Franzbrot, ein süßes Franzbrot mit Zucker und Zimt.

Im Bett schob er seine Füße unter Hänschens warmen Körper. Der Branntwein tat seinen Dienst, und er schlief ein. Er träumte. Die Prüfungskommission saß im strömenden Regen, der Vorsitzende wischte sich das Wasser aus den Augen und fragte: „Wollen Sie ohne Diplom zurück in die Ssstadt?"

„Nein, nein", winselte eine hohe Stimme.

Er schreckte hoch, es dauerte eine Sekunde, bis er begriff und erleichtert aufatmete, wieder eine Sekunde später trat ihm Schweiß auf die Stirn.

„Ohne Diplom zurück in die Ssstadt", hatte die Stimme gelispelt. Sie kam aus Hamburg, und er hatte kein Doktordiplom vorzuweisen. Seine Freunde würden enttäuscht sein, alle Zweifler sich bestätigt fühlen, seine Feinde triumphieren, mitleidige Blicke ihn treffen, wohin er auch ging.

Vor drei Jahren hatte er der Stadt den Rücken gekehrt und bei seinem Abgang verkündet, er werde als promovierter Jurist und bekannter Schriftsteller zurückkehren. Er hatte es nicht länger ertragen, von einem privaten Stipendium abhängig sein, das ihm jede Lebensfreude raubte. Zwar wollte er gern zugeben, dass dieses Stipendium ihm ermöglicht hatte, Wesselburen zu entkommen, wo er als tyrannisierter Schreiber sein Talent absterben fühlte, und dass ohne das fremde Geld eine Vorbereitung auf die Universität unmöglich gewesen wäre. Aber die Selbstverständlichkeit, mit der seine Förderer Demut und Dankbarkeit von ihm erwarteten, wurde ihm zur Pein.

Wussten sie, was es hieß, sich für jede Abendeinladung, jede Kleidergabe, jede warme Mahlzeit, jeden Krug Milch zu bedanken und über die geringsten Ausgaben Rechenschaft ablegen zu müssen? Wussten diese stolzen Hanseaten, was es für einen erwachsenen Mann bedeutete, im teuren Johanneum neben halbwüchsigen Knaben die Schulbank zu drücken? Im Unterricht als kluges Wundertier bestaunt, in den Pausen gönnerhaft mit Broten versorgt. „Greif zu, Hebbel, du hast es nötig, und ich werfe es sonst weg."

Ohne Elise Lensing, seine Freundin, Vertraute und bald auch Geliebte, hätte er diese Demütigungen nicht ertragen. Sie sprach ihm Mut zu, sie glaubte an seine Zukunft als Dichter, sie allein hielt ihn in Hamburg. Und doch war es eine Erlösung, als er die Stadt verlassen konnte, um in Heidelberg Jura zu studieren.

Damals hatte er seinen Gönnern gesagt, er sei sich gewiss, dass eine große Zukunft vor ihm liege, Klugheit und Fleiß würden ihn in der Wissenschaft voranbringen, sein poetisches Talent ihn als Dichter berühmt machen. Aus manchem Gesicht hat er Zweifel, aus manchem Unglauben, ja, Verachtung herausgelesen.

„Das ist nichts als das Gerede eines großmäuligen Jünglings", sagte der Pastor, der das Stipendium für ihn verwaltete. „Wieder einer, der sich für ein Genie hält und außer ein paar zusammengezimmerten Versen nichts geleistet hat. Hier bei uns in Hamburg zählt eine andere Währung."

Er hat diese Sätze als Ansporn mitgenommen, sie haben ihn nach Heidelberg und später nach München begleitet, und er hat sich vor ihnen verkrochen, nachdem er an beiden Universitäten gescheitert war. Und nun liegt er hier, in einem kalten Zimmer in Ingolstadt und winselt vor Angst im Schlaf.

Seine Geldgeber erwarten einen Titel als Rendite für ihre Investition. Doch statt des Doktorhutes wird er mit einem schäbigen Ranzen, zerschlissenen Kleidern und schlechten Stiefeln durch die Stadt schleichen, auf den ersten Blick als Hungerleider zu erkennen. Dann wird er

Farbe bekennen müssen. „Das Studium in Heidelberg habe ich abgebrochen, weil ..., weil die Juristerei die Poesie abtötet ..., und meine philologischen Studien in München habe ich dann zugunsten der Literatur aufgegeben."
„Zugunsten der Literatur also. Und was ist dabei herausgekommen, Herr Literat?"
„Noch habe ich keinen Verlag, aber ich hoffe, schon bald ..."
„Sie hoffen, und das schon bald? Wie schön für Sie. Und ich hoffe, dass der nächste, der mit mir Geschäfte machen will, mehr als billige Hoffnung anzubieten hat." Für den Hamburger Kaufmann ist er ein fauler Wechsel, der abgeschrieben werden muss.

Er stellt sich das Getuschel vor, das verstummt, wenn er einen Raum betritt, und hinter seinem Rücken wieder einsetzt, die hämischen Kommentare und die herablassende Großzügigkeit. „Man hat lange nichts von Ihnen gehört, Herr ..." – und in der Pause, die nun folgt, steht das schadenfroh unausgesprochen bleibende Wort „Doktor".

„Man hat lange nichts von Ihnen gehört, Herr – Hebbel. Sind sie wieder bei Fräulein Lensing untergekommen? Besuchen Sie uns doch einmal wie früher, eine warme Mahlzeit steht bereit. Sie haben doch wohl ein anständiges Hemd?"

Er war froh, dass die Kirchturmuhr ihn aus den Gedanken riss. Es schlug zwei.

Wie glücklich und voller Erwartungen er damals aus Wesselburen in die große Stadt gekommen war. Und wie bald er erkennen musste, dass die Ketten, die ihm in Dithmarschen die Freiheit genommen hatten, bevor er sie zerbrach, in Hamburg von anderen Ketten ersetzt wurden. So teuflisch fein geschmiedeten Ketten, dass er sie erst bemerkte, als sie ihm bei der geringsten Bewegung ins Fleisch schnitten. Ständig meinten seine Geldgeber, ihm gute Ratschläge erteilen zu müssen, von allen Seiten wurden Ansprüche und Forderungen gegen ihn erhoben.

„Reicht die Zeit vor der Suppe für ein kleines Gedichtchen, Herr Hebbel? Meine kleine Tochter wird morgen sechs."
„Ich sah Sie im Kaffeehaus an der Alster. Wäre es nicht klüger, Sie würden Ihr Geld zusammenhalten?"
„Lassen Sie sich von meiner Frau unterweisen, wie Sie sich heute

Abend zu verhalten haben, und denken Sie bitte daran, eine saubere Hose anzuziehen."

Er war zu ängstlich und zu schüchtern, um sich zu wehren, und wenn er es doch einmal wagte, tat er es ungeschickt. „Ich schreibe keine kleinen Gedichtchen." – „Gut, dann schreiben Sie ein großes. Und machen Sie in meinem Beisein bitte kein so verdrießliches Gesicht."

Wenn er dann wund vor Beschämung nach Hause kam, versuchte Elise Lensing ihn zu besänftigen. „Es wird die Zeit kommen, in der Hamburg deinen Wert erkennt. Ich glaube ganz fest an dich, Friedrich. Vor dir liegt eine große Zukunft."
„Auf deinen Glauben kann ich verzichten, solange die anderen ihn nicht teilen."
„Friedrich, wenn du böse bist, tanzen in deinen Augen lauter schwarze Punkte, wie kleine Teufel. Du machst mir Angst."
„Dann sieh woanders hin."

Unbarmherzig und kalt war er zu jenen, die ihn liebten, und es tröstete ihn nicht, dass er es auch zu sich selbst war.

Jeden Abend nahm er sich vor, am nächsten Tag allen ins Gesicht zu sagen, dass er ein Dichter und kein unmündiger Schüler sei, und am nächsten Tag saß er wieder in der Schulbank und sagte Vokabeln auf.

Es schlug drei. Es schlug vier. Seine Gedanken kreisten.

Es schlug fünf. Es blieb ihm nichts anderes übrig, als die Stundenschläge zu zählen und darauf zu warten, dass es endlich sechs wurde und Zeit zum Aufstehen.

Kapitel 3

Das Angelusläuten. Es wollte kein Ende nehmen.„Der Engel des Herrn" würde Josepha jetzt beten. Er hatte sich an das katholische Morgengebet nie gewöhnt. Nun fühlte er sich vom Glockenklang angenehm betäubt und wie von Wellen davongetragen. Erst als die Glocken verklangen, spürte er, wie müde er war, und die Schwere in seinen Beinen erinnerte ihn an den gestrigen Marsch und an den Weg, der vor ihm lag. Er hatte Hunger. Seit dem Imbiss am Waldrand hatte er nichts mehr gegessen.

Ob er sein Abendessen nachfordern durfte? Und ob er das verpasste Essen bezahlen musste, selbst wenn er nichts bekommen sollte? Oder ob es klüger war, um Reste zu bitten? „Für meinen Hund würde ich gern ein paar Brocken mit auf den Weg nehmen."

Es klopfte. Bichler kam, sich zu verabschieden. „Der traut sich was!", dachte Hebbel. Vergeblich versuchte er, seinen Groll hinunterzuschlucken, die Szene aus der letzten Nacht stand ihm noch zu lebendig vor Augen, und der Hunger bohrte in ihm.

„Ich wünsche Ihnen eine gute Weiterreise, Herr Hebbel."
„Haben Sie gestern genug zu essen bekommen, Herr Forstkandidat?"
„Sie haben so fest geschlafen, da dachte ich ..."
„Und da dachten Sie, es sei besser, mich nicht zu wecken? Es fragt sich nur, für wen das gut war."
„Wenn ich gewusst hätte, dass Sie ..., es tut mir leid."
„Ihr Bedauern kommt reichlich spät."
„Es war gut gemeint." An der Tür drehte Bichler sich noch einmal um. „Eigentlich war ich gekommen, um mich für Ihre anregende Begleitung und Ihr Mitgefühl zu bedanken."
„Verzeihen Sie, ich habe schlecht geträumt. Leben Sie wohl, Herr Bichler."

Beim Wirt erkundigte er sich, ob es eine Abkürzung nach Weißenburg gebe. Der Wirt mahnte zur Vorsicht, es sei über Nacht noch kälter geworden, wer abseits der Landstraße im Schnee stecken bliebe, würde erfrieren. Dann drückte er ihm ein Päckchen in die Hand. „Sie werden Hunger haben. Essen Sie bald, sonst ist alles durchgefroren."

Die Luft draußen schien vor Kälte zu klingen, ein sirrender, hoher Ton am Rande der Hörbarkeit. Er fühlte sich schwach und überwach, die Dinge rückten näher an ihn heran und gingen durch ihn hindurch. Eiszapfen, die an den Dachtraufen hingen, durchbohrten ihn und hinterließen in seinem Körper eisige Straßen. Ein kahler Baum streckte seine Äste nach ihm aus, die kleinen Zweige stachen nach seinen Augen. Krähen flogen auf, ihr Krächzen drang tief in seinen Kopf, Mauern rückten auf ihn zu, und bei jedem Schritt spürte er eine Erschütterung in seinen Schläfen. Sowie die letzten Häuser hinter ihm lagen, suchte er einen geschützten Platz und packte sein Frühstück aus, ein würziges Brot, Käse, Schmalz und eine geräucherte Wurst, die Hänschen bekam.

Nach dem Essen ging es ihm besser, aber nun bedauerte er, die Unmittelbarkeit seiner Empfindungen verloren zu haben. Die Atemwolke, die sein Gesicht einhüllte, schien ihn von der Welt zu trennen. Und auch der blaue Himmel versprach nichts Gutes, in ein paar Stunden würde der Weg von der Sonne aufgeweicht sein, und seine schlammigen Stiefel würden ihn als mittellosen Fußwanderer verraten.

Er wünschte sich Rousseau an seine Seite, mit Rousseau wäre alles anders, wäre alles leichter gewesen. Rousseau hätte ihm zugehört und ihn aufgeheitert. Zweieinhalb Jahre hatten sie sich gekannt, die letzten zwei Jahre in München fast jede Stunde zusammen verbracht, ohne sich ein einziges Mal zu streiten. Er wusste, dass das nicht sein Verdienst war. Er war so schwer anzufassen wie ein Stechapfel, aber Emil Rousseaus Geduld und Langmut hatten jeden Dorn, statt ihn abzuhauen, mit Baumwolle umwickelt.

Er war wie sein Name, dachte er. „Emil", ein Name mit sanftem Klang, zusammengesetzt aus sanft klingenden Buchstaben. Zwei reine, helle Vokale, das spitze I eingerahmt und gemildert von einem weichen M und dem noch weicheren L, das lange nachschwang und zum Nachnamen überleitete. Wie gut der Name zu ihm passte, „Emil", fast zu weich für einen Mann. Ein E und ein I wie in Elise Lensing, auch sie trug diese Sanftheit in ihrem Namen.

„Josepha" besaß mehr Kraft und Vitalität, O und A waren starke Vokale, vor denen man sich in Acht nehmen musste. Das hatte er in seinen Gedichten bisher zu wenig bedacht. Aber in Josephas Namen waren O und A aufgehoben zwischen Konsonanten mit eigenem Klang. Wie armselig die deutsche Sprache war, dass sie kein eigenes Wort besaß für diese besonderen Buchstaben, dass sie nicht unterschied zwischen einem klingenden L und einem harten R, das den Rachen aufriss, wenn man es aussprach wie er.

Kein Wunder, dass Emil Rousseau „Hebbel" zu ihm gesagt hatte und Josepha ihn „Friedl" nannte, mit einem bayrischen R, das dem Buchstaben die norddeutsche Härte nahm. „Friedrich" war kein Name, den man liebevoll aussprechen konnte, ihm fehlte jede Geschmeidigkeit, er war ohne Klang. Ein Name, der sich in sich selbst zurückzog, das zweifache I umstellt von Konsonanten, die es erstickten, ein Name, von dem ein zischender Auslaut in Erinnerung blieb. Es war ein harter Name, und er hatte ihn sich selbst ausgesucht.

Mit vierzehn, nach dem Tod seines Vaters, hatte er das vertraute „Krischan" durch Friedrich, seinen zweiten Vornamen, ersetzt. Friedrich Schiller war sein Vorbild, ihm wollte er nacheifern und nahe sein. Dafür brachte er seinen Freunden den neuen Namen notfalls mit Gewalt bei.

„Krischan, kommst du am Sonntag mit auf den Markt nach Heide?"
„Wie heiße ich?"
„Christian."
„Willst du Prügel?"
„Iss gut, Krischan. Du heißt Friedrich. Kommst du nun mit?"

Nur seine Mutter nannte ihn weiter Krischan, in ihrem Dithmarscher Dialekt mit weichem, singenden Sch und einem langen, dunklen A. Ihr Name, Antje Margaretha, war reiner, heller Klang. Und wie dunkel und hart war ihr Leben, überschattet von Armut und Gewalt.

Er hatte davon geträumt, ihr eine eigene Kate mit einem kleinem Gemüsegarten und eine täglich warme Mahlzeit zu verschaffen und sie so im Alter für ihre Entbehrungen schadlos zu halten. Wie oft war sie hungrig geblieben, damit ihre Söhne zu essen bekamen, wie oft hatte sie gegen den Willen des Vaters seinen Schulbesuch erstritten.

„Morgen nehme ich den Jungen mit auf die Baustelle. Er muss arbeiten, Geld verdienen. Schule ist nichts für Leute wie uns."
„Lass den Krischan. Der Herr Dethlefsen sagt, dass er besser lernt als alle anderen Schüler. Vielleicht wird etwas aus ihm."
„Du sagst mir frech ins Gesicht, dass ich nichts bin?" Der Vater hob die Hand, „und dich, Krischan, nehme ich mir auch noch vor!"

Und er hatte sich zitternd an die Wand gedrückt, während seine Mutter geprügelt wurde.

Mit dem Gedanken daran, dass sie auf seine Leistung stolz sein solle, hatte er an seinen Gedichten und dem Roman gearbeitet. Dabei hegte sie für sich einen ganz anderen Wunsch. „Ich bete, dass das Studium dir gelingen möge und du als Schriftsteller erfolgreich bist", hatte sie zum Abschied gesagt und dann leise, um nicht zu fordern, was er nicht freiwillig zu geben bereit war, „komm bald einmal wieder, Krischan."

Und gerade, als er hoffen durfte, ihren bescheidenen Wunsch zu erfüllen, drei lange Jahre nachdem sie ihn geäußert hatte, erreichte ihn in München die Nachricht ihres Todes. Vierzehn Tage später kam ein zweiter Brief mit schwarzem Rand. Er war in Ansbach gestempelt, und er erkannte die Handschrift nicht. Regierungsrat Rousseau teilte in dürren Worten mit, dass sein Sohn Emil an Typhus verstorben sei.

Er hatte aus dem Fenster auf die Abschiedsstelle gestarrt, bis er den Anblick nicht mehr ertrug und die Augen schließen musste. Und da hörte er das Rollen und Rollen der Räder. Irgendwann fühlte er Josephas Hand auf seiner Schulter.

„Warum lässt du mich warten?", fragte sie.
„Er kommt nie mehr vorüber", sagte er benommen, „er winkt nicht mehr herein. Er öffnet nie mehr die Tür und fragt, wie es mir geht. Er sagt nie mehr ..."
„Komm zu dir Friedl!", rief sie und hob den Brief auf, der zu Boden gefallen war.

Wie hatte er sich darauf gefreut, seiner alten Mutter den Freund vorzustellen. Wie hatte er es sich ausgemalt, mit Rousseau in ihrer schmalen Kammer zu sitzen und sie von früher erzählen zu hören, von damals, als er ein Kind war, voller Hoffnungen, Erwartungen und Träume.

„Komm bald einmal wieder, Krischan", mit weichem Sch, einem dunklen A und dem traurig-schön verklingenden N. Sein Name war mit ihrem Tod untergegangen, die Stimme seiner Mutter und seinen Kindernamen würde er nie wieder hören.

Er schüttelte die Erinnerung ab. Als „Krischan" wäre er nicht weit gekommen, ein Krischan wäre in Wesselburen geblieben und hätte sich mit einer Schreiberstelle zufrieden gegeben. Er hieß Friedrich, er hatte sich selbst erschaffen und um seine Zukunft gekämpft. Für ihn kam es nicht auf einen schönen Klang, sondern auf die Fähigkeit an, sich hart und unangreifbar zu machen, Mauern um sich zu bauen, eine Festung zu sein. Sanftmut und Geduld musste man sich leisten können, Mitleid konnte nur derjenige zeigen, der es auch für sich selbst empfinden durfte.

„Weg da! Aus dem Weg!"

Das Zischen und der Knall einer Peitsche. Erschrocken sprang er zur Seite. Ein leichter Reisewagen, von drei Pferden gezogen, schleuderte an ihm vorbei. Der Kutscher wandte sich auf dem Bock um und drohte mit dem Peitschenstiel. „Depp, damischer!"

Hänschen lief bellend neben dem Wagen her. Rasselnd wurde eine hölzerne Jalousie heruntergelassen, im Wagenfenster tauchte das Gesicht einer jungen Frau auf.

Er war in den Straßengraben gefallen und lag auf dem Rücken, seinen Ranzen hart im Genick, und sah ein kurzes, spöttisches Zucken auf den Lippen der jungen Frau, bevor ihr Blick über ihn hinwegglitt. Sie hatte ein hochmütiges Gesicht, das unter dem rötlichen, schweren Haar noch blasser wirkte, und verwaschen graublaue Augen. Für sie war er nur eine auf dem Rücken liegende Gestalt, schwarz im weißen Schnee, ein Hausierer oder Bettler mit seinen Habseligkeiten auf den Schultern, der nicht rechtzeitig genug Platz gemacht hatte für ihre herrschaftliche Kutsche. Ein flüchtendes Reh hätte ihre Aufmerksamkeit länger gefesselt.

Der Hufschlag verklang. Er griff nach seinen Stock, kroch aus dem Graben und klopfte sich die Kleider ab. Zum Glück war kein Schnee in die Stiefel geraten. Hänschen hielt das Abklopfen für ein neues Spiel und schnappte nach den Schneeresten.

Bestimmt hatte die hochmütige Schöne sich bereits wieder bequem zurückgelehnt, die Füße in einem warmen Fellsack, eine Decke über den Knien, einen mit Gänsedaunen gefütterten Schal um den Hals, und hatte den kleinen Zwischenfall längst vergessen. Für sie existierte er nicht. Er kam nicht in Betracht für eine Professorentochter auf dem Weg nach Heidelberg oder für die Tochter eines Hamburger Senators, die nach vier oder fünf Übernachtungen im jeweils besten Gasthof der Stadt vor der elterlichen Villa am Jungfernstieg vorfahren würde.

Er wünschte ihr einen Unfall, keinen schlimmen Unfall, bei dem sie verletzt wurde, es genügte, dass der Kutscher den Wagen in den Graben lenkte. Dann wäre er zur Stelle, und sie müsste sich bei ihm bedanken.

„Darf ich mich für ihre Hilfe erkenntlich zeigen?", ihre Stimme besaß den vertrauten norddeutschen Klang.

Er würde ihr Geld zurückweisen. „Die Kette gib den Rittern ..."
„Sie zitieren Goethe?"
„Ich darf wohl behaupten, zu den wenigen zu gehören, die alles von ihm gelesen haben. Obwohl ich Friedrich Schiller noch über Goethe stelle."
„Ja ...? Verzeihen Sie, ich bin so überrascht. Ich hätte nicht gedacht, dass Sie ..., weil Sie doch zu Fuß ..." Sie errötete.
„Kennen Sie die ‚Reisebilder' von Heinrich Heine?"
„Ich habe davon gehört. Aber ich verstehe immer noch nicht ..."
„Das Buch ist gewiss eines der genialsten Werke unserer Zeit. Und auch ich bin mit der Feder in der Hand unterwegs."
„Dann habe ich das Vergnügen, mit einem Dichter zu sprechen? Nennen Sie mir bitte Ihren Namen, vielleicht hab ich schon etwas von Ihnen gelesen. Die Literatur ist mein liebster Zeitvertreib."
„Arbeiten von mir sind in wichtigen Zeitschriften erschienen, Gedichte und ein Roman sollen bei ‚Hoffmann und Campe' veröffentlicht werden. Mein Name ist Friedrich Hebbel."
„Sehr, sehr erfreut, Herr Hebbel. Ich bin Friederike Arning. Mein Vater ist Hamburger Kaufmann und Mitglied im Rat der Stadt. Ich kann Ihnen gar nicht sagen, wie sehr ich dem Zufall danke, Sie getroffen zu haben. Oder wollen wir es Schicksal nennen? Verzeihen Sie, dass ich den Dichter in Ihnen nicht gleich erkannt habe. Ich würde mich glücklich schätzen, wenn Sie mir in den nächsten Tagen Gesellschaft leisten würden."

Mit offenem Maul würde der Kutscher ihrem Gespräch lauschen, wie freute er sich im Voraus über das dumme Gesicht. Zusammen mit Friederike Arning würde er nach Hamburg reisen.

Er verbot es sich, die Reise mit der Senatorentochter weiter auszumalen. Wenn er dem Wagen aus dem Graben geholfen hätte, hätte er nur ihre behandschuhte Hand zu Gesicht bekommen, die mit lässiger Geste dem Bediensteten ein kleines Trinkgeld aus dem Wagen reichte, damit er es ihm weitergab.

Sieben lange Jahre hatte er in Wesselburen mit dem Kutscher seines Prinzipals in einem Verschlag unter der Treppe geschlafen, sieben lange Jahre den Geruch nach altem Schweiß, ungewaschenen Füßen und saurem Fusel ertragen. Doch schlimmer noch als die Nähe dieses Bettgenossen war seine Scham, die Verhältnisse, in denen er lebte, nicht verbergen zu können. Wenn ein Freund ihn besuchen kam, während er mit dem Gesinde in der Küche aus einem Breitopf aß, wäre er am liebsten in den Boden versunken. Und nun sollte er sich für ein paar Pfennige aus der Hand eines Kutschers bedanken?

Er grübelte darüber nach, wie er die Kränkung auslöschen sollte, die sich in der Wagenspur vor ihm fortsetzte und der er gezwungen war zu folgen. Von Norden zogen dunkle Wolken auf, ein eisiger Wind blies ihm entgegen, es wurde spürbar kälter. Er zog seinen Hut tiefer in die Stirn und vermied es, auf die Wagenspur zu treten.

Das Gehen tat ihm gut, er dachte daran, dass der Weg bis Eichstädt fest bleiben würde. Wie zur Probe setzte er nun doch einen Fuß auf die Wagenspur, dann den nächsten und den nächsten. Ihm war, als würde er mit jedem Schritt eine fremde Handschrift überschreiben. Jeder Schritt ein Buchstabe, ein weicher, ein sanfter, ein klingender, ein harter, ein stummer Buchstabe nach dem anderen, Worte und Sätze, denen er nachspürte, ohne sie zu kennen. Solange er ging, schrieb er einen eigenen Text auf die Straße. Vorsichtig sah er sich um. Niemand folgte ihm, niemand zerstörte seine Spur. Mit jedem Schritt wuchs seine Aufregung, die Buchstaben im Schnee ergaben ein Drama, das er schreiben würde, ein Drama voll starker Gefühle, eine Mischung aus Lust, Schmerz, Demütigung und Gewalt.

Schon bald würde er, verborgen hinter dem Vorhang des Hamburger Stadttheaters, beobachten, wie das blasse Gesicht des Senatorentöchterchens in der teuren Loge noch blasser wurde. Wie sie die geflüsterte Konversation mit ihrem Begleiter abbrach, weil das Stück von ihr Besitz ergriff. Ihre Wangen röteten sich wie im Fieber, und sie vergaß alles, was an diesem Abend wichtig gewesen war: Ihren Auftritt im Foyer in dem langen Kleid aus rotem Brokat mit kostbarer Spitze am weit ausgeschnittenen Dekolleté, den alten Familienschmuck um ihren makellos weißen Hals und die bewundernden Blicke, von denen sie lebte, obwohl sie vorgab, sie nicht zu bemerken.

Der Fächer aus Silber und Perlmutt, mit dem sie so gelangweilt zu spielen verstand, glitt ihr aus der Hand und fiel in den Unterrang. Ihr blasiertes Lächeln verwandelte sich in Entsetzen, und ihre Augenfarbe vertiefte sich zu einem funkelnden Grünblau. Sie biss sich auf die Lippen, ihr Gesicht nahm einen flehenden Ausdruck an, ihre Brust hob und senkte sich.

Nachdem die Hauptdarsteller die Bühne unter Applaus verlassen haben, skandiert das Publikum seinen Namen. Da tritt er auf die Bühne, lässt seinen Blick über die Menge schweifen und bedenkt die hungrigen Augen in dem aufgewühlten Gesicht der hochmütigen Schönen mit einem kurzen, spöttischen Lächeln. Und dann wird sein Blick über die Loge, über deren Brüstung sie sich jetzt weit ihm entgegenbeugt, hinweggleiten, als existiere sie nicht. Und während er ins Publikum winkt, spürt sie einen Stich in ihrem Herzen, den sie nie vergessen wird.

Nur der Stoff zu seinem gewaltigen Drama fehlte ihm noch.

Die Straße schlängelte sich leicht bergauf. Ihm wurde warm beim Gehen, doch bis auf eine angenehme Müdigkeit in den Beinen, fühlte er sich ausgeruht und stark. Er knöpfte den Rock auf, nahm seinen Hut ab und fuhr sich über die Stirn. Zu beiden Seiten erhoben sich bewaldete Bergketten, Schläge kamen aus dem Inneren des Waldes. Über den dunklen Tannen war der Himmel wieder klar und winterblau. Ein Eichkater mit buschigem Schwanz sprang auf den Weg und wurde von Hänschen zurück in den Wald gejagt. Am Waldrand blühten Hunderte von Buschwindröschen, ihre Blätter und weißen Blüten bildeten einen dichten Teppich, der bis an seine Füße heranreichte. Die Sonne hatte ihren höchsten Stand erreicht, es roch nach Harz, nach Tannennadeln und nach frisch aufgebrochener Erde. Vorsichtig, als fürchte er mit dem Blütenteppich zugleich die Stimmung zu zerstören, setzte er seine Schritte. Und schon nach der nächsten Wegbiegung sah er, in einen Talkessel geschmiegt, Eichstädt vor sich im Sonnenschein liegen.

Im nächsten Wirtshaus machte er Rast, bestellte Bier und eine heiße Bouillon und packte sein Bauernbrot aus. Als er Hänschen die Suppe unter den Tisch schieben wollte, schüttelte der Wirt den Kopf.

Er sprang auf. „Doktor Hebbel, Literat und Journalist aus Hamburg", stellte er sich vor. „Ich schreibe einen Reisebericht über das Königreich Bayern, da ist das Durchfliegen des Landes mit der Kutsche eine schlechte Art zu reisen. Viel Post gefahren, weiter nichts, heißt es dann hinterher, also bin ich zu Fuß unterwegs, auch wenn das Äußere natürlich darunter leidet."
„Verzeihen Sie, Herr Doktor", der Wirt reichte ihm die Hand, „das habe ich nicht gleich erkannt." Er versuchte, seinen Fehler wieder gut zu machen. „Gleich nach Eichstädt gibt es eine imposante Bergschlucht, sehr hoch hinauf. Die ist eine Beschreibung wert. Und bald darauf kommen Sie an dem Brunnen vorbei, wo unser Heiliger Willibald die Heiden getauft hat."
„Wie weit ist es noch bis Weißenburg?"
„Fünf bis sechs Stunden."

Nach dem Bier in Eichstädt fiel ihm das Gehen schwer, jede Steigung erschien ihm wie eine unverdiente Strafe. Er zählte seine Schritte, immer bis tausend, und wenn er sich einmal verzählte, begann er von vorn, und ihm war dann, als müsse er auch den Weg ein zweites oder drittes Mal zurücklegen. Je länger er ging, umso lästiger wurde es ihm, seinem Schatten hinterherzulaufen. Wie oft er auch einen Fuß vor den anderen setzte, sein Schatten war stets schon da und ihm voraus. Es war, als würde er auf der Stelle treten.

Vor dem „Löwen" in Weißenburg stritt ein Küchenjunge mit dem Koch und kratzte schwärzlichen Brei aus einem Topf.

„Hoid die goschen!", schrie der Koch und schnäuzte sich mit der Hand.

In der Gaststube pickten Hühner Essensreste vom Estrich, auf den Tischen zeigten sich schmierige Ringe. Es wird nicht viel kosten, dachte er, und ich muss die teure Übernachtung in Pfaffenhofen wieder hereinholen. Das Bett sehe ich mir lieber gar nicht erst an. Ich darf auf keinen Fall vergessen, es von der Wand zu rücken und Kampferstücke zu verteilen.

Am Nachbartisch zogen zwei Handwerksburschen unter Stöhnen und Jammern Stiefel und Strümpfe aus und kratzten ihre rot geschwollenen Zehen. Ein Hausierer mit einem schmutzigen Pflaster über dem linken Auge wühlte in seinem Tornister und fand schließlich ein kleines Tütchen. „Zinnkraut und Eichenrinde", sagte er mit erhobenem Zeigefinger. „Mit heißem Wasser übergießen, aus dem Brei Umschläge machen und die Nacht über fest um die Füße gewickelt lassen, das hilft gegen Frostbeulen. Und morgen könnt ihr zwei wieder mit euren Liebchen tanzen gehen."

Nach einigem Feilschen erstanden die Handwerksburschen das Wundermittel, der Hausierer wandte sich Hebbel zu, „ein Flohpulver für das allerliebste Hundchen?" Hebbel schüttelte den Kopf, er fühlte sich wie in einer Komödie von Holberg.

Der Wirt kam mit einer großen Schüssel und füllte auf. Am Rand der Schüssel hing angetrockneter, grauer Brei. Hebbels Wunsch nach einer Suppe wurde mit einer Handbewegung abgetan. „Es wird gegessen, was auf den Tisch kommt. Heute gibt es Sterz."

Ihm war der Appetit vergangen, er holte sein Brot aus dem Ranzen und schob Hänschen den fettigen Kartoffeleintopf unter den Tisch. Sofort war der Wirt bei ihm. „Wenn Sie das Viech füttern, fliegen Sie raus."

„Doktor Hebbel, Journalist aus Hamburg. Ich schreibe einen Reisebericht über ..."

„Wenn Sie das Viech füttern, fliegen Sie raus. Wohl zu vornehm für den „Löwen", der Herr Journalist."

Er hatte die Hand schon am Stockdegen, die Handwerksburschen und der Hausierer sahen erwartungsvoll grinsend zu ihm herüber.

Eine öffentliche Prügelei wäre Holberg sicher willkommen, dachte er, aber diesen Gefallen werde ich einem zweitklassigen Komödienschreiber nicht tun. Er nahm Hänschen den Teller weg, knallte ihn auf den Tisch und verließ die Gaststube, in der es auf einmal still geworden war. Hänschen schlich mit eingeklemmtem Schwanz hinter ihm her.

Kapitel 4

„Essen, Aufwartung und Zimmer wie bei Ludvig Holberg", kleckste er am nächsten Morgen ins Gästebuch und machte, dass er davonkam.

Wie durch so manchen Ort
bin ich nun schon gekommen,
und hab aus keinem fort
ein freundlich Wort genommen.

Das entsprach nicht ganz der Wahrheit, passte aber zu seiner Stimmung, die sich nun durch den gelungenen Gedichtanfang merklich aufhellte. Auf der anderen Straßenseite stand eine junge Frau am Fenster, ihr Blick ließ sein Herz schneller schlagen. Sie schien in sich selbst versunken, und doch war er sich sicher, dass sie ihn wahrnahm. Er hatte das Gefühl, sie schon lange zu kennen. Eine seltsame Scheu ergriff ihn, er wagte nicht, stehen zu bleiben und ging schnell weiter. Hatte sie ihn gemeint oder durch ihn hindurchgesehen? Sie hatte tiefere Augen als die hochmütige Schöne in der herrschaftlichen Kutsche, ihre schwarzen Mandelaugen sahen in die Dinge hinein, wo sie dunkel und verworren waren. Kein Spott hatte auf ihren Lippen gezuckt, ihr zartes, leicht nach links geneigtes Gesicht strahlte eine beunruhigende Unschuld aus.

Der fremde Frauenblick half ihm, die Erinnerung an den vergangenen Tag abzuschütteln. Es gab Wichtigeres als die ungehobelten Manieren eines groben Wirtes. Nur um Hänschen machte er sich Sorgen. Er hatte ihm am Abend bloß einen Brotrest zu fressen gegeben, den er vorher in das schmutzige Eiswasser der Waschschüssel getaucht hatte. Und am Morgen hatte Hänschen nur ein paar Mal müde mit dem Schwanz geklopft, statt ihn wie sonst schwanzwedelnd zu begrüßen. Die Rechnung, mit zehn bis zwölfstündigen Tagesmärschen teure

Übernachtungen einzusparen, ging nicht auf, wenn er dabei seinen Hund zugrunde richtete. „Heute gibt es eine lange Frühstücks und Mittagspause, und in Nürnberg suche ich uns einen guten Gasthof", versprach er. Hänschen drückte sich an sein Bein.

„Dein Blick aus schwarzen Mandelaugen", skandierte er beim Weitergehen, doch über die erste Zeile kam er nicht hinaus. Es war ein Jammer, dass ihm das Dichten so schwer fiel und er so viele gute Anfänge nicht zu Ende brachte. Dafür besaß das Wenige, das ihm gelang, Gewicht und hatte einen eigenen Klang. Es wurde Zeit, einen Verleger davon zu überzeugen. Er vermochte sein Bestes nicht hervorzubringen, wenn es niemand wollte. Julius Campe musste endlich begreifen, dass aus dem verlegenen Schüler von einst ein ernst zu nehmender Schriftsteller geworden war.

Bei der Erinnerung an seine allererste Begegnung mit Julius Campe stieg ihm die Schamröte ins Gesicht. Das Verlagshaus mit seinen bis an die Decke reichenden Bücherregalen, in dem sich Hamburger und auswärtige Literaturgrößen zum Gespräch trafen, hatte ihn eingeschüchtert. Unwillkürlich hatte er immer wieder an seine Rocktasche gegriffen, durch den Stoff hindurch knisterte Papier, seine fünf besten Gedichte, von Elise Lensing in Schönschrift abgeschrieben. Er wartete auf eine Gelegenheit, sie dem großen Verleger zu überreichen. Wenn Campe dann nach weiteren Gedichten fragte und diese für gut befinden sollte, würde vielleicht schon bald ein Bändchen mit seinem in Gold gefassten Namen auf dem Buchrücken neben all den anderen glänzenden Büchern in den hohen Regalen stehen. Ihm wurde heiß, er senkte den Kopf, damit niemand sein glühendes Gesicht zu sehen bekam, trotzdem hatte er das Gefühl, angestarrt zu werden.

Elise hatte ihm geraten, Campe nicht zu bedrängen. Er solle mit festem Schritt auf den Verleger zugehen und ihm danken für sein entschiedenes Eintreten für die moderne Literatur. So würde sich ganz natürlich ein Gespräch über die preußische Zensur ergeben, die die Autoren des Verlages bedrohte. Wenn er dann Heines „Reisebilder" ins Spiel brachte, sei er auf sicherem Boden, seine Einschätzungen würden Campes Beifall finden. Danach sei es an der Zeit, bescheiden aber selbstbewusst, die eigenen Gedichte zu erwähnen. Sie hege keinen Zweifel, hatte Elise gesagt, dass Campe zugreifen werde. „So bahnt man Geschäftsbeziehungen an, Friedrich. Als junger Autor brauchst du Verbindungen, und ‚Hoffmann und Campe' ist eine gute Adresse.

Da gehörst du hin."
„Wann sage ich meinen Namen?"
„Erst wenn Campe dich darum bittet. Und nicht unverständlich in die Verbeugung hineinflüstern, wie du es zu tun pflegst, sondern mit klarer Stimme sprechen, während du dich wieder aufrichtest und ihm dabei gerade in die Augen siehst. Lass uns deinen Auftritt gleich einmal vor dem Spiegel proben, du gibt den mürrischen Campe, und ich zeige dir, wie du ihn bezwingst."

Er hatte auf seine Tagelöhnerschuhe hinabgesehen, an denen der Straßenschmutz klebte und nicht gewagt, den Kopf zu heben. Amalie Schoppe, die Initiatorin seines Stipendiums und Autorin bei „Hoffmann und Campe", zog ihn am Ärmel. „Haltung!", zischte sie ihm zu, dann pries ihn an:
„Verehrter Herr Campe, darf ich Ihnen meine neueste Errungenschaft vorstellen? Herrn Friedrich Hebbel aus Wesselburen, sein poetisches Talent wird sicher bald von sich reden machen."
„Ich habe den Namen schon gehört", sagte der Verleger bedächtig, „mein Neffe gibt ihm Nachhilfeunterricht in Latein."
„Er schreibt wundervoll tief empfundene Gedichte."
„Ja, ja. Jugend schreibt Gedichte ..."
„Ich bin dreiundzwanzig", hatte er gesagt, die Arme vor der Brust verschränkt und auf den gut einen Kopf kleineren Campe herabgesehen.
„Dann strengen Sie sich an, dass Sie Ihre Vokabeln lernen, Herr Gymnasiast. Sie sind spät dran."

Amalie Schoppe hob die Augenbrauen und bedeutete ihm, er solle schweigen. „Mein junger Poet soll in Hamburg seine Bildung vervollständigen", erklärte sie. „und danach in Heidelberg Jura studieren, damit er später einen anständigen Beruf hat; denn auf die Muse allein ist ja leider kein Verlass."
„Da wünsche ich Ihnen viel Erfolg mit ihrem neuesten Schützling, Frau Schoppe." Damit wandte sich Campe wieder seinem Pult zu, das in der Mitte des Raumes stand und ihm einen guten Überblick über den Laden gewährte. In Hebbels Rocktasche knisterte die Reinschrift seiner Gedichte.
Draußen auf der Straße schüttelte Amalie Schoppe den Kopf. „Sie haben es verdorben. Man baut sich nicht mit gekreuzten Armen vor einem Julius Campe auf. Wozu habe ich Ihnen ausführlichst nach Wesselburen geschrieben, wie Sie sich in solch einer Situation zu verhal-

ten haben? Es wird höchste Zeit, dass Sie meine Ratschläge beherzigen. Und nimm die Hände aus den Rocktaschen, wenn ich mit dir spreche."

Wie viel Überwindung hatte es ihn zwei Jahre später in München gekostet, Julius Campe seinen Roman „Schnock" anzubieten, mit dem er es so weit zu bringen hoffte, einige Monate finanziell auf eigenen Beinen zu stehen. Tagelang hatte er am Begleitbrief gefeilt. Aber war es überhaupt möglich, das Bild des verlegenen Schülers zu auslöschen, das Campe damals von ihm gewonnen hatte?

Monate vergingen, und er fühlte sich in seinem Zweifel bestätigt, schließlich schrieb er Campe einen Brief, in dem er ihn drängte, sich endlich zu entscheiden. Und sah sich ein halbes Jahr später gezwungen, dem Verleger seine Gedichte anzudienen, nachdem sie von anderen Verlagen abgelehnt worden waren. Da Campe wegen des Briefes sicher schlecht auf ihn zu sprechen war, bat er Elise Lensing um Vermittlung. Sie sollte Campe ausrichten, dass er mit dem mäßigsten Honorar zufrieden sei, die Veröffentlichung seiner Gedichte als großen persönlichen Gefallen werten und ihnen Glück voraussagen würde, wenn Campe nur irgendetwas für sie tun wolle.

Nun krümmte er sich vor Scham, wenn er daran dachte, was er Elise zugemutet und was Campe bei ihrem Auftritt von ihm gedacht haben mochte. Wie ein Bettler hatte er um die Gunst des Verlegers gerungen, der fatale Eindruck aus Schülertagen musste sich bei Campe verfestigt haben.

In Hamburg würde alles darauf ankommen, so selbstsicher aufzutreten, wie Heinrich Heine es vorgemacht hatte. Es hieß, dass Heine dem Verleger schon am Tag nach ihrer ersten Begegnung die „Reisebilder" aus dem Harz angeboten habe, und Campe, sonst ein Meister darin, auszuweichen und zu zaudern, bis der zermürbte Autor sich mit dem geringst möglichen Honorar zufrieden gab – Campe hatte auf der Stelle zugegriffen und einen beträchtlichen Vorschuss gezahlt.

Er malte sich aus, wie Campe, liebenswürdig unverbindlich, das Gespräch mit ihm beginnen würde. „Willkommen zurück in Hamburg, Herr Hebbel. Wie lange ist es her, dass Sie unsere schöne Stadt verlassen haben?"
„Drei Jahre, Herr Campe."

„Eine lange Zeit. Sie sind der Schulbank entwachsen, und auch manch anderes hat sich verändert. Nur der Hamburger Nieselregen ist der gleiche geblieben."
„Ich bin nicht gekommen, um mich übers Wetter zu unterhalten. Sie haben mir meinen Roman ‚Schnock' ohne Kommentar zurückgeschickt, und seit über einem Jahr liegen meine Gedichte bei Ihnen. Ich erwarte eine Entscheidung."
„Sie wissen, dass ich Ihre Poesie schätze, Herr Hebbel, auch mein Mitarbeiter, Herr Dr. Gutzkow, hat sie mir wärmstens empfohlen. Aber Ihre Themen sind schwer verkäuflich. Ja, wenn Sie sich entschließen könnten, politische Lyrik zu schreiben oder einen historischen Roman über Ihre Heimat Dithmarschen ..."
„Ich schreibe, was ich schreiben will, und dulde keine Vorschriften."
„Und ich drucke, was ich drucken will, und lasse mir nicht ins Geschäft reden."
„Dann haben Sie Unrecht gehandelt, mich so lange im Unklaren gehalten zu haben. Ich möchte mein Manuskript sofort zurück."

Wütend schlug er mit seinem Stockdegen auf eine Fichte ein, Schnee stäubte ihm ins Gesicht und kühlte seine Schläfen. Er konnte sich einen Geschäftsabbruch nicht leisten, er musste auf das Geplauder des Verlegers eingehen.

„..., nur der Hamburger Nieselregen ist der gleiche geblieben."
„Nach drei Jahren in München habe ich am Hamburger Wetter wenig auszusetzen, Eiseskälte im Winter und Föhn machen mir mehr zu schaffen als ein bisschen Regen, den ein frischer Wind bald wieder vertreibt. Ganz nebenbei, Herr Campe, ich möchte meinen Gedichtband Ludwig Uhland widmen."
„Uhland? Mir scheint, dessen Zeit ist abgelaufen."
„Ludwig Uhland ist einer unserer größten Dichter, sein Name wird Jahrtausende überdauern."
„So weit vermag ich nicht in die Zukunft zu sehen, doch in den nächsten Jahren garantiert sein Name keinen Verkaufserfolg."
„Aber ich stehe mit Uhland in Korrespondenz, und er hat sich für meine Gedichte eingesetzt."
„Davon hat Herr Cotta mir auf der Buchmesse erzähl, und auch, dass er trotz Uhlands Empfehlung ihre Gedichte nicht in Betracht ziehen werde, die Sie dann so freundlich waren, sofort an mich weiterzuleiten. Ich muss Ihnen leider gestehen, dass ich die Bedenken des Herrn

Cotta teile."
„Dann haben Sie Unrecht gehandelt, mich ein Jahr lang im Unklaren zu lassen. Ich fordere mein Manuskript sofort zurück. Und seien Sie versichert ..."

War es vielleicht klüger, wieder Elise Lensing vorzuschicken? Seufzend überlegte er einen dritten Versuch. Sollte er seine Artikel im „Stuttgarter Morgenblatt" erwähnen und von seinem Plan berichten, eine literarische Zeitschrift zu gründen? Dann würde Campe ihn für einen wichtigen Literaten halten, auf dem Sprung zum Ruhm, der auf die schnelle Veröffentlichung seiner Gedichte nicht angewiesen war; denn ein Bittsteller war ein ungeliebter Gast und bekam weniger als derjenige, der es nicht nötig hatte.

„Ich bin sehr beschäftigt mit allerlei neuen Projekten, verehrter Herr Campe, an weitere Gedichte ist im Moment nicht zu denken. Wir sollten bei Gelegenheit über die Ihnen schon vorliegenden sprechen."

„Herzlich gern, und für heute hat es mich sehr gefreut, Herr Hebbel. Besuchen Sie mich doch bald einmal wieder, falls Ihre kostbare Zeit es zulässt." Damit wandte Julius Campe sich wieder seinem Pult zu, das in der Mitte des Raumes stand und ihm einen guten Überblick über den Laden gewährte.

Verblüfft stellte Hebbel fest, wie elegant der Verleger ihn hinauskomplimentiert hatte, er fand sich auf der Landstraße nach Nürnberg wieder, seinem Schatten hinterherlaufend.

Der Schatten war schuld. Solange er gezwungen war, bei jedem Schritt auf seinen Schatten zu treten, war kein erfolgreiches Gespräch möglich. Das Wiederkäuen der eigenen Schritte war eine Zumutung, sinnlose Wiederholungen reizten ihn bis aufs Blut. Wie sollte er in diesem Zustand einen vernünftigen Dialog führen?

Als Schüler hatte er seine Schiefertafel auf dem Fußboden zertrümmert, als die Lehrerin immer und immer wieder das gleiche, angeblich schwierige Wort üben ließ, das er schon nach dem ersten Hinhören richtig geschrieben hatte.

„Stell dich in die Ecke, Christian", befahl sie, nachdem sie ihm mit dem Lineal auf die offenen Handflächen geschlagen hatte. Sie verstand nicht, wie sehr er unter ihrem schleppenden Tempo litt, wie sehr er es hasste, längst Begriffenes zu wiederholen. Die brennenden Handflächen, die er an der Wand kühlte, und die Prügel, die ihn zu Hause wegen der zerbrochenen Schiefertafel erwarteten, waren das kleinere Übel.

Erst sein Lehrer Franz Christian Dethlefsen hatte seinen Lerneifer belohnt. „Christian Hebbel, du bekommst eine zusätzliche Aufgabe, und morgen bringe ich dir die Dramen vom großen Friedrich Schiller mit." Damals hatten ihm Dethlefsens Bücher den Weg ins Freie gewiesen. Was würde er ihm jetzt raten? Versuchsweise ging er ein paar Schritte rückwärts, aber auch dabei lauerte sein Schatten auf ihn. Er gab auf.

Große, dunkle Mandelaugen sahen in ihn hinein. So leicht durfte er sich nicht geschlagen geben. Campe war Hamburger Kaufmann, das machte ihn berechenbar. Er würde ihn mit seinem Drama ködern, ein Stück, das über Jahre auf deutschen Bühnen gespielt wurde, versprach steten Gewinn. Wenn der Verleger bereit war, einen Vorschuss zu gewähren, würde er sich in Hamburg sofort an die Arbeit machen.

„Herr Hebbel, ihr Stoff hat mich überzeugt. Und Sie sind genau der richtige Mann, ihn auszuführen. Wie viel Honorar nehmen Sie in Anspruch?"
„Sechzig Louisdor."
„Da würde ich draufzahlen."
„Dann gehe ich zu Cotta."
„Wollen Sie mich arm machen?"
„Ich weiß, was mein Stoff wert ist."
„Fünfzig Louisdor."
„Ich lasse nicht mit mir handeln."
„Gut, sechzig Louisdor. Ich werde alles tun, dass das Stück ein Erfolg wird, sonst bin ich ein ruinierter Mann."

Er lachte in sich hinein. Alles um ihn herum war auf einmal hell und freundlich, das Gehen eine Lust. Er hätte ohne Pause bis nach Hamburg laufen mögen. Der Himmel erschien ihm höher, die Gesichter der Entgegenkommenden schöner, die Kinder und Mädchengesichter in Roth, der ersten protestantischen Stadt auf seinem Weg, frischer und freier als im katholischen Bayern.

Aus Rücksicht auf Hänschen legte er eine Mittagspause ein. Dass ein wandernder Handwerksbursche für das gleiche Essen nur den halben

Preis zu zahlen hatte, trübte seine Hochstimmung nicht. War es nicht der sichtbare Beweis dafür, dass der Wirt ihn für eine bedeutende Persönlichkeit hielt?

Während Hänschen sich nach dem Fressen den Straßenschmutz aus dem Fell leckte, nahm er einen frischen Bogen Papier und schrieb in Großbuchstaben – so als schreibe er einen Titel auf – „Tragödie", darunter die Worte: „Lust, Schmerz, Demütigung und Gewalt." Für einen Augenblick überlegte er, den Bogen mit seiner Unterschrift zu zeichnen.

„Möchten Sie ein Zimmer für die Nacht?", fragte der Wirt.
„Ich will heute noch nach Nürnberg."
„Da werden Sie in die Dunkelheit geraten. Zu Fuß sind es gut sieben Stunden."
„Sieben Stunden?" Er spürte die Müdigkeit in seinen Beinen und dachte an Hänschen, der vor Roth angefangen hatte zu humpeln. „Gibt es eine Übernachtungsmöglichkeit auf halber Strecke?"
„Kurz vor Schwabach hat ein Vetter von mir einen Gasthof. Bestellen Sie ihm einen Gruß von mir."

Der Rat erwies sich als Glücksfall. In Schwabach bekam er ein sauberes Zimmer zu einem äußerst günstigen Preis. In der Gaststube kroch Hänschen unter den Ofen, Hebbel setzte sich zu den anderen Gästen an einen großen Eichentisch und erzählte von seiner Wanderung.

„Zu Fuß nach Hamburg, Respekt", sagte ein kräftiger, großgewachsener Bursche. „Das tät ich mir bei der strengen Kälte nicht zumuten."
„Heuer spielt das Wetter verrückt", sagte ein anderer. „An Lichtmess war der Boden zu tief, um zu pflügen, und jetzt kann das Getreide nicht ausgesät werden, weil alles gefroren ist."

Auch er habe auf milde Temperaturen gehofft, als er die Reise geplant habe, sagte Hebbel, aber nun erweise sich gerade die Kälte als Vorteil. Die Straßen seien bis in den Nachmittag hinein fest und machten das Gehen zum Vergnügen.

Man müsse wohl aus Hamburg sein, um eine solche Anstrengung als Vergnügen zu bezeichnen, sagte der Großgewachsene. Sicher sei die Kälte für einen Mann aus dem Norden leichter zu ertragen.

Das sei ein beliebter Irrtum. Wo er herkomme – zu Fuß zwei Tagesreisen nördlich von Hamburg auf dänischem Hoheitsgebiet –, dort seien

die Winter vergleichsweise mild. Es gebe zwar Kälte und stürmische Westwinde, aber kaum anhaltenden Frost oder gar Schnee.
Dann sei er gar kein Deutscher?
Er habe einen dänischen Pass.
Dafür spreche er aber sehr gut Deutsch.
Deutsch sei seine Muttersprache, Norderdithmarschen gehöre zwar zu Dänemark, sei aber deutschsprachig.
Das begreife er nicht, sagte der Hochgewachsene.
Jedenfalls spreche er für einen Ausländer sehr gut Deutsch, sagte der Wirt.

Um zehn Uhr löste sich die Runde auf. Hebbel ging mit einem Licht auf sein Zimmer, rückte das Bett von der Wand, verteilte die Kampferstücke und ließ Hänschen unter die Decke schlüpfen. Er hatte vor, im Zwiegespräch mit Rousseau über einen Stoff für sein Drama nachzudenken.

„Schlummere sanft", sagte Rousseau weich, neigte seinen Kopf schräg zur Seite und sah ihn aus großen, dunklen Mandelaugen an. Irgendetwas stimmte nicht mit ihm, aber bevor er das Rätsel lösen konnte, war er eingeschlafen.

KAPITEL 5

Am anderen Tag um halb elf kam er in Nürnberg an. Es war schönes Wetter, aber wieder empfindlich kalt. In den ersten Morgenstunden hatte er versucht, einen Dramenstoff zu finden, aber das Schattenlaufen hatte ihn so verdrossen gemacht, dass ihm nichts einfallen wollte.

Nun erblickte er von weitem die zehn Meter hohe Mauer mit ihren unzähligen Türmen und Bastionen, die Nürnberg umschloss. Sie schien ihn abzuweisen, und das Haupttor, dessen Turm wie eine riesige, aufrecht stehende Kanone aussah, verstärkte das unangenehme Gefühl. So war er erleichtert, als er Zoll und militärische Nachfragen der Torwache glücklich überstanden hatte und die Stadt betreten durfte.

Sonnenlicht brach sich auf Kirchtürmen und Dächern, das Pflaster glänzte wie frisch poliert, ein Springbrunnen plätscherte, und Hänschen stillte seinen Durst. Mit Verwunderung bemerkte Hebbel, dass viele Gebäude noch aus dem fernen Mittelalter stammten. Jeden Augenblick erwartete er, einen Ritter in schwerer Rüstung, einen Bürger in alter Tracht oder einen Mönch, der ihn auf Latein ansprechen würde, aus einem der Häuser treten zu sehen. In einer engen, krummen Gasse fand er einen billigen Gasthof für die Mittagspause.

Hänschen bekam seinen Teller Suppe, er trank sein Bier. Ein Blick auf die zerknitterte Deutschlandkarte, die er stets griffbereit in der Innentasche des Rockes bei sich trug, zeigte ihm, was für eine große Strecke er bereits zurückgelegt hatte. Wenn er sein Marschtempo durchhielt, würde er weit weniger als die geplanten dreißig Tage bis Hamburg brauchen. Er überschlug seine Kasse und beschloss, einen Rasttag einzulegen und sich die Stadt anzusehen. Reisenotizen aus Nürnberg ließen sich in Hamburg sicher gut verkaufen. Er fragte nach den Sehenswürdigkeiten der Stadt.

Ein besonderes Erlebnis sei die Fahrt mit der Eisenbahn, sagte der Wirt. Von weit her würden Besucher nach Nürnberg kommen, um mit der allerersten Dampfeisenbahn in Deutschland zu fahren. Wenn er sich beeile, könne er den Zug nach Fürth noch erreichen. Danach gebe es erst am nächsten Tag wieder die Gelegenheit, vom Adler gezogen zu werden.

Vom Adler?

So werde die Lokomotive genannt, die die Wagen wie im Adlerflug von Nürnberg nach Fürth ziehe, sie schaffe die vier Meilen in zehn Minuten. Aber es gebe bloß zwei Abfahrten am Tag, zu allen anderen Stunden würden Pferde vor die Wagen gespannt. Da sei schon manch Reisender enttäuscht wieder umgekehrt.

Er machte sich sofort auf den Weg. Im Wartehaus der Bahnstation herrschte dichtes Gewühl, nur die Damen und Herren der Ersten Klasse litten keine Platznot und flanierten in dem für sie abgesperrten Bezirk auf und ab oder standen in kleinen Grüppchen zusammen und unterhielten sich. Es schien ihm, als würden sie sich große Mühe geben, die bevorstehende Fahrt als etwas für sie Alltägliches erscheinen zu lassen.

Eigentlich habe man sich eine halbe Stunde vor Abfahrt im Versammlungslokal einzufinden, wurde er belehrt, als er sich bis zum Fahrkartenschalter durchgekämpft hatte. Doch er habe Glück, gerade sei eine Fahrkarte dritter Klasse zurückgegeben worden.

Er sei Journalist aus Hamburg und wolle eine Reportage über die Dampfeisenbahn schreiben.

Dann wünsche er dem weit gereisten Herrn eine gute Fahrt, sagte der Beamte und schloss den Schalter. Hebbel ging mit Hänschen zur Lokomotive, die schon unter Dampf stand. Fauchend spuckte die Lokomotive schwarzen Rauch aus, der sich zu einer dichten Wolke zusammenballte, die der Wind auf die Menge zutrieb.

Ein Schaffner fragte ihn, ob der Hund zu ihm gehöre, Tiere seien in der Bahn strengstens verboten.

„Dann gebe ich meine Fahrkarte zurück."
„Dafür ist es zu spät. Sie hätten sich rechtzeitig informieren müssen."
„Ohne Hänschen fahre ich nicht."
„Hänschen?", die Stimme der Schaffners klang auf einmal ganz weich.

„Meine Frau ist gestern niedergekommen, und unser Sohn soll Hans heißen. Ein kleines Hänschen also."
„Da gratuliere ich zu einem Kind, das Ihnen nur Freude bereiten wird."

Der Schaffner drehte am obersten Knopf seiner Uniform, „es tut mir leid, ich habe die Vorschriften nicht gemacht."
„Aber sie müssen sie durchsetzen?"
„Wenn Sie mir Ihr Wort geben, dass Ihr Hänschen sich ruhig verhält ..."
„Seien Sie versichert, dass Hänschen der ruhigste Hund ist, den Sie je erlebt haben. Ich danke Ihnen für Ihre menschliche Geste."

Gleich nach dem ersten Läuten bestieg er den vorderen der acht aneinandergeketteten Holzwagen. Hänschen sprang auf seinen Schoß, leckte ihm über die Hand und rollte sich zusammen. Staub, Kohlendampf und herumsprühende Funken fielen auf die Passagiere der dritten Klasse, sie klopften ihre Kleider und Mäntel ab, zeigten ihre schwarzen Finger herum, protestierten und lachten. Der Schaffner sorgte für Ruhe. Ein Ruck ging durch den Wagen, wieder wurde es laut, und langsam rollte der Zug an. Die Räder knirschten und schütterten, kreischend taumelte der Wagen von links nach rechts, gewann an Geschwindigkeit, und die Fahrt wurde ruhiger. Schwarzer Dampf zerflatterte an den Fenstern, Pappeln und Vogelbeerbäume, winkende Kinder, Häuser, Kirchtürme und Meilensteine tauchten auf und flogen vorbei. Hebbel machte sich Notizen für einen Bericht aus Nürnberg, es erschien ihm reizvoll, eine mittelalterlich anmutende Stadt zu schildern, in der allerneueste Technik zu Hause war.

„Ich bin wahrscheinlich der erste Dithmarscher, der mit der Dampfeisenbahn fährt", dachte er, „und Hänschen ist der erste Hund in ganz Deutschland."

Am Nachmittag war er zurück in Nürnberg, pflichtbewusst umrundete er Kirchen, alte Häuser, Museen und Brunnen, geriet vor das Albrecht-Dürer-Haus und ging hinein. Ehrfürchtig betrachtete er die Gegenstände, die von Dürers Leben erzählten. In unbeobachteten Momenten strich er mit den Fingerkuppen über die eisernen Beschläge eines mit reichem Schnitzwerk geschmückten Schrankes, über eine wackelige Stuhllehne oder eine zernarbte Tischplatte, die auf zwei massiven Böcken ruhte. Ob der Maler vor dreihundert Jahren auf diesem Stuhl gesessen und seine Hand auf diese Stelle des Tisches gelegt hatte? Ein Zauber ging von den alten Dingen aus, die die Siege, Kämpfe und Niederlagen eines großen Künstlers bewahrten.

Er erinnerte sich an ein Selbstporträt von Dürer, das er mit Rousseau in einer Heidelberger Galerie gesehen hatte. Majestätisch fielen dem Maler die lockigen Haare auf die Schultern, feurig aber sanft blickten seine braunen Augen unter einer edlen Stirn hervor. Rousseau fand Dürers Bild nicht anmutig genug, doch er hatte ihm erklärt, dass die strenge Komposition dem aufrechten Charakter des Malers entspräche. „Deshalb ist es wahr und damit notwendig, dass er sich genau auf diese Weise darstellt. Ludwig Tieck, dem ich übrigens meinen komischen Roman ‚Schnock' nach Dresden geschickt habe und von dessen Urteil ich mir viel erwarte – Tieck also behauptet sogar, dass Dürer als Vorbild für einen verloren gegangenen deutschen Nationalcharakter taugen würde."
„Davon habe ich noch nie gehört. Können Sie mir mehr darüber sagen?"
„Lesen Sie Tiecks Roman ‚Franz Sternbalds Wanderungen', dann sprechen wir."
„Gleich morgen werde ich mir das Buch besorgen."

Sie hatten noch nicht zum Du gefunden, es musste also zu Beginn ihrer Bekanntschaft, im Sommer 1836, gewesen sein. Damals hatte er mit dem Gedanken gespielt, trotz der Schadenfreude, die sein Scheitern in Hamburg hervorrufen würde, zu Elise Lensing zurückzukehren. Es war ihm nicht gelungen, sich mit der kleinen Universitätsstadt und dem Studentenleben in Heidelberg anzufreunden. An den Vergnügungen seiner Kommilitonen nahm er aus Geldmangel und aus dem Gefühl, sie seien albern und seinem Alter unangemessen, nicht teil. Und anders als ihm vorher berichtet worden war, trugen die Studenten keine schlichten Sachen, sondern bevorzugten ausgefallene, teure Kleidung. Wer nicht im Frack mit blütenweißer Hemdbrust auftrat, wurde geschnitten. In den Vorlesungen rückten seine Banknachbarn von ihm ab, sein langes Haar und sein wilder Bart, die schon in Hamburg Ärger erregt hatten, wurden zur Zielscheibe ihres Spottes.

„Schon mal über eine anständige Frisur nachgedacht?", fragte ihn eines Tages ein Student, der einen modischen Tituskopf trug, das Haar vom Wirbel aus nach allen Seiten gekämmt, kurz geschnitten und gelockt, mit sorgfältig gestutzten Bartkoteletten. Nur regelmäßige Friseurbesuche hielten den Tituskopf in seiner vorgeschriebenen Form.

„Jeder, wie er mag", sagte er leise.
„Jeder, wie er es sich leisten kann", rief der Banknachbar und erntete erste neugierige Blicke. „Wenn es Ihnen daran gebricht", er hob die Hand und rieb Daumen und Zeigefinger aneinander, „bringe ich Ihnen morgen ein Werkzeug mit." Und er machte mit Zeige und Mittelfinger die Schneidebewegung einer Schere nach, während er ein lautes „Zzzt, Zzzt, Zzzt" durch die Zähne zischte. Die Studenten lachten und scharrten mit den Füßen. Von jenem Tag an wurde er im Hörsaal mit dem hässlichen Zischlaut empfangen, und selbst auf der Straße musste er damit rechnen, plötzlich ein „Zzzt, Zzzt, Zzzt" hinter sich zu hören. Dann tat er, als berühre es ihn nicht, aber das verhasste Geräusch und die Scherenhand verfolgten ihn bis in seine Träume. Erst als er sich durch ein paar veröffentlichte Verse den Ruf der Originalität erworben hatte, ließ man ihn in Ruhe. Aber er blieb ein Außenseiter und allein.

Da klopfte eines Abends ein junger Mann, den er aus der juristischen Vorlesung kannte, an seine Tür.

„Dichten Sie gerade?", fragte der Student, „dann will ich nicht stören und schaue ein anderes Mal vorbei."
„Was gibt es?"
„Ich möchte mich für Ihre Gedichte bedanken. Wenn ich gewusst hätte, was für ein Dichter Sie sind, hätte ich Sie schon viel früher besucht. Ihre Verse weiß ich auswendig."
„Kommen Sie herein."

Rousseau bedankte sich. Und im Laufe des Abends gestand er, dass er selbst begonnen habe, Gedichte zu schreiben, und es sein sehnlichster Wunsch sei, sie ihm vorzulegen.

„Ich werde mir Ihre Verse gern einmal ansehen und sie dann mit Ihnen durchgehen."
„Wenn Sie so freundlich wären, sich die Zeit zu nehmen ...", Rousseau errötete. „Aber erwarten Sie bitte nicht zu viel, an Ihre Kunst reiche ich nicht heran."

Er hat nicht mich gemeint, sagte er sich, als Rousseau gegangen war, er meint den Dichter. Ich darf mir keine Illusionen machen, er hat nicht mich gemeint, es wird ein Arbeitsverhältnis, jeden Tag kann es zu Ende sein. Wenn dieser Emil Rousseau sein Jurastudium abgeschlossen hat, wird er leicht eine gute Stellung finden, schließlich ist er der Sohn eines Oberappellationsrates. Warum sollte er mich dann noch kennen? Heute Abend habe ich mich von seiner Bewunderung und seiner Stimme verführen lassen. Dieser Klang in seinen Vokalen, dieses lange, dunkle A, fast wie ein O, dieses gerollte R, das ich nicht nachzusprechen vermag, und die Weichheit in seinen Konsonanten. Er hat die Stimme eines Sängers, sie trifft mich dort, wo ich verwundbar bin. Kein Wunder, dass er mich so berührt hat. Aber er hat nicht mich gemeint, er meint den Dichter. In Zukunft werde ich kühl bleiben.

Doch Emil Rousseau ließ sich nicht abschrecken, er warb um seine Freundschaft mit einer so sanften Beharrlichkeit, dass er sich ihm fast wider Willen ergab. Bald waren sie unzertrennlich, und Rousseau verstand es, ihn zu besänftigen, wenn er an seinen Lebensumständen verzweifelte. „An mich will ich gar nicht denken, ich habe nichts geleistet, aber du!", sagte Rousseau oft. Er hörte zu, lud zum Kaffee ein, den Hebbel allen anderen Getränken vorzog, und bezahlte taktvoll abendliche Wirtshausrechnungen. Und nachdem er ihm erzählt hatte, dass er seine ersten Gedichte im „Dithmarser Boten" unter dem Namen eines Hundes veröffentlicht hatte, trug Rousseau am nächsten Tag einen braunen Welpen mit weißen Pfoten und weißer Brust auf seinen Armen. „Er hat noch keinen Namen und sucht einen guten Herrn. Du würdest mir eine große Freude machen, wenn du ihn nimmst."

War es nicht schäbig und klein, mit dem Schicksal zu hadern, statt dankbar dafür zu sein, einen solchen Freund gehabt zu haben, fragte er sich nun, als sein Hänschen ihn schwanzwedelnd draußen vor dem Dürerhaus begrüßte. Auf dem Weg durch die Stadt war ihm dann, als ginge jemand neben ihm her, der vergeblich versuchte, mit ihm Schritt zu halten, und er erinnerte sich daran, dass Rousseau alle paar Meter einen Zwischenschritt einlegt hatte, um sein Tempo mitzugehen. Der Zauber, den die alten Dinge im Dürerhaus aufbewahrten, hatte ihm für eine Weglänge den Freund zurückgebracht.

Es wurde bereits dunkel, die untergehende Sonne verschwand hinter dicken, schwarzen Wolken am Horizont, als er sein Nachtquartier fand. In der Gaststube warteten Einheimische an einer gedeckten Tafel auf ihr Abendessen. Der Wirt bat ihn dazu. „Herr Dr. Hebbel ist Journalist aus Hamburg und hat sich heute unsere Stadt angesehen."

Ob er im „Jammerthal“ oder im „Blauen Glöckle“ neben der Moritzkapelle gewesen sei, fragte ihn sein Gegenüber, ein Tuchhändler, der sich mit einem Namen vorgestellt hatte, der in seinen Ohren wie „Ummpfff“ geklungen hatte. Es war ein dickleibiger Mann mit einer gewaltigen, rötlich glänzenden Nase.

Er verneinte.

In „Grübels Haus“ oder „Zum Hans Sachs?“

Ebenfalls nicht, aber er wisse, dass Grübels Dichtungen von Goethe gelobt worden seien, auch das Haus von Hans Sachs hätte er gern besichtigt.

Der Tuchhändler schnaufte, seine Weste spannte über seinem Bauch. Zu besichtigen gebe es beim „Grübel“ und im „Hans Sachs“ nur eine Sammlung Bierkrüge.

Einige Gäste lachten.

Es seien alles Bierschänken, erklärte Hebbels Tischnachbar, wenn er ein Freund des bayrischen Bieres sei, müsse er ihnen einen Besuch abstatten, aber er habe sicher andere Sehenswürdigkeiten gefunden. Es würde ihn interessieren, was auf ihn den größten Eindruck hinterlassen habe.

Mehr noch als die Fahrt mit der Dampfeisenbahn habe ihn das Albrecht-Dürer-Haus beeindruckt. Es sei schwer zu beschreiben, aber von den Dingen, die er dort gesehen habe, gehe eine starke Kraft aus. Da sei ein Schrank und ein alter Tisch ...

Für ihn sei ein Schrank ein Schrank, und ein Tisch ein Tisch, Hauptsache eine anständige Maß Bier stehe darauf, unterbrach ihn der Tuchhändler.

Dann sei er zu bemitleiden, der Tisch im Gedenkzimmer sei ganz sicher mehr als ein Biertisch.

Ein Pastor in schwarzer Soutane mischte sich ein. „Grenzt es nicht an Aberglauben, einem Tisch eine besondere Ausstrahlung zuzuschreiben?“
„Wer nicht spürt, dass Dürer abends seine müden Hände auf die zernarbte Tischplatte gelegt hat, dem fehlt ein wichtiger Sinn.“
„Aber Dürer hat diesen Tisch nie berührt. Das Haus hat viele Besitzer gehabt, jahrhundertelang hat sich in Nürnberg niemand für seine Er-

haltung interessiert. Erst vor ungefähr zehn Jahren hat die Stadt es erworben und nach dem Vorbild alter Stiche eingerichtet. Die Möbel sind teilweise vom Trödel. Sie sind einer Selbsttäuschung erlegen, mein Herr."
„Na denn, Prost." Der Tuchhändler hob seinen Humpen, nahm einen tiefen Zug, wischte sich mit dem Handrücken Bierschaum von den Lippen und zwinkerte den anderen zu.
„Wie gemein", sagte Hebbel.
„Was erlauben Sie sich?" Die Augen des Tuchhändlers verengten sich.
„Ich spreche nicht von Ihnen, zu einem gemeinen Betrug sind Sie gar nicht fähig."
„Wenn Sie mich beleidigen wollen, sind Sie an den Falschen geraten ...", der Tuchhändler sah sich nach Verbündeten um. „Preißn! Erst an Schmarrn verzapfen und sich hinterher rausreden, so sans, gell?"
„Ich verbitte mir ..."
„Lassen Sie es gut sein", begütigend legte sein Tischnachbar ihm die Hand auf den Arm. „Sie haben doch schon gewonnen. Was Sie heute im Dürerhaus gespürt haben, gibt Ihnen Recht. Als Arzt weiß ich, wie unwichtig ein sichtbares Faktum ist und wie sehr es darauf ankommt, was jemand persönlich empfindet. Sie sind Künstler?"
„Ich möchte ein Drama schreiben ...", gern hätte er sich weiter mit dem Arzt unterhalten, aber die Kellner kamen mit dampfenden Schüsseln und Platten.
„Der vornehme Herr Journalist aus dem Norden braucht kein Besteck, er befindet sich im Mittelalter", rief der Tuchhändler.

Die Tischrunde lachte. Auch der Arzt lächelte, „seien Sie jetzt nicht empfindlich."
„Ich ziehe es vor, in angenehmer Gesellschaft zu essen", hastig füllte er seinen Teller und ging mit Hänschen an einen kleinen Ecktisch.

Als er mit dem schlafenden Hund auf seinen Füßen im Bett lag, fühlte er sich vom Tag betrogen. Es wäre klüger gewesen, weiter nach Norden zu wandern. Einen Ruhetag hatte er nicht nötig gehabt, und Emil Rousseau hätte ihn auch ohne die gefälschten Altertümer aus dem Dürerhaus begleitet. Die Fahrt mit der Dampfeisenbahn, Sehenswürdigkeiten und Biertischgespräche hatten ihn bloß abgelenkt. Selbst wenn es ihm gelang, sein Reisejournal in Hamburg zu verkaufen sollte, so wog es doch kein Drama auf. Er musste sich endlich auf die wichtigen Dinge besinnen.

Hänschen nieste im Schlaf und gab kleine Schnarchlaute von sich.

Um seine wunden Pfoten abzuheilen, hat sich der Aufenthalt gelohnt, dachte Hebbel versöhnt. Er nahm sich vor, am nächsten Tag so lange zu marschieren, bis ihm ein Stoff für sein Drama eingefallen war. Beim Gehen konnte er nachdenken und dichten, das hatte er auf den Botengängen in Wesselburen entdeckt. Wie viele Gedichte und Theaterstücke hatte er damals im Kopf entworfen. Nun freute er sich auf den langen Gang am nächsten Tag. „Nur Hänschen und ich, und morgen Abend notiere ich in Bamberg den Anfang der ersten Szene. Und dann jeden Tag mehr. Campe wird staunen."

Kapitel 6

Schwere Wolken hingen über der Stadt, Regen prasselte aufs Pflaster vor dem Gasthof, die Fensterläden klapperten. Hebbel saß in der düsteren Vorhalle auf einer Truhe.

„Möchten Sie eine zweite Nacht in Nürnberg bleiben?“, fragte der Wirt.
„Ich warte den Schauer ab, dann mache ich mich auf den Weg.“
„Sehen Sie sich den Himmel an, das zieht nicht so schnell vorbei.“
„Ich muss fort.“
„Sie werden nicht weit kommen. Wenn Sie nach Norden wollen, nehmen Sie die Postkutsche nach Bamberg, ein Platz ist noch frei. Aber Sie sollten sich schnell entscheiden, bei dem Wetter geht niemand zu Fuß.“

Er rechnete. Eine weitere Übernachtung in Nürnberg würde ihn ebensoviel kosten wie die Fahrt mit der Kutsche. „Gut, wann fahren wir ab?“
„Punkt halb zwei, doch solange können Sie hier nicht herumsitzen. Die Bierschänken machen gleich auf.“
„Würden Sie mir bitte ein Kaffeehaus empfehlen?“
„Kaffee? Das ‚Blaue Glöckle‘ ist gleich um die Ecke.“

Durch Eisregen, den ihm ein böiger Wind ins Gesicht peitschte, kämpfte er sich zur Stadtbibliothek, an der er am vergangenen Tag vorübergekommen war. Er hoffte, dort in den Stunden bis zur Abfahrt ungestört über einen Dramenstoff nachdenken zu können.

Er sei Schriftsteller und wolle sich einen Überblick über die Sammlung verschaffen, stellte er sich dem Bibliothekar vor, einem leicht verwachsenen Männlein, das einen grauen Kittel trug. Sein Dienstzimmer war ein winzig kleiner Raum, kaum mehr als ein Verschlag, spärlich ausgestattet mit einem Hocker und einem schmalen Tisch, auf dem Buchdeckel, einzelne Buchseiten, ein Leimtopf, Pinsel und lange Bindfäden lagen.

Er werde ihn gern herumführen, sagte das Männlein eifrig. Er sei seit Jahren damit beschäftigt, den Bestand der Bibliothek zu katalogisieren, und es geschähe selten, dass ihn jemand besuche, der seine Schätze zu würdigen wisse.

„Wenn Sie mir jetzt bitte folgen wollen ... Zu Ihrer Rechten sehen Sie unsere Inkunabeln, und hier ...", er reckte sich, der Ärmel seines Kittels fiel zurück und entblößte ein zerbrechliches Greisenhandgelenk, dann zog er ein zerfleddertes Bündel aus dem Regal, „... hier haben wir die Handschrift Ihres unglücklichen Kollegen Nicodemus Frischlin aus dem 16. Jahrhundert, und hier haben wir ein Manuskript des Astronomen Regiomontanus, der im Jahr 1475 vom Papst nach Rom gerufen wurde, um bei der Kalenderreform mitzuwirken. Sie werden davon gehört haben."

Er fragte sich, wie das dürre Männlein es in den ungeheizten Räumen aushielt. „Es ist furchtbar kalt hier", sagte er und hauchte in seine Hände. Gleich darauf schämte er sich für seine Unhöflichkeit.

„Das macht nichts", sagte der Bibliothekar, „Papier leidet eher unter Feuchtigkeit und Hitze. Wenn Sie mir jetzt bitte folgen wollen ..., ich zeige Ihnen meinen ganz besonderen Schatz, eine Handschrift von Dr. Martinus Luther. Sie sind doch Protestant?"

Er nickte.

„Hier entlang, wenn Sie mir jetzt bitte folgen wollen ..."

Er war froh, als er endlich entlassen wurde.

Lohnte es sich, nach einer langen akademischen Ausbildung sein Leben der Abfassung eines Katalogs zu widmen, fragte er sich, als er nun doch im „Blauen Glöckle" sein Bier trank, während Hänschen an einem Knochen nagte. Sommer und Winter in den staubigen Räumen einer Bibliothek damit zuzubringen, die Schriften längst Verstorbener zu ordnen, nie das wirkliche, lebendige Leben zu spüren und sich über einen Besucher zu freuen, den das Regenwetter hereingespült hatte? Sah so eine Stellung aus, nach der die Philologen strebten und die sich Amalie Schoppe für ihn wünschte? Der Gedanke machte ihn beklommen. Alles war besser als ein solches Pflanzenleben.

In der Postkutsche nach Bamberg saß eine reisende Künstlerfamilie, die Kinder auf die Erwachsenen und die Hunde auf die Kinder gepresst. Der Vater verzog sein Gesicht, als Hebbel sich zu ihnen in den Wagen zwängte. „Mit was für Gesellen man heute gezwungen ist zu reisen“, murmelte er wie für sich, aber laut genug, dass alle es verstehen mussten.

„Wie bitte?“
„Nichts, nichts, ich habe nur laut gedacht.“

Er sei Literat, sagte Hebbel schwach. Das Bier im „Glöckle“ war ihm nicht bekommen.

Seine Kunst scheine wenig einzubringen.

Die zwei halbwüchsigen Söhne, von denen einer ein verquollenes Auge hatte, stießen sich an und grinsten. Seine Abneigung gegen hässliche Menschen ließ ihn die Anwesenheit des Halbwüchsigen nur schwer ertragen.

„Ihrem Rock nach zu urteilen“, fuhr der Vater fort, „verdienen Sie im Monat weniger als unser Kleiner hier an einem einzigen Klavierabend.“ Er wies auf einen etwa siebenjährigen Knaben in einem Mantel aus blauem Samt. Der Kleine lächelte verlegen, kein Anflug von Spott oder Häme zeigte sich auf seinem blassen Gesicht.

Er schämt sich, und mag es mir nicht sagen, dachte Hebbel. Wie gut ich ihn verstehe. Ihm geht es wie mir damals, als mein Vater die mir vom Zeichenlehrer geliehene Zeichnung zerknitterte, weil er es hasste, dass ich mich damit beschäftigte. Und wie ich mich schämte, dem Maler zu gestehen, dass mein Vater es getan, und dann von ihm bestraft wurde. Erst mit Dethlefsen konnte ich über solche Dinge sprechen. Wie hat er meine Kümmernisse, die alle anderen für seltsam hielten und verlachten – wie hat er mich in allem verstanden und bestärkt, und es genügte ein einziges freundliches Wort von ihm, um meinen Tag aufzuhellen.

Er beugte sich zu dem Knaben hinüber. „Kennst du das Gefühl, dass die Dinge, die dich umgeben, in dich übergehen?“ Es klang wie eine Bitte.

„Was wollen Sie?“, fragte der Vater.
„Mit welch unendlicher Seligkeit habe ich meine erste große Zeichnung ausgeführt“, er zögerte, als spüre er einem Traum nach, der sich jeden Moment verflüchtigen konnte. „Ein Garten ..., Herbsttag ..., rote

und gelbe Blätter auf dem Gras ..., der weite Himmel ..., ein Mädchen stand hinter der Pforte ... Mir war, als müsste die von mir gemalte Pforte sich auftun, sobald ich nur auch das Mädchen fertig gemalt hatte."

Der Knabe hielt den Kopf gesenkt, knetete seine Hände und knackte mit den Fingergelenken, was ihm einen Ellenbogenstoß seines Vaters eintrug.

„Und dann die Buchstaben und die Worte ..., nie werde ich vergessen, wie ich das erst Mal T, U, L, P, E auf meine Schiefertafel schrieb. Und während die anderen noch buchstabierten und kratzten und wieder auswischten, räkelte sich mir eine aufgeblühte Tulpe entgegen, ihre Blätter quietschten vor Frische. Kennst du das Gefühl?"
„Lassen Sie das Kind in Ruhe."

Der Knabe wich seinem Blick aus, die beiden Halbwüchsigen grinsten. Hebbel sah angestrengt aus dem Wagenfenster, wo es nichts zu sehen gab. Es regnete in Strömen.

Nach einer Weile packte die Mutter ein grobes Brot und einen Laib Käse aus, schnitt dicke Scheiben herunter und verteilte sie an ihre Familie. Eine bauchige Wasserflasche machte die Runde, der Vater trank geräuschvoll ein Bier und prostete in die Runde. – Der Herr Literatus ziehe es sicher vor, Nektar und Ambrosia zu schlürfen.

Er hatte eine scharfe Erwiderung auf den Lippen, aber vom Bierdunst war ihm übel geworden, er wischte sich den Schweiß von der Stirn, schluckte Speichel. Bei jedem Atemzug schien ihm der faulige Biergeruch stärker zu werden. Er schluckte. Vergorener, stückiger Brei stieg ihm den Hals hoch und füllte seinen Mund, mit tränenden Augen würgte er ihn wieder hinunter.

Gut gelaunt erklärte der Vater seinen Söhnen den Tabakanbau rund um Nürnberg und schlenkerte dabei mit einem ledernen Beutel. Wie er sich immer darauf freue, abends sein Pfeifchen zu schmauchen, das könne er dem Herrn Literatus zur Entspannung bestens empfehlen. „Freilich, man muss es sich leisten können."

Der Halbwüchsige mit dem verquollenen Auge grinste, streckte seinen Bauch heraus, rieb ihn und sagte, er hoffe, am Abend wieder genug Appetit zu haben für einen großen Braten.

Ob er Braten bekommen werde, sei noch nicht sicher, er habe in

Nürnberg beim Notenumblättern gepatzt, sagte sein Vater.

„Alte Petze. Warte du nur!“, zischte der Halbwüchsige den Kleinen an.
„Aber ich habe es nicht verraten.“
„Ruhe!“

In der nächsten Kurve gelang es Hebbel gerade noch rechtzeitig, den Halbwüchsigen mit dem verquollenen Auge beiseite zu stoßen und das Fenster aufzureißen, dann erbrach er sich. Sein halb verdautes Frühstück flog waagerecht an der Kutsche entlang, bevor es vom Regen weggewaschen wurde. Ein paar rötliche Spritzer waren auf Rock und Kragen gelandet, unauffällig wischte er sie ab und säuberte seine Hand an der Hose.

„Der speit mich an“, schrie der Gestoßene.
„Es stinkt“, rief sein Bruder.
Die beiden Terrier der Familie und Hänschen bellten und machten Anstalten aufeinander loszugehen.
„Aus! Aus!“ Unsanft riss der Vater die Hunde zurück.
„Mir wird schlecht“, sagte der Kleine weinerlich.
„Das hat mir noch gefehlt. Heute Abend ist Konzert in Erlangen, wenn wir absagen müssen, weil hier jemand die Nacht über gelumpt hat ... Ich habe es auf den ersten Blick gesehen. Bringen Sie endlich Ihre verdammte Töle zur Ruhe.“

Er presste Hänschen an seine Brust, sein Mund war trocken und schmeckte nach Erbrochenem. Wieder spürte er Übelkeit in sich aufsteigen, lehnte sich aus dem Fenster und spuckte gelbe Speichelfäden. Dann lehnte er sich noch weiter hinaus und ließ sich vom Regen das Gesicht waschen. Tropfnass nahm er wieder Platz.

„Reißen Sie sich zusammen, sonst sorge ich dafür, dass Sie auf offener Straße rausgeworfen werden. Literat nennt sich so was.“

Er war nicht in der Lage, etwas zu erwidern. Vergeblich versuchte er, die Übelkeit zu unterdrücken, die in Wellen in ihm hochrollte. Voller Ekel vor sich selbst würgte er hinunter, was ihm durch die Kehle kam.

In Erlangen verließ die Familie die Kutsche. „Man sollte auf der Station Bescheid geben, dass Sie für die Sauerei aufkommen“, sagte der Vater. Seine Frau machte keine Anstalten, sich von ihm zu verabschieden, auch der Sohn mit dem verquollenen Auge würdigte ihn keines Blickes, sein halbwüchsiger Bruder hielt sich die Nase zu und atmete laut durch den Mund, als er an ihm vorbeistieg. Der Kleine im blauen Samtmantel wartete, bis alle den Wagen verlassen hatten, dann machte er zwei kleine Schritte auf ihn zu und sah ihm gerade in die Augen.

„Ja, ich kenne das Gefühl", sagte er, als würde er ein unterbrochenes Gespräch fortsetzen, „es sind die Noten. Sie sind lebendig, keine Zeichen auf Papier, wie die anderen glauben. Manchmal wundere ich mich, dass sie noch da sind, nachdem ich sie gespielt habe."
„Du redest Unsinn", sagte der Vater, „zieh deine Kapuze über, es regnet."
„Auf Wiedersehen", der Knabe gab ihm die Hand und verbeugte sich tief.
„Gute Noten heute Abend."

Während die Pferde gewechselt wurden, schritt er im Hof der Posthalterei auf und ab und atmete tief durch. Als es ihm besser ging, bekam er Lust, hineinzugehen und dem Vater seine Wesselburener Fäuste zu zeigen. „Hier eine Literatenhand. Und hier noch eine", dann wortlos umzudrehen und sich zur Weiterfahrt in die Kutsche zu setzten. Bei der Vorstellung, gleich wieder in dem schaukelnden Wagen eingepfercht zu sein, geriet sein Magen erneut in Aufruhr. Er fragte den Kutscher, ob ihm ein Teil der Fahrkosten erstattet würde, falls er in Erlangen bliebe.

Er sei frei, auszusteigen, wo es ihm beliebe, Geld gebe es nicht zurück.

Er drückte sich in seine Ecke, riss in kurzen Abständen das Wagenfenster auf und würgte bittere Galle. Draußen wurde es dunkel, ein Wintergewitter zog auf, Hänschen fiepte vor Angst, als krachende Donner über sie hinwegrollten und Blitze durch die Kutsche zuckten. Der Kutscher hatte Mühe, die Pferde auf der Straße zu halten.

Es war finstere Nacht, als sie in Bamberg einfuhren. Er verzichtete auf den Imbiss, den der Wirt der Poststation seinen späten Gästen bereitet hatte, wankte an allen vorbei in sein Zimmer und warf sich aufs Bett. Kaum lag er, befand er sich wieder in der schaukelnden Kutsche, er tastete nach dem Nachttopf, würgte und spuckte Galle. Dann spülte er sich den Mund aus und trank in langen Zügen aus der Waschschüssel.

Hänschen war ein tröstlicher dunkler Fleck am Fußende des Bettes. Er setzte sich neben ihn, stützte seinen Kopf in die Hände, den Nachttopf auf dem Schoß. Das Zimmer drehte sich vor seinen Augen, und wenn er die Augen schloss, schaukelte und rüttelte die Kutsche, und er musste nach dem Topf greifen. Warum hatte er eben kein Stück Brot mitgenommen? Dann brauchte er jetzt nicht Galle durch seine wunde Kehle würgen.

Ihm fiel die Geschichte vom seekranken Kapitän auf Grönlandfahrt ein, die er von der kleinen, krummen Nachbarsfrau, die stets ein rotes Tuch um den Kopf gewunden trug, an einem dämmrigen Winterabend in Wesselburen gehört hatte. Die alte Meta hatte erzählt, wie der Kapitän an den Mast gebunden werden musste, weil er ins Meer zu springen drohte, um seine Qualen zu beenden. Und wie er tobte und schrie, sie sollten ihn losbinden, er könne es nicht länger aushalten, und wie der bärenstarke Mann zusammensackte und den Smutje um Gnade anflehte. Und wie das Schiff nach Tagen auf See glücklich die Insel Föhr erreichte, und der Kapitän halbtot an Land geschleift wurde, wo er von noch schlimmerem Schwindel erfasst wurde.

„Alles schaukelt und dreht sich", schrie er, warf sich auf den Boden und klammerte sich an die Erde.

Und wie er von zwei starken Männern nach Nieblum geschleppt und dort wie ein Stück Holz in die Küche seines Hauses geworfen wurde. „Alles schaukelt und dreht sich, hört das nie auf?", hatte er mit hohler Stimme geschrien, sich am Herd festgekrallt und dabei die Augäpfel nach oben verdreht, dass nur noch das Weiße zu sehen war. Und wie ihn seine Frau am nächsten Morgen fand, sich schaukelnd und drehend, aufgehängt am Stützbalken vor der Tür.

„Gerade so ein Stützbalken wie bei euch", flüsterte die alte Meta und zog sich ihr rotes Tuch tief übers Gesicht.

Wie hatte er sich an jenem Abend vor dem Einschlafen gefürchtet, mit weit offenen Augen hatte er im Bett gelegen und die Decke angestarrt; denn wenn er einschliefe, würde er im Traum den Kapitän am Stützbalken hängen sehen, wie er in seiner Schlinge schaukelte und sich drehte, mit nach oben verdrehten Augen, dass nur noch das Weiße zu sehen war, und weit heraushängender Zunge.

Sein Bruder Johann, der bei der Erzählung der alten Meta gezittert hatte, schlief ruhig neben ihm. Wie schnell der zwei Jahre Jüngere seine Ängste vergaß, während er oft bis in seine Träume hinein von finsteren Gestalten verfolgt wurde und mitten in der Nacht um Hilfe rufend den kleinen Bruder aufweckte.

„Halt den Mund", zischte Johann dann, „wenn Vater aufwacht, setzt es was. Lass mich schlafen. Alte Heulsuse."

Auch am Tag hatte es ängstliche Stunden gegeben. Hässliche Dinge und Menschen, über die sein Bruder lachte, erfüllten ihn mit Grauen. Jedes Mal, wenn der bucklige Schneider des Ortes mit seinem leichenblassen Gesicht und den übermäßig langen, hochroten Ohren auf der Straße an ihm vorüberging, war er schreiend ins Haus gelaufen und dafür vom Vater geohrfeigt worden. Sobald er den kleinsten Knochen entdeckte, begrub er ihn ganz hinten im Garten und wusste doch, dass er ihn nachts heimsuchen würde. Und in der Klippschule bei der alten Susanna hatte er mit den Fingernägeln das Wort Rippe aus seinem Katechismus gekratzt, weil das widerliche Ding ihm beim Lesen so deutlich vor Augen stand, als läge es in seiner Modergestalt vor ihm.

Und immer wieder jagten die Gruselgeschichten der alte Meta ihm Angst ein. Wochenlang hatte er sich geweigert, einen alten Schuppen zu betreten, nachdem Meta die Geschichte von dem einsamen Wanderer erzählt hatte, der seinen eigenen Tod heraufbeschworen hatte. „Am dritten Tage kam er durch ein dunkles Waldstück voller Gestrüpp, in dem die Bäume knarrten", sagte Meta mit heiserer Stimme. „Der Wanderer beeilte sich, den Wald zu durchqueren, denn es hieß, dass es in ihm nicht mit rechten Dingen zuginge, schon mancher war nie wieder aus ihm herausgekommen. Und hinter jedem Baum schien ein Schatten zu lauern."
„Wie in dem Wald vor Meldorf, wo wir am Sonntag hingehen", sagte Johann. In Hebbels Kehle bildete sich ein Klumpen.
„Aber der Wald war so groß, und der Wanderer ging und ging und ging, und es wurde Abend, und es wurde Nacht. Und schließlich war er so müde, dass er nicht mehr weiter konnte. Da legte er sich unter einen Baum, und durch die kahlen Zweige fiel fahles Mondlicht auf sein Gesicht."
„Nein." Er musste schlucken, um das Wort herauszupressen.
„Und weil der Mond so hell schien, konnte der Wanderer trotz seiner Müdigkeit nicht einschlafen und hörte die Nachtgeräusche. Sein Baum ächzte, neben ihm raschelte es, und von oben ertönte ein ‚Huuhuuuhuuuuuu'."
„Eine Eule", sagte Johann.

„Der Wanderer hatte Angst. Da sah er in der Ferne ein Licht und fühlte sich gerettet, er stand auf und ging auf das Licht zu. Bald kam er zu einem windschiefen Haus, eine zahnlose Alte machte ihm auf, und er bat um ein Bett für die Nacht. Die Alte fragte, ob er mit dem Schuppen vorlieb nehmen würde, und der Wanderer willigte ein. Die Fenster in diesem Schuppen waren zerbrochen, die Tür ließ sich nicht verriegeln, und den Wanderer beschlich das Gefühl, einen Fehler begangen zu haben, aber er war zu müde, um wieder aufzubrechen." Meta verstummte.
„Und dann?", fragte Johann. Seine Stimme klang belegt.
„Er ist nie wieder aus dem Schuppen herausgekommen." Die Ölfunzel blakte, Meta zog ihr rotes Tuch tief über die Augen.

Am nächsten Tag war er nicht dazu zu bewegen, dem Vater ein paar Nägel aus dem Schuppen zu holen. Lieber ließ er sich beschimpfen und steckte Schläge ein. Johann dagegen hatte sich erholt und lief, das Gewünschte zu bringen. „Huuhuuuhuuuuu", rief er seinem großen Bruder zu.

Hänschen zuckte im Schlaf mit den Hinterläufen und knurrte. Das Zimmer hatte aufgehört, sich zu drehen, versöhnt legte Hebbel sich zurück. Hatte seine kindliche Ängstlichkeit nicht ihren Ausgleich gefunden in der Intensität, mit der er Schönheit in sich aufnehmen konnte? War ihm ein Rosenblatt, das der Wind über den Zaun wehte, nicht mehr als anderen ein ganzer Rosenstrauß? Und wie einen Schatz hatte er das Gefühl gehütete, nachmittags im Gras einzuschlafen mit dem Gesumm der Käfer, den Sonnenstrahlen auf der Haut und den säuselnden Lüften.

Worte wie Lilie, wie Kirsche und Aprikose, wie Apfel und Birne versetzten ihn unmittelbar in den Frühling, den Sommer oder den Herbst, sodass er die Stücke aus der Fibel, in denen sie geschrieben standen, gern laut vorlas und sich jedes Mal ärgerte, wenn ein anderer Schüler sie lesen durfte. Trotz aller Ängste war seine frühe Kindheit glücklich und reich gewesen.

„Hier, eine Blume für dich, Kleiner", hatte die Dienstmagd des Nachbarn gesagt und ihm im Vorübergehen eine frisch aufgeblühte Tulpe zugeworfen.

„Fang", rief die Obsthändlerin auf dem Markt und suchte aus ihrem

Korb eine Kirsche oder eine Birne aus. Und manches Mal, wenn er auf den Stufen vorm Haus saß, gab ihm ein wohlhabender Bürger eine kleine Münze, für die er sich eine Semmel kaufen konnte.

Mehr als der strenge Vater, der als Tagelöhner viel unterwegs war, hatte sich der alte Nachbar Ohl um ihn und seinen Bruder gekümmert. Ohl freute sich über jeden Besuch, pfiff und sang und tanzte mit ihnen und erzählte heitere Geschichten. Mit Rührung dachte er nun daran, dass Ohl ihnen einst beim Spielwarenstand auf dem Jahrmarkt in Wesselburen einen Paukenschläger und einen Trompeter gekauft hatte, vor denen sie lange mit großen Augen gestanden hatten. Dass Ohl sich das Geld dafür hatte leihen müssen und die Schulden jahrelang abbezahlte, hatte er erst erfahren, als die Spielzeugfiguren längst unbeachtet in einer Ecke lagen.

Nie hatte er damals hungern müssen, und bis zu den Haustieren hinab waren alle wohlwollend und freundlich zu ihm gewesen, ein Gefühl von Sicherheit und Geborgenheit hatte ihn umgeben.

„Gute Nacht. Heute kommt kein Gehängter und kein einsamer Wanderer in deinen Traum“, sagte er zu dem Kind, das er einmal gewesen war.

KAPITEL 7

Lichtenfels, d. 17ten März 1839

Meine liebste Josepha!
Hast Du schon einmal einen Brief aus Lichtenfels erhalten? Nun, hier ist einer.
Sieh einmal auf der Landkarte nach, die in meinem jetzt leeren Zimmer an der Wand hängt, und Du wirst Dich wundern, wie weit ich in einer Woche gekommen bin, viel weiter als es der Reiseführer selbst im Sommer für möglich hält.
Nach einer sehr kurzen Nacht bin ich heute früh aus Bamberg aufgebrochen und will noch bis nach Coburg, ein langer Weg. Hänschen geht es schlecht, er hat sich die linke Vorderpfote durchgelaufen, und es tut mir unendlich weh, ihn humpeln zu sehen, mehr als mir damals auf der Wanderung von Heidelberg nach München meine wunden Füße wehtaten. Seinetwegen lege ich jetzt mittags eine Rast ein, ich bedarf ihrer nicht, aber für ihn bedeutet sie eine kurze Stunde Erholung, in der er eine warme Suppe oder eine Bouillon bekommt. Denn er ist stets so ausgekühlt, dass ich Sorge habe, er könne den Anstrengungen nicht gewachsen sein. Eine warme Mahlzeit ist das wenigste, was ich für ihn tun kann. Anstatt zu schlafen leckt Hänschen sich nach dem Fressen den Straßenschmutz aus dem Fell, dann müssen wir weiter.
Ich darf also hoffen, schon Anfang April in Hamburg einzutreffen. Nicht, dass es mich in diese vor Geldaristokratie strotzende, reiche Stadt drängt, die jeden vor ihren Toren verderben lässt, der über keine Beziehungen oder alte Familienverbindungen verfügt – was übrigens in Hamburg das Gleiche ist – und die sich an seinem Elend ergötzt. So bin ich gezwungen, am Ende meiner Reise einen beträchtlichen Umweg in Kauf zu nehmen, um nicht einem ehemaligen Bekannten in die Arme zu laufen, dem ich ungern in meiner Wanderkluft be-

gegnen möchte. Er wohnt direkt am Anlegeplatz der Dampfschiffe aus Harburg und ist für seine spitze Zunge bekannt. Es würde ihm das allergrößte Vergnügen bereiten, meine wenig glanzvolle Ankunft überall fleißig zu vermelden.
Nein, nach Hamburg zieht mich nichts, das sollst Du wissen. Ich habe München nur unter Schmerzen verlassen, diese Stadt ist in Deutschland einzig und ohne Gleichen, man kann in ihr leben wie man will, sich ins rauschende, großstädtische Leben stürzen, und wem dies nicht behagt, der zieht sich in die Einsamkeit zurück, eins ist so gut Mode und anständig wie das andere. Was bin ich in Hamburg und in Heidelberg für Anfeindungen ausgesetzt gewesen wegen meinem langen Haar und dem Bart, in München traf mich nie ein abfälliges Wort, nie ein spöttischer Blick. Das mag Dir wie eine Kleinigkeit erscheinen, aber gerade auf diese kommt es an, und ich wappne mich innerlich gegen die Bemerkungen, die mich wieder erwarten; denn ich werde den Hamburgern zuliebe mein Haar nicht schneiden und meinen Bart nicht stutzen lassen.
Ich habe München nur verlassen, weil es literarisch nichts bietet und es keinen Buchhandel gibt. Trotzdem würde ich am liebsten auf jede mir entgegenkommende Postkutsche aufspringen und zu dir zurückfahren. Du hattest Recht, als Du zum Abschied sagtest, ich hätte heißes Blut, aber nur Du lässt es aufwallen und überkochen, noch aus der Ferne. Ich sehe Dich neben dem Wirtshaus im Wald stehen und immer kleiner werden, bis nur noch der gelbe Schal auszumachen ist, ein heller Sonnenfleck zwischen all den Schatten. Auch wenn ich mich vor einer Woche nicht mehr umgedreht habe, in Gedanken tat und tue ich es tausendmal.
Ich habe beschlossen, über die Erlebnisse meiner Wanderung ein Reisejournal zu verfassen und es in Hamburg Dr. Gutzkow für seinen „Telegraph" anzubieten, so komme ich nicht mit leeren Händen und habe einen Beitrag in dieser wichtigen Literaturzeitschrift. Jetzt, wo alle Missverständnisse zwischen uns ausgeräumt sind, wird Gutzkow es mir gewiss nicht abschlagen.
Da es mich anekelt, einmal Geschriebenes wiederzukäuen, es ist mir dann stets so zumute als müsse ich bereits Verdautes beschauen – Du verzeihst diesen Vergleich –, würde ein ausführlicher Bericht an Dich den Beitrag erschweren, wenn nicht gar unmöglich machen. Nur so viel: Ich habe den Plan zu einem großen Drama im Kopf und hoffe, dass es auf den langen Wanderstunden reift; vielleicht schon heute

oder morgen.
Stell Dir vor, wie es wäre, wenn mein Name auf den Bühnen bekannt würde, und wie es wäre, wenn ich im nächsten Jahr mit eigener Kutsche von Norden nach Süden gefahren käme. Zu Dir.
Ich hätte übrigens schon jetzt bequem von München nach Hamburg fahren können, wenn der verfluchte Dr. Hauff mich rechtzeitig bezahlt hätte, sein „Morgenblatt" schuldet mir ein Beträchtliches. Falls ein Brief von Dr. Hermann Hauff eintrifft, so bewahre ihn bitte auf, bis ich Dir meine Hamburger Anschrift mitgeteilt habe. Und antwortet Hauff nicht, so ist er ein elender Schurke, der sein Verhalten bereuen wird; Hauff ist kein Jupiter, ihm kommt das olympische Stillschweigen nicht zu, es ist unverschämt, Artikel und Gedichte einzurücken und kein Honorar zu zahlen. Ich werde nicht versäumen, die Vorgehensweise dieses Herrn Chefredakteurs an geeigneter Stelle kundzutun; ganz ohne Einfluss bin ich nicht, auch wenn es im Augenblick so scheinen mag.

Liebste Josepha, dieser Brief ist hastig zusammengeflickt, ich habe keine Ruhe zum Schreiben, die Mittagspause ist vorbei, bis Coburg ist es noch weit. Ich muss weiter. Ich muss fort!

Ich küsse Dich überall,
Dein Friedrich Hebbel

Und ich habe nur deshalb nicht „Friedl" geschrieben, weil es mir zu wehgetan hat, daran zu denken, wie Du mir diesen Namen das erste Mal ins Ohr geflüstert hast. Weißt Du noch, damals, im Englischen Garten? Ich will den Namen erst wieder hören, wenn Du ihn mir schreibst, und ich dann deine liebe Stimme aus dem Wort heraushöre. Verzeih, wenn ich Dir das Porto für diesen Brief aufbürde, ich muss mit meiner Reisekasse haushalten. Von Hamburg aus, wo sich sicher alles zum Guten wenden wird, schicke ich Dir, was ich entbehren kann.

In innigster Liebe,
Dein F.

Kaum hatte er die erste Meile zurückgelegt, da fiel ihm ein, dass es grausam von ihm gewesen war, den gelben Schal zu erwähnen. Josepha hatte gewusst, dass er den letzten Winter nur mit Hilfe der Geldsendungen seiner Hamburger Freundin Elise Lensing überstanden hatte. Als sie am Weihnachtsabend den Schal auspackte, war sie blass geworden. „Friedl, ich kann ein so teures Geschenk nicht annehmen."

„Aber ich habe ihn für dich ausgesucht, die helle Farbe zu deinem dunklen Haar ..."

Sie schüttelte heftig den Kopf, „ich kann nicht."

„Du würdest mir einen Gefallen tun. Er ist doch trotzdem von mir."

Wie groß musste ihre Selbstverleugnung gewesen sein, dass sie den Schal schließlich doch trug. Hatte er den ganzen Winter wie eine Würgeschlange um ihren Hals gelegen? Und nun schrieb er ihr, er habe diesen Schal als letzte Erinnerung an sie mit auf den Weg genommen, sein verunglücktes Weihnachtsgeschenk, erworben mit dem Geld einer fremden Frau.

Das verfluchte Geld, und der dreimal verfluchte Dr. Hermann Hauff, dachte er. War die Geschäftsbeziehung zu ihm nicht von Anfang an eine Plage gewesen? Gleich nach seiner Ankunft in Heidelberg hatte er der Redaktion des „Morgenblattes" in Stuttgart zwei Erzählungen von sich geschickt. Da sie nicht zurückgesandt wurden, rechnete er fest mit ihrem Abdruck und wartete auf sein Honorar.

Ein halbes Jahr später, auf seiner Wanderung von Heidelberg nach München, hatte er dann den Chefredakteur Hermann Hauff besucht. Hauff sagte ihm, dass der Verleger Cotta an einer Berichterstattung aus der bayrischen Hauptstadt interessiert sei, und so hatte er gehofft, mit Zeitungsartikeln seinen Unterhalt in München bestreiten zu können. Seine Artikel wurden veröffentlicht, das Honorar ließ auf sich warten.

„Hoffentlich kann ich dich bald einmal einladen", sagte er zu Emil Rousseau. Sie saßen in ihrem Stammlokal, einem Kaffeehaus am Englischen Garten.
„Du solltest Dr. Hauff auf sein Versäumnis aufmerksam machen."
„Ich habe ihm längst geschrieben, aber er antwortet nicht. Auch meine Erzählungen schickt er nicht zurück. Ich weiß nicht, was das bedeuten soll. Will er sie nun drucken oder nicht? Was für eine Unverschämtheit, mein Manuskript ein dreiviertel Jahr liegen zu lassen, wenn er keinen Gebrauch davon machen will. Und ich habe keine Abschrift."

„Ich muss ohnehin nach Stuttgart, da kann ich in der Redaktion für dich vorsprechen."
„Eigentlich wäre es mir sogar ganz lieb, wenn Hauff meine Artikel nicht mehr nehmen würde. Ich mag nun einmal keine Trivialitäten schreiben. Berichte über gesellschaftliche Ereignisse, Theater, Konzerte, Bälle, Cafés und Biergärten ..., dergleichen seichtes Geschwätz widert mich an. Ich werde Hauff einen noch deutlicheren Brief schreiben."

Rousseau legte ihm seine Hand auf den Arm, „warte bitte mit deinem zweiten Brief, bis ich zurück bin."

Dr. Hauff gab Rousseau ein geringes Honorar für Hebbel mit und ließ ausrichten, er sei weiter an seiner Arbeit interessiert. Gleichzeitig wurde jedoch ein anderer Journalist mit dem Posten des Münchner Korrespondenten betraut. Hebbels Artikel erschienen nun nur noch in langen Abständen und wurden nicht bezahlt. So geriet er mit der Miete in Rückstand, und nach Rousseaus Tod konnte er seine Schulden nicht mehr begleichen. Vor seinem Aufbruch nach Hamburg teilte er der Redaktion des „Morgenblattes" mit, dass er München verlassen werde, und bat um das ausstehende Honorar. Dr. Hauff antwortete nicht.

Eine Kutsche rollte hart an ihm vorbei. Schneematsch bespritzte seinen Rock, der Kutscher lachte. Möge der verfluchte Hauff in der Hölle braten, dachte er, seinetwegen bin ich unterwegs wie ein Bettler. Solange ich ein literarisches Nichts bin, kann jeder mit mir umspringen, wie er will. Ich muss endlich einen Dramenstoff finden, dann wird kein Dr. Hauff der Welt mehr so tun können, als existierte ich nicht.

Ob ich eine neue „Jungfrau von Orleans" schreiben sollte? Ein einfach-edles Mädchen auf die Bühne stellen, das vor sich selbst wie vor einem dunklen Geheimnis zurückschaudert, nachdem Gott durch ihren schwachen Arm ein Wunder ins Leben gerufen hat? Er hat auf sie eingewirkt, um ein großes Ziel zu erreichen und sich dadurch einen willkürlichen Eingriff ins Weltgetriebe erlaubt, nun kann er sie vor der Zermalmung durch dasselbe Rad, das sie einen Augenblick aufhielt oder anders lenkte, nicht schützen. Liegt nicht darin das eigentlich tragische Motiv ihrer Geschichte? Eine Tragödie, die dies abspiegelte, würde einen Blick in die ewige Ordnung der Natur gewähren, die die Gottheit selbst nicht stören darf, ohne es zu büßen.

Leider ist der Stoff in Schillers Trauerspiel so endgültig behandelt worden, dass mein Versuch wie eine zweitklassige Kopie wirken würde, mir fehlt es an Harmonie zwischen Wort und Gedanke. Der Gedanke ist mir meist Tyrann und lässt keine Schönheit aufkommen, in meiner Sprache liegt wenig Grazie. Wie darf ich da einen Vergleich mit Schiller wagen? Kein Theater wird Hebbel spielen, wenn es ein gleichnamiges Stück von Schiller gibt. Nein, ich muss einen Stoff finden, den noch niemand auf die Bühne gestellt hat und der meinem literarischen Temperament entspricht. Anstelle einer heroischen Heldin sollte ich die Maßlosigkeit eines starken Mannes wählen, der an sich selbst zerbricht. Ein Drama um Alexander den Großen zum Beispiel, der bis an sein Ende von Zweifeln geplagt wurde, ob er ein Sohn von König Philipp oder von Zeus sei. Einen Herrscher darzustellen, dessen Herkunft ihm das Leben vergiftet, das wäre ein Thema für mich, und noch hat kein Autor den Stoff für sich entdeckt. Aber es gehören umfangreiche historische Vorarbeiten dazu, ihn zu bändigen. Ich würde Zeit brauchen, um zu lesen, zu forschen und mich in die ferne Vergangenheit einzuarbeiten. Zeit, die ich nicht habe. Wovon soll ich leben?

Wieder näherten sich Hufschlag und knirschende Räder. Er wich an den Straßenrand, das Fuhrwerk hielt direkt auf ihn zu. Wie recht Kotzebue hatte, dachte er, als Jupiter verlegen war, die Grobheit recht grob zu schaffen, da hauchte er ihr endlich die Seele eines deutschen Postillions ein, und siehe! das Werk war gelungen.

„Ho, Ho“, der Kutscher zog die Zügel straff. Die Pferde schnaubten, der Wagen hielt an. „Nach Coburg?“
„Was geht es Sie an?“
„Soll ich Sie mitnehmen?“
„Ich habe kein Geld.“
„Es ist Sonntag. Und Sie haben sicher einen weiten Weg hinter sich.“
„Ich habe letzte Nacht schlecht geschlafen“, er wischte sich über die Augen.
„Steigen Sie ein.“

Mit Hänschen auf dem Schoß, der wiederholt nieste und geräuschvoll atmete, machte er es sich in der Kutsche bequem.

Man hat nur dann ein Herz,
wenn man es hat für and’re.

Das war der Rhythmus des Gedichtes, das er im Wirtshaus in Pfaffenhofen aufgeschrieben hatte, Forstkandidat Bichler an seiner Seite – wie lang war das her? Ob Bichler inzwischen sein Prüfungsergebnis erfahren hatte? Und ob es gut ausgefallen war?

Man prüft am fremden Gast
Den Mantel und den Kragen,
mit Blicken welche fast
die Liebe untersagen.

Sollte er die zwei so gegensätzlichen Aussagen in ein Gedicht zusammenzwingen? Wo würden dann die „Wesselburener Fäuste" ihren Platz finden, die Bichler so beeindruckt hatten? Während er darüber nachgrübelte, fielen ihm die Augen zu. Aber das Schaukeln der Kutsche und manch harte Stöße ließen zunächst keinen erholsamen Schlaf zu, alle paar Minuten schreckte er hoch und sank wieder in sich zusammen, bis schließlich doch die Erschöpfung siegte und er einschlief.

Jemand berührte ihn an der Schulter, Hänschen bellte.

„Josepha?"
„Leider muss ich Sie aus schönen Träumen reißen", sagte der Kutscher.

Er fühlte sich wie zerschlagen. „Was ist passiert?"
„Wir sind in Coburg. Werden Sie erwartet?"
„Ich muss weiter, immer nach Norden. Bis Hamburg."
„Wollen Sie etwa zu Fuß über die verschneiten Höhen des Thüringer Waldes?"
„Es wird mir nichts anderes übrig bleiben."
„Da könnten Sie noch heute für ein geringes Entgelt mit dem Brief-Felleisen bis nach Gotha hinauffahren, allerdings ..."
„Ja?"
„Der Karren hat nur einen winzigen Sitz, auf dem man Wind und Wetter schutzlos preisgegeben ist. Und ohne Mantel ..., dazu der Hund ..."
„Mein Reiserock ist warm genug." Es klang weit weniger selbstgewiss als noch eine Woche zuvor in München. „Und mein Hund wird für jede

Meile dankbar sein, die er nicht laufen muss."
„Dann gebe ich dem Postjungen Bescheid, dass er einen nächtlichen Passagier hat."
„Ist es schon so spät?"
„Die Post aus Coburg geht erst nachts um drei Uhr ab. Es tut mir leid, dass ich Ihnen diesen unsinnigen Vorschlag gemacht habe."
„Ich habe ja in der Postkutsche geruht und lege mich sofort nach dem Abendessen hin. Mehr als ein paar Stunden Schlaf brauche ich nie."

„Morgen schon sind wir in Gotha ohne einen einzigen Schritt getan zu haben", sagte er zu Hänschen, der zu seinen Füßen im Bett lag, „du wirst dich erholen, und deine Pfoten werden heilen. Wie schnell und leicht geht alles voran."

In Gotha würde er sich ein geheiztes Zimmer und ein Festessen leisten, Josephas Geschenk auspacken und Geburtstag feiern.

Kapitel 8

Um halb drei wurde er geweckt. Er war voller Zuversicht, sah sich unter dem Sternenhimmel dahinfliegen und seine Gedanken in ferne Weiten ausschwärmen. Er brauchte sich nur zurückzulehnen und die Fahrt zu genießen, die klare Nacht würde ihm helfen, einen dramatischen Stoff zu finden. Ausgeruht würde er in Gotha ankommen und im Gasthof erste Skizzen zu Papier bringen. Gegen die Kälte zog er alles an, was er im Ranzen bei sich trug, sogar die zweite Hemdbrust.

Im Hof der Posthalterei wurde der lederne Tornister, in dem die Briefe steckten, unter den Sitz des zweirädrigen Karrens geschoben, mit einer Kette durch die beiden Handgriffe am Gestell des Wagens befestigt und mit einem Vorhängeschloss gesichert. Dann spannte der Postjunge das Pferd an die Seitendeichsel. „Gewöhnlich lenke ich das Pferd am Leitseil", erklärte er, „aber heute wäre ich auf jeden Fall geritten, das ist wärmer. Es wird eine höllisch kalte Nacht, morgen regnet es tote Vögel von den Bäumen." Er lachte, als würde ihm die Vorstellung gefallen. „Und Sie wollen sich auf den Bock wagen?"

Hebbel nickte.

„Es ist verdammt unbequem, Sie werden höllisch aufpassen müssen."

Er beschwöre die Hölle ein bisschen zu schnell.

In Gotha werde der Herr ihm Recht geben, der Postjunge nickte seinen Worten nach.

Er nahm Hänschen auf den Arm und kletterte ungelenk auf den winzigen Sitz, kaum hatte er Platz genommen, trabte das Pferd an. Der Fahrtwind schnitt ihm ins Gesicht, er zog seinen Hut tiefer. Die Unbequemlichkeit lohnt sich, dachte er, bei diesem Tempo sind wir schon bald in Gotha, und der Rest des Tages gehört mir. Gotha – diese Stadt hat einen guten Klang. Ich werde mir einen Kaffee bestellen, Josephas

Päckchen auspacken und aufschreiben, was mir auf der Fahrt eingefallen ist. Der Gedanke an den heißen Kaffee blieb in seinem Kopf hängen.

Es wurde noch kälter, schwarze Wolken zogen über den Himmel und verdeckten Mond und Sterne, ein eisiger Wind kam auf. Der nächtliche Wald rauschte, dann prasselte ein Regenschauer nieder. Im Nu waren Hut und Stiefel durchnässt, schneidende Kälte drang ihm unter die Haut. Auf seinem Schoß fiepte Hänschen und begann zu zittern, vergeblich versuchte er, ihn zu erwärmen. Er sehnte den Morgen herbei und fürchtete ihn zugleich, denn die Stunde vor Sonnenaufgang war die kälteste der Nacht. Diese Stunde kam und schien nicht zu vergehen, er verlor jedes Zeitgefühl.

Hänschen ließ fast ununterbrochen sein Wasser, das sofort gefror. Mit der linken Hand hielt Hebbel seinen Hund fest, mit der rechten brach er das Eis aus seinem Schoß, dann klammerte er sich wieder am Bock fest, um nicht bei einem der vielen Stöße hinunterzustürzen. Kalter Schweiß trat ihm auf die Stirn, er schluckte und schluckte, Übelkeit kroch in ihm hoch.

Diese Nacht, diese Kälte sind eine Prüfung, dachte er, eine Prüfung, die ich bestehen muss. In Gotha werde ich mir ein warmes Zimmer und ein Festessen leisten, einen Kaffee bestellen, meine Hände um den Becher legen, mir die Zunge verbrennen am heißen Kaffee ... Der Karren schleuderte und schwankte, er beugte sich zur Seite und erbrach sein Abendessen.

Der Postjunge wandte sich um. „Wir dürfen nicht anhalten. Wenn ich die festgelegten Zeiten überschreite, wird mein Lohn gekürzt."

Er machte eine abwehrende Handbewegung, auf seinem Schoß lag eine frische Eisschicht. Es ist nur eine Prüfung, dachte er wieder, nichts als eine verdammte Prüfung, gegen Morgen wird es bestimmt besser. Alles hat seinen Preis.

Eisregen setzte ein. In der Dunkelheit verschmolz der Postjunge mit dem Pferd zu einer unheimlichen Doppelgestalt. Er war bald vollständig durchnässt, in seinem Bart hingen kleine Eiszapfen, an den Schläfen gefror sein Haar. Die rechte Hand, mit der er sich am Karren festklammerte, fühlte sich an wie eine Klaue aus Eis. „Meine Schreibhand!", fuhr es ihm durch den Kopf, es war eine Frage der Zeit, wann die schmerzende Klaue zersplittern würde. Hänschen war verstummt, reglos und kalt lag er in seinem Schoß. In kurzen Abständen würgte er bittere Galle, sie tropfte auf seinen Rock, er gab sich keine Mühe mehr, ihn zu schonen.

Welcher Teufel mochte sich diese Prüfung ausgedacht haben? Wenn Hänschen die Nacht nicht überlebte ... Er verfluchte die Nacht, den Karren, das Wetter, die Stadt Gotha und sich selbst. Als es endlich hell wurde, waren seine Kräfte verbraucht. Auf der Station in Hildburghausen half der Postjunge einem steif gefrorenen Passagier vom Bock, der seinen leblosen Hund an sich drückte.

„Fahr ohne mich weiter."
„Höllisch, nicht wahr?" Obwohl auch er mit den Zähnen klapperte, schien der Junge gut gelaunt.
„Ja", sagte er schwach. Seine Hände waren geschwollen, seine Füße zwei fühllose Eisklötze, der Boden unter ihm schwankte. Da gab Hänschen einen klagenden Laut von sich und ruderte mit den Hinterläufen, Hebbel torkelte in die Posthalterei, legte Hänschen an den Ofen und bat um ein Tuch, um ihn trocken zu reiben und um Eiswasser für seine erfrorenen Hände. Er werde die Mühe gern bezahlen, versicherte er dem Wirt, der die Nase verzog und seinen frühen Gast misstrauisch musterte.

„Ich habe mich zu einer Nachtfahrt auf dem Brief-Felleisen überreden lassen", sagte er, „eine wahre Tortur."
„Sie sind nicht der erste, den ich in einem solchen Zustand erlebe. Die Leute glauben, für billiges Geld zu reisen und wissen nicht, worauf sie sich einlassen. Wollen Sie in Hildburghausen einen Tag ausruhen?"
„Daran ist nicht zu denken. Sobald mein Hund sich erholt hat und meine Kleider halbwegs trocken sind, muss ich weiter. Ob ich eine warme Suppe und ein altes Brot bekommen könnte?"
„Versuchen Sie erst einmal, die Stiefeln auszuziehen. Ich bringe Ihnen einen Strohwisch."

Er brannte den Strohwisch in den Stiefel ab und fuhr mit seinen Eisfüßen hinein, dabei konnte er ein Stöhnen nicht unterdrücken, aber das Gefühl kehrte in seine Zehen zurück, vorsichtig bewegte er sie in der warmen Asche. „Danke. Nun kann ich bis Gotha durchmarschieren."

„Das ist an einem Tag unmöglich zu schaffen. Sie werden sich glücklich schätzen, wenn Sie heute bis Suhl kommen. Es gibt eine Abkürzung von gut zwei Stunden, wenn Sie gleich hinter Schleusingen die Chaussee verlassen und zur Rechten den Fußsteig über die Berge nehmen."

Er bedankte sich, eigentlich sei er froh, nicht in Gotha übernachten zu müssen, die Stadt habe mitten in ihrem Namen einen hässlichen Spucklaut.

Er ging wie einer, der das Gehen erst lernt. In seinem Kopf schwappte eine zähe Flüssigkeit, und wenn er einen unvorsichtigen Schritt tat oder den Blick vom Horizont löste, überkam ihn ein Würgen. Auch vorüberfahrende Kutschen lösten diesen Würgereiz aus. Er verbot es sich, an den seekranken Kapitän und sein schändliches Ende zu denken, wie er schaukelnd und sich drehend am Stützbalken hing, noch über den Tod hinaus von Übelkeit verfolgt. Die Vorstellung des Schaukelns und Drehens ließ die Flüssigkeit in seinem Kopf überschwappen.

Ob der Kapitän sich noch im Sarg gedreht hatte, ob er auf dem Leichenzug unter dem Schwanken der Träger gelitten hatte? Auch das Herablassen des Sarges mit Hilfe der langen Seile – sie werden nicht die Grausamkeit besessen haben, ihn der rollenden See zu übergeben, dachte er mit Entsetzen –, auch das Herablassen des Sarges war ja mit Erschütterungen verbunden, und selbst die auf den Sarg polternde Erdschollen hatten seine Qualen noch verlängert.

Er wünschte dem Kapitän aus ganzem Herzen, dass der Friedhof auf Föhr nie aufgelassen worden war, und für sich selbst würde er verfügen, dass er nach seinem Tode unter keinen Umständen umgebettet werden dürfe.

Die Beerdigung des unglücklichen Kapitäns und das Gehen im eigenen Rhythmus taten ihm gut, die zähe Flüssigkeit in seinem Kopf kam zur Ruhe. Vorsichtig kaute er an seinem Brotkanten und war dankbar, dass sein Magen den Bissen bei sich behielt. Mochte der Postjunge mit seinem elenden Karren längst zehnmal in Gotha sein, er ging hier, aus eigener Kraft, in seiner eigenen Geschwindigkeit, ohne zu schaukeln, ohne harte Stöße, die ihm den Magen umdrehten. Auch hatte er keine Erfrierungen erlitten, seine Schreibhand war wieder beweglich und schmerzfrei bis auf ein unangenehmes Kribbeln in den Fingerkuppen. Und neben ihm lief Hänschen, der in der warmen Gaststube seinen

Teller Suppe gierig aufgeschleckt und sich erstaunlich schnell wieder erholt hatte.

Als Schleusingen hinter ihm lag, suchte er nach dem Fußsteig über die Berge. Da kam ihm ein alter Mann in zerschlissener Kleidung entgegen, der einen riesigen, keulenförmigen Knüppel in der Faust hielt.

Ob er dem Herrn weiterhelfen könne, fragte der Alte.

Er wolle nach Suhl.

„Dann haben wir das gleiche Ziel. Der Alte wirkte erleichtert. „Ich kenne mich in der Gegend aus und weiß eine Abkürzung, habe aber nicht gewagt, sie zu nehmen; denn es ist ein einsamer Weg, und ich bin alt und wehrlos."
„Ihr Knüppel sieht aber ziemlich Furcht einflößend aus."
„Damit hat er seinen Dienst bereits getan. Im Ernstfall könnte ich mich gegen das Gesindel, das sich hier herumtreibt, kaum verteidigen. Doch in Begleitung eines starken Mannes und eines scharfen Hundes wird sich so leicht niemand an mich herantrauen. Wenn ich mich Ihnen also als Führer andienen darf?"
„Gern, auch im Namen Hänschens, der gerade zum Wachhund aufgestiegen ist. Sie kommen wie gerufen, wir haben eine mörderische Nacht hinter uns." Der Alte und scharrte mit den Füßen und sah zu Boden, „für einen geringen Lohn würde ich Ihren Ranzen tragen."
„Auf keinen Fall", sagte Hebbel und bedauerte sofort, den Alten in Verlegenheit gebracht zu haben. „Aber für die Führung, die uns den langen Umweg über die Chaussee erspart, sollen Sie selbstverständlich etwas erhalten."

Sie mussten eine kleine Strecke zurückgehen, dann bog der Alte in einen zugewachsenen Fußsteig ein, der sich durchs Gehölz über die verschneiten Berge schlängelte. Es ging stetig bergauf, der Weg war von hohen Schneelagen eingefasst, die ein seitliches Ausweichen unmöglich machten. Mit dem gleichmäßigen, leicht wiegenden Schritt eines geübten Bergsteigers stapfte der Alte voraus, seine Stiefel waren zerrissen und völlig durchnässt.

Wie lange mochte dieser Mann, in der Hoffnung, ein paar Pfennige zu verdienen, vor dem Pfad nach Suhl auf einen Ortsunkundigen gewartet haben? Ob er überhaupt schon etwas gegessen hatte? Bei der nächsten Gelegenheit rief Hebbel ihm zu, dass er Pause machen wolle. Sie setzten sich auf einen Felsen, den der Wind vom Schnee frei ge-

weht hatte, er packte sein Brot aus, stellte die Branntweinflasche daneben und bat den Alten, sich zu bedienen. Der kaute lange und nahm gierige Schlucke aus der Flasche. „Ich könnte Sie in Suhl herumführen und Sie zu einem Gasthof bringen, oder werden Sie erwartet?"
„Suhl ist nur eine Zwischenstation, ich komme aus München und will ganz bis nach Hamburg."
„Da werden Sie sicher viel erlebt haben ..." Der Alte kaute mit offenem Mund.

Er konnte den Anblick der zernarbten Lippen, der braunen Zahnstümpfe und den Geruch des Fusels, der ihm nun entgegenschlug, nicht ertragen. Mit abgewandtem Kopf begann er zu erzählen. Der Alte schien seinen Widerwillen zu spüren, er hörte auf zu kauen und drängte zum Aufbruch. „Dank für den Imbiss, aber auf diesem eisigen Stein hole ich mir den Tod."

Beschämt lud er sich seinen Ranzen wieder auf. Seine Empfindlichkeit gegen hässliche Menschen war kindisch und ungerecht.

Im Weitergehen schwang der Alte, als wolle er die Beleidigung aus sich herausschleudern, den Knüppel in großen Kreisen um seinen Kopf. Es ging höher hinauf. Hänschen kämpfte sich durch den tiefer werdenden Neuschnee, in dem er oft bis über die Ohren versank. Hebbel befreite ihn dann und rief dem Alten zu, er solle langsamer gehen, doch dieser drehte sich nur kurz nach ihm um, zog weiter mit gleichmäßigen Schritten bergauf und verschwand hinter der nächsten Wegbiegung. Auf der Passhöhe stand er dann, groß wie ein Riese, schwarz gegen die weißen Schneewolken, und schien den Himmel zu betrachten. Erst als er Hebbel erblickte, setzte er seinen Weg fort, wobei er sich ständig umdrehte, als wolle er sich vergewissern, dass er ihm folgte. Wie an einem unsichtbaren Seil zog der Alte ihn hinter sich her.

Ihn beschlich ein ungutes Gefühl. Wurde nicht in jedem Reiseführer davor gewarnt, sich auf einsame Pfade zu begeben? Hatte er sich leichtsinnig in Gefahr gebracht? Aber hieß es nicht ebenfalls, man solle Unbekannte vorausgehen lassen und es auf schmalen Wegen immer so einrichten, niemanden im Rücken zu haben? Unauffällig sah er sich um, der Pfad hinter ihm war leer. Er hatte alles richtig gemacht. Trotzdem verstärkte sich das Gefühl, dass er dabei war, in eine Falle zu laufen. Hatte nicht etwas Lauerndes im Blick des Alten gelegen, als er sich danach erkundigte hatte, ob er in Suhl erwartet werde?

Sie kamen durch ein finsteres Waldstück, in den Wipfeln der Tannen hingen Scharen von Raben, die krächzend aufflogen, als der Unbekannte, seine Keule schwingend, ein lautes „Hee, Hoo, Hoo" brüllte.

Einige der schwarzen Vögel umkreisten Hebbel, sie erschienen ihm wie die Vorboten einer schrecklichen Tat. Was hat der Alte vor, fragte er sich. Wem diente das Aufscheuchen der Raben als Erkennungszeichen? Hatte der tückische Kerl ihn zu diesem Waldstück gelotst, weil sich seine Spießgesellen darin versteckten? Ging ein böser Plan auf, weil er zu dumm gewesen war, einen Hinterhalt in Betracht zu ziehen?

„Sie werden gute Beute machen", dachte er, wütend auf sich selbst, „meine Reisekasse und meine Gedichte." Aber sofort schoss es ihm durch den Kopf, „die kann ich ja auswendig. Mir darf nicht geschehen!"

Er rief Hänschen zu sich und erschrak über den heiseren Klang seiner Stimme. Dann zog er seinen rechten Handschuh aus und löste die Arretierung des Stockdegens; wenn es ihm gelang, den Ranzen rechtzeitig abzuwerfen, würde er mit zwei oder drei Angreifern fertig werden, waren es mehr, besaß er trotz seiner Waffe kaum eine Chance. Aber er würde sich wehren, die Halunken sollten kein leichtes Spiel mit ihm haben.

Jedes Knistern und Rascheln aus dem dunklen Wald ließ ihn aufhorchen, einmal trat er auf einen gefrorenen Ast, der unter seinem Fuß knackend zerbrach, zuckte bei dem verräterischen Geräusch zusammen und riss den Degen aus der Scheide. Mit klopfendem Herzen steckte er ihn wieder ein und versuchte sich den Anschein zu geben, als habe er aus bloßer Langeweile mit dem Degen gespielt. Als er das Waldstück endlich durchquert hatte, sah er ein kleines Holzhaus vor sich liegen, Rauch stieg aus dem Schornstein auf. Ein besserer Hinterhalt, um bequem und im Warmen auf Opfer zu warten, ließ sich kaum denken. Er zog die Klinge ein Stück aus der Scheide, er war bereit.

Der Unbekannte blieb am Haus stehen und drückte sein Gesicht an die Fensterscheibe. Jetzt gab er wohl den anderen Bescheid. Da schwang die windschiefe Tür des Hauses auf, und ein junger Mann sprang heraus, der eine Flinte in Anschlag brachte. Der Kampf war verloren, bevor er begonnen hatte. Und der erste Schuss würde dem Hund gelten.

„Lauf! Lauf weg!“, schrie Hebbel, und als Hänschen verständnislos zu ihm aufsah, gab er ihm einen Tritt, dass er einige Meter durch die Luft flog und auf die Seite fiel. Er jaulte laut auf, kam wieder auf die Beine und lief zu ihm zurück.

Der junge Mann zielte auf den Alten:

„Lass den Knüppel fallen und mach, dass du weiterkommst. Fremden Leuten in die Stube zu spähen!“

Der Alte warf ihm den Knüppel vor die Füße und trollte sich davon. Hebbel atmete auf, doch im nächsten Augenblick sah er die Flinte auf sich gerichtet.

„Für dich gilt das gleiche, du Strolch. Hau ab, bevor ich ...“ Der junge Mann gab einen Schuss ab. Hänschen lief laut bellend auf ihn zu.
„Nicht schießen! Ich bin Literat!“
„Wieso?“

Er nutzte die Verblüffung des jungen Mannes und näherte sich ihm mit erhobenen Händen. „Literat, Schriftsteller, Dichter, wie Sie wollen. Und mein kleiner Hund ist völlig harmlos, er hat sich nur erschreckt.“
„Ja, dann ...“, der junge Mann ließ die Flinte ein Stück sinken.
„Ich bin Doktor Friedrich Hebbel, auf dem Weg von München nach Hamburg.“
„Im Winter treibt sich auf diesem Pfad übles Gesindel herum“, sagte der junge Mann, „letzte Woche ist meine Mutter hier in ihrem eigenen Haus überfallen worden. Denen zeigt man am besten gleich, dass für sie nichts zu holen ist.“

Unauffällig arretierte er seinen Degen „Ich bin fremd, und man hat mir die Abkürzung empfohlen. Können Sie mir sagen, wie weit es noch bis Suhl ist?“
„Eine knappe Stunde. Und seien Sie vorsichtig, wenn ihnen jemand entgegenkommt. Man weiß nie ...“

Auf den nächsten Metern spürte er eine seltsame Enttäuschung in sich wachsen. Sicher wäre er mit drei, ja, mit vier Angreifern fertig geworden, auch um einen gerechten Faustkampf Mann gegen Mann fühlte er sich betrogen. Wütend schlug er mit dem Stockdegen auf einen Felsbrocken ein. Kurz vor Suhl stellte sich ihm der Unbekannte noch einmal in den Weg, dieses Mal aber als Bettler und in höchster Demut bat er um seinen Führerlohn. Hebbel ging wortlos an ihm vorbei.

Er hatte gefürchtet, mit einer billigen Kneipe vorlieb nehmen zu müssen, hatte sich auf abschätzige Blicke und Bemerkungen eingestellt und wurde mit dem besten Wirtshaus belohnt, das er auf seiner ganzen Reise angetroffen hatte. Ein zuvorkommender Kellner bemühte sich aufs Freundlichste um den erschöpften Gast und verlor kein Wort über sein wenig glänzendes Äußeres. Der Estrich in der Gaststube war frisch gefegt, die Holzstühle und Tische glänzten vor Sauberkeit und waren ohne Wurmlöcher. Hinter dem Tresen funkelten polierte Gläser.

Ein geheiztes Zimmer nahm ihn auf, er zog den schweren Kleiderklumpen aus seinem Ranzen, breitete alles zum Trocknen aus und hängte seinen Rock über die Ofenstange. Danach ging er in die warme Gaststube, bestellte beim freundlichen Kellner einen frisch aufgebrühten Kaffee und für Hänschen eine warme Suppe mit Fleischeinlage. Jetzt fängt mein Geburtstag an, dachte er, als er seine Hände um den heißen Becher legte und das köstliche Getränk schlürfte. Jetzt lasse ich es mir und Hänschen gut gehen.

Josephas Päckchen enthielt ein schwarzes Halstuch, über und über bestickt mit roter Seide. Vorsichtig, damit kein Splitter vom Holztisch den Stoff beschädigte, strich er das Tuch glatt. Erst auf den zweiten Blick erkannte er in dem sich wiederholenden Muster die ineinander verschlungen Buchstaben J und F, hundertfach mit feinen Stichen auf das weiche Tuch gestickt, jeder Stich ein zärtliches Streicheln. Wie viele Stunden mochte Josepha daran gearbeitet haben? Verstohlen schnupperte er an dem Tuch, ein zarter Duft von frischem Holz und Sommergras entströmte ihm. Ihm traten Tränen in die Augen.

„Verzeihen Sie, wenn ich störe. Möchten Sie unser abendliches Konzert mit anschließendem Ball im großen Saal besuchen“, fragte der Kellner.
„Leider bin ich zu erschöpft und werde früh schlafen gehen.“ Dass er keinen Frack, ja, noch nicht einmal Stiefel und eine saubere Hose für eine solche Festivität besaß, brauchte niemand zu wissen.
„Aber Sie werden doch am Abendessen teilnehmen? Es gibt Hecht, Kalbsbraten mit Kartoffeln, dazu einen guten Riesling.“
„Darauf freue ich mich.“

In der Zeit bis zum Essen schrieb er sein Erlebnis mit dem Alten ins Reisejournal und bekam Lust, es in ein Gedicht zu verwandeln.

Im Walde
Wie that mir Fuß und Rücken weh!
Wie sehnt' ich mich nach Ruh!
Doch, nun ich vor dem Wirtshaus steh',
Nun schreit' ich rüstig zu.

Der Giebel, der den Eingang dräut,
Wird schier vom Wind bewegt,
Er hielt vielleicht sich nur bis heut,
Damit er mich erschlägt.

Am Fenster sitzt ein altes Weib,
Verfallen, wie das Haus,
Sie reißt im schlimmen Zeitvertreib
Den Spinnen Beine aus.

Langweilig sonnt ein Bursche sich
Im schwülen Mittagsschein.
Er gähnt, doch kaum erblickt er mich,
So springt er flink hinein.

Ein Spätlingsrabe, dick und schwer,
wirft sich vom Baum herab,
Im Kreise fliegt er um mich her,
als mäß' er mir das Grab

Und öder finstrer Wald ringsum,
Als ob die Welt hier schließt.
Hier bleibt das Blut auf ewig stumm,
Das Mörderhand ergießt.

Ich pfeif' ein Lied, der Rabe krächzt
Und streift mir hart vorbei:
Es fällt ein Schuß, der Rabe ächzt,
Ihn traf, nicht mich, das Blei.

Seit er überlegte, ein Drama zu schreiben, gingen ihm Gedichte leicht von der Hand. Sollte er einen neuen Gedichtband planen, um seinen Dramenstoff zu finden? Doch bevor er dieser guten Idee weiter nachgehen konnte, wurde das Essen aufgetragen. Er aß mit großem Appetit, Hänschen verschlang eine zweite Portion und nagte zufrieden an einem Kalbsknochen.

Nach dem dritten Glas Wein ging er, taumelnd vor Müdigkeit, auf sein Zimmer. Im Bett legte er seinen Kopf auf das Tuch mit Josephas und seinen Initialen, es fühlte sich so weich an wie ihr Haar. Für die Wanderung bei Wind und Wetter war es zu schade, er würde das Tuch tagsüber in der Innentasche seines Rockes aufbewahren und jeden Abend auf seinem Kissen ausbreiten. Erst in Hamburg wollte er Josephas Liebeszeichen dann um den Hals tragen. Ob Elises Frauenblick die Buchstaben erkennen würde? Sicher hielt sie ihr eigenes Geschenk für ihn bereit. Der Gedanke an Elise war ihm unangenehm, er wühlte sein Gesicht in das Tuch – frisches Holz und Sommergras ...

Kapitel 9

Am nächsten Tag erzählte er dem Wirt, dass er bis zum Abend Gotha erreichen wolle.

„Das ist unmöglich."
„Aber in meinem Reiseführer steht, dass die Strecke an einem Tag zu bewältigen ist."
„Das gilt für den Sommer. Bei Kälte und Schnee, und es hat in der Nacht tüchtig geschneit, müssen Sie froh sein, Ohrdruf zu erreichen. Die Thüringer Berge sind im Winter nicht zu unterschätzen."
„Ich habe zehn Stunden geschlafen, fühle mich ausgeruht und stark, und meine Stiefel, Hut und Kleider sind trocken. Wenn ich unterwegs ein gutes Brot bekomme, traue ich es mir zu."
„Dann wünsche ich Ihnen Wetterglück. Vom Gipfelkreuz aus werden Sie bei klarer Sicht einen weiten Blick auf die anderen Bergkuppen und den dichten, dunklen Wald haben. Ein sicher beeindruckendes Bild für einen Mann aus dem Norden."

Hebbel bedankte sich für die freundliche Aufnahme am Abend zuvor und beschloss, auf der höchsten Höhe des Thüringer Waldes eine lange Rast einzulegen und das Panorama zu beschreiben. Für eine Miniatur aus dem fernen Thüringen würden sich Amalie Schoppes „Modeblatt" oder vielleicht sogar der „Telegraph" von Gutzkow interessieren.

Draußen empfingen ihn frische Kälte und leichter Schneefall. Das Gehen im Schnee war ein Vergnügen, mit jedem Schritt setzte er ein Zeichen auf die Straße, er legte seine eigene Spur, und der sanft fallende Schnee deckte sie zu, als wolle er sie beschützen. Wenn er sich umdrehte sah er, wie seine großen und Hänschens kleine Abdrücke so gleichmäßig nebeneinander herliefen, als stammten sie von einem einzigen Wesen mit Stiefeln und Pfoten.

In Zella schloss sich ihm eine alte Frau an und bat um seine Begleitung. „Gleich nach dem Ortsausgang führt der Weg steil bergauf. Würden Sie mir mein Päckchen bis zum Sägewerk tragen helfen, lieber Herr?“

Er lud sich ihren Ranzen auf und stellte sich als Journalist vor. „Ich möchte für eine Hamburger Zeitung einen Bericht über das Thüringer Land schreiben, und mir ist in der letzten Stunde aufgefallen, dass es in der Gegend zwischen Suhl und Zella kaum Äcker und Wiesen gibt. Können Sie mir erklären, wovon die Leute sich hier ernähren?“

„Wir leben, kärglich genug, vom Wald. Mein Mann und mein Sohn schlagen Holz und schneiden Brette, ich kümmere mich um zwei Kühe, mache Butter und Käse und verkaufe alles auf dem Markt. So kommen wir zurecht. Zwar kann ich oft nur Suppe und trocken Brot auf den Tisch bringen, aber wir brauchen nicht zu hungern wie die Nachbarn, deren trächtige Färse im Herbst von Wölfen gerissen worden ist. Den Anblick des halb aufgefressenen Kadavers mit dem ungeborenen Kalb werde ich mein Lebtag nicht vergessen. Mein Mann und ich, wir sind zufrieden mit unserem Los, obwohl Sie sich die Ärmlichkeit wohl kaum vorstellen können.“

Er schluckte, dachte an den Milchhändler in Wesselburen, dessen Garten an den seiner Eltern grenzte und der wegen der paar Kühe, die er hielt, von ihnen als wohlhabender Mann angesehen worden war. „Auch ich habe harte Zeiten durchgemacht“, sagte er, „mein Beruf bringt das mit sich. Doch jetzt leide ich keine Not mehr und für die Zukunft ist gesorgt.“

Insgeheim fürchtete er, die Alte könne auf die Idee kommen, unterwegs zu frühstücken. Dann wäre er gezwungen, sich eine gute Ausrede einfallen zu lassen. So ängstlich musste sich seine Mutter an den Sonntagen gefühlt haben, an denen kein Essen im Haus war und Nachbarn zu Besuch kamen. An solchen Tagen setzte sie einen Topf mit Wasser auf und lief immer wieder in die Küche, um mit dem Deckel zu klappern, als würde sie nach der Suppe sehen. Einmal hatte eine neugierige Nachbarin sich nicht davon abhalten lassen, selbst den Deckel zu heben. Es schnürte ihm die Kehle zu, wenn er an die Beschämung seiner Mutter dachte. Zum Glück tauchte nach kurzer Zeit das Sägewerk auf, und die alte Frau verabschiedete sich.

Es ging höher hinauf. Mitten im Wald fand er einen morschen Baumstumpf mit glatter Sitzfläche für die erste Rast. In seinem Rücken standen im Halbkreis himmelhohe Bäume, vor ihm lag eine Niederung, hinter der sich ein Berg erhob. Ein gefrorener Wasserfall fiel in weiß glänzenden Kaskaden, die nach unten hin zersplitterten, vom Berg herab. Alles wirkte wie die Kulisse eines Theaterstücks vor dem Auftritt der Schauspieler. Er wagte nicht, sich zu rühren, sein Herz klopfte vor Ungeduld und vor Erwartung. Wann würde sich der Vorhang heben?

Hänschen hob von Zeit zu Zeit eine seiner Pfoten aus dem Schnee, um sie ein wenig zu erwärmen und erbettelte seinen Teil vom Frühstück. Er nahm ihn auf den Schoß und gab ihm einen Brotrest, er selbst trank nur einen tiefen Schluck aus der Branntweinflasche. Dann kämpfte er sich weiter bergauf.

Als ihm das Gipfelkreuz anzeigte, dass er die höchste Höhe des Thüringer Waldes erreicht hatte, blieb sein Blick in einer Nebelwand hängen, es schneite wässrige Flocken. Sowie Hänschen sich ein paar Meter entfernte, wurde er vom Nebel verschluckt. An einen Artikel über das Panorama der Thüringer Berge war nicht zu denken. Es herrschte ein Selbstmordwetter wie an jenem späten Novembertag vor gut zwei Jahren, an dem er in einer Münchner Galerie gestrandet war. Damals hatte ihn die Angst umgetrieben, in der fremden Stadt zu verhungern. Emil Rousseau wohnte noch in Heidelberg, und Herrmann Hauff vom „Stuttgarter Morgenblatt" hatte auf seine Artikel über das Oktoberfest nicht geantwortet. Nur äußerster Sparsamkeit verdankte er es, dass er von Elise Lensings Geldsendungen ein paar Kreuzer für Brot und Kaffee übrig hatte. Seine drei Hemden waren an Kragen und Manschetten durchgescheuert und voll hartnäckiger Flecken.

Ob der Herr Studiosus in seinem zerschlissenen Rock nicht friere, hatte ihn seine Wirtsfrau gefragt, als im Oktober strenges Frostwetter einsetzte.

Er komme aus dem hohen Norden, dort seien die Menschen Kälte gewohnt, sagte er, froh über das landläufige Vorurteil, dem er immer wieder begegnete. Im Übrigen hänge ein warmer Mantel, nebst Frack und Wäsche im Schrank, er habe nur keine Lust, sich jeden Tag herauszuputzen wie ein Heidelberger Student.

Aber ein reines Hemd könne er am Sonntag wohl anziehen? Sein schäbiger Aufzug falle auf sie zurück, die Nachbarn würden schon reden.

Wenn ihm danach zumute sei ..., aber er fühle sich nun einmal wohl in seinen alten Sachen und werde nicht den Nachbarn zuliebe im Mantel spazieren, solange ihm der Rock warm genug sei.

Dann brauche sie ja sein Zimmer nicht zu heizen, sagte seine Vermieterin zufrieden.

An jenem späten Novembertag war er auf der Treppe noch einmal umgekehrt, um sich zu vergewissern, dass er den Kleiderschrank auch wirklich zugeschlossen hatte. Den ganzen Vormittag über wurde es nicht richtig hell, der Englische Garten, in dem er mit Hänschen seinen täglichen Morgenspaziergang absolvierte, war menschenleer, in München wütete die Cholera. Totenwagen flogen durch die Straßen, ununterbrochen bimmelten die Leichenglocken.

Trübe Gedanken gingen ihm durch den Kopf. Wenn er der Seuche zum Opfer fiele, würde man sein Leben zu Recht als verpfuscht bezeichnen. Alle seine hochfliegenden Pläne waren gescheitert, seine literarischen Vorhaben nichts als bloße Überschriften, längst beerdigt die Aussicht auf einen akademischen Beruf. Unglück, Unvermögen und widrige Umstände hatten jeden neuen Anfang zunichte gemacht. Was er auch anfing, es zerbröckelte ihm unter den Händen.

Im Park schneite es wässrige Flocken, auf den Wegen lag ein schmutziggrauer Brei, der seine Stiefel durchnässte. Zurück in sein Zimmer durfte er noch nicht, denn er hatte sich vor den Wirtsleuten, die misstrauisch geworden waren und schon Bemerkungen über seine finanzielle Lage fallen ließen, mit einer Einladung bei einem reichen Freund gebrüstet.

So trieb es ihn in die Stadt, und da er nicht genug Geld fürs Kaffeehaus besaß, flüchtete er in eine Galerie, die keinen Eintritt verlangte. Die Wände waren von oben bis unten mit Bildern behängt, das Übermaß an Eindrücken machte ihm zu schaffen, schnell ging er an den Genre und Schlachtenbildern des ersten Saals vorbei. Im zweiten, größeren Saal, in dem ältere Gemälde hingen, erinnerte er sich an das nasse Winterwetter draußen, begann, den interessierten Besucher zu spielen und stand lange vor jedem einzelnen Bild.

Ein kleines Tafelbild stürzte ihn in Verwirrung. Es zeigte das zarte Antlitz einer jungen Frau, ein fein gezeichneter Mund, eine edle Nase, die in Licht und Schatten direkt in die geschwungenen Brauen überging, ihr leicht geneigter Kopf war eingefasst von der Pracht heller Locken, die wie zu einer Krone gebunden waren. Doch was ihn zu allererst in den Bann gezogen hatte, waren ihre dunklen, mandelförmigen Augen, deren Blick durch ihn hindurchging. Er war nur ein Spiegel für diese Augen, die nach innen sahen, dorthin, wo die Dinge dunkel und verworren waren. Es schien das Bildnis eines Engels oder einer mittelalterlichen Madonna zu sein, nur dass an ihrer entblößten Brust kein Jesuskind lag. Ihre rechte Hand hielt ein Schwert, ihre linke hatte den Kopf eines Enthaupteten bei den Haaren gepackt, aus dem Ströme von Blut flossen. Wie war es möglich, dass eine so engelgleiche Erscheinung eine so grauenhafte Bluttat beging?

„Judith mit dem Kopf des Holofernes" lautete der Titel des Bildes, aber auch er löste den Widerspruch nicht auf zwischen der Unschuld ihrer Gesichtszüge, den tiefen Augen, die das Grauen noch suchten, das bereits geschehen war, und dem offenkundigen Beweis ihrer Tat.

Er trat von einem Fuß auf den anderen, starrte wie blind in den Thüringer Nebel und konnte sich die Erregung nicht erklären, die in ihm aufstieg.

Durch dichten Tannenwald bergab stolpernd, wobei er oft fehl ging, weil im hohen Schnee kein Weg zu erkennen war, rief er sich die Geschichte der biblischen Judith, die er damals sofort nachgelesen hatte, ins Gedächtnis zurück. Sie handelte von dem mächtigen Feldherrn Holofernes, der mit seinem Heer vor der kleinen israelitischen Bergfestung Bethulia lagerte. Holofernes wurde zugetragen, dass die Israeliten unbesiegbar waren, solange sie ihrem Gott folgten. Das erregte bei ihm Zorn und Eifersucht. Mit seiner militärischen Übermacht schloss er die Stadt ein und unterbrach ihre Wasserzufuhr. Die Verdurstenden forderten ihren Stadtobersten auf, sich dem Feind zu unterwerfen. Der versprach ihnen, Bethulia zu übergeben, falls in den folgenden fünf Tagen keine Rettung eintreten sollte.

Nur Judith wehrte sich gegen den Kleinmut der Männer, unbewaffnet ging sie in das feindliche Heerlager, wo ihre Schönheit großes Aufsehen erregte, auch Holofernes konnte sich ihrer Ausstrahlung nicht entziehen. Auf einem Festmahl ihr zu Ehren, bei dem er sie verführen oder mit Gewalt in seinen Besitz bringen wollte, betrank er sich so sehr, dass es gelang ihr, ihm mit seinem eigenen Schwert das Haupt abzuschlagen, während er seinen Rausch ausschlief.

Nachdem die unerhörte Tat bekannt geworden war, zerstreute sich das Heer aus Furcht vor den Israeliten, deren Gott offenbar tatsächlich allmächtig war. Das Volk Israel jubelte, es feierte seine Befreierin viele Tage lang, Judith selbst dankte Gott in einem Loblied.

Ob die Judithgeschichte einen guten Stoff für eine historische Ballade abgab? Er nahm sich vor, am Abend ein paar erste Zeilen aufzuschreiben.

Der Himmel riss auf, seltsam ergreifend traten die schwarzen Wälder auf dem weißen Grund hervor. Noch einmal schlängelte sich der Weg steil bergab, dann führte er unvermittelt in eine baumlose Ebene, aus der der Kirchturm von Ohrdruf auftauchte. In einer Kneipe bekam Hänschen seine warme Mahlzeit, Hebbel stärkte sich mit Kaffee und erkundigte sich beim Wirt, ob es möglich sei, vor Einbruch der Dunkelheit Gotha zu erreichen.

„Ein rüstiger Wanderer braucht nur etwa drei Stunden, denn es liegen keine nennenswerten Hügel oder gar Berge auf der Strecke. Am besten schließen Sie sich dem Ingenieur Grisam aus Gotha an, der hier den Tobiashammer repariert hat."
„Tobias Hammer?"
„So heißt die Schmiedehammeranlage, an der Sie am Ortseingang vorbeigekommen sind. Das Dröhnen der Eisenhammer müssen Sie gehört haben."
„Ich war Gedanken und gebe ohnehin wenig Acht auf Äußerlichkeiten", sagte er und fragte, wo er den Ingenieur antreffen könne.
„Der wird jeden Augenblick auf ein Bier hereinkommen, er pichelt gern und führt auch sonst ein lockeres Leben. Aber ich will nicht über ihn herziehen, Herr Grisam ist ein guter Gast gewesen."

Noch in der Tür rief der Ingenieur, „wie gehabt, ein großes Helles", hängte Hut und Mantel an einen Haken und setzte sich an die Theke. Es war ein kleiner Mann mit wachen Augen und genau abgezirkelten Bewegungen, die den Eindruck vermittelten, dass er sich seiner Bedeutung gewiss war. Als er Hebbels Reiseziel erfuhr, wurde er neugierig. „Sie kennen Hamburg?"
„Ich habe ein Jahr dort gewohnt."
„Man hört ja so manches von der Liederlichkeit der Hafenstädte. Ihnen ist sicher das eine oder andere ...", Grisam räusperte sich, „...

das eine oder andere Etablissement bekannt."

Er nickte.

Grisam nahm einen tiefen Zug, wischte sich mit dem Handrücken den Schaum von den Lippen, „Ah, das tut gut! Erzählen Sie."
„Ich habe eher Mitleid mit den geschminkten Dirnen gehabt, sie sind mir wie Larven erschienen, die jederzeit zerbrechen und zerspringen können."
„Das kaufe ich Ihnen nicht ab. Sie werden doch etwas erlebt haben."
„Ein paar Mal, nicht häufig, bin ich in Peter Ahrens' Salon gewesen, da ist es lustig zugegangen." Er erinnerte sich daran, dass er zu Beginn seines Hamburger Aufenthaltes, empfänglich für die Verlockungen der großen Stadt, den billigen Straßenmädchen nachgestiegen war. Und wie schwierig es stets gewesen war, dem Pastor, der sein Stipendium verwaltete und peinlich genau Rechenschaft über alle Ausgaben verlangte, glaubwürdige Lügen aufzutischen. Peter Ahrens' Salon, das legendäre Bordell, in dem sich reiche Kaufleute vergnügten, kannte er bloß vom Hörensagen.
„Ja?", der Wirt hörte auf, seine Gläser zu spülen.

Er erzählte von goldenen Spiegeln, die das Licht der Kristalllüster vervielfachten, von funkelnden Champagnerkelchen und kostbaren Teppichen, in denen der Fuß versank, von Näschereien und teuren Zigarrenkistchen auf kleinen Tischen, neben denen sich tiefe Sessel gruppierten, und endlich kam er zu den leicht bekleideten, duftenden Mädchen, die sich mit ihren Kavalieren zur Musik drehten und sich an sie schmiegten, bevor sie mit ihnen auf ihre rot ausgekleideten Zimmer verschwanden.

„Und dort werden dann alle Wünsche erfüllt, die ein Mann sich nur ausdenken kann. Und ich habe hinterher oft gedacht, dass die Tugend, die sich einknöpft, um ihr kostbares Ich möglichst lange zu konservieren, der Haut über der Leberwurst gleicht, die sie zusammenhält."

„Das lässt sich hören", Grisam zahlte sein Bier und drängte zum Aufbruch. Sie machten sich auf den Weg. Grisam trug einen langen, warmen Mantel und eine neue Pelzmütze mit Ohrenklappen und Nackenschirm. Außer einer eleganten, ledernen Reisetasche, die er sich über die Schulter hängte, hatte er kein Gepäck. Hebbel hoffte, dass der Ingenieur seinen speckigen Hut, den zu kurzen Reiserock und seinen unförmigen Ranzen nicht zu genau in Augenschein nehmen würde. Er fragte ihn nach seiner Arbeit.

Grisam berichtete, dass er den Tobiashammer vor großer Zerstörung bewahrt habe. Die Kraftübertragung vom Wasserrad auf die Eisenhammer sei unterbrochen gewesen, und der Besitzer der Anlage, ein Lohngerber, verstehe wenig von Technik. So sei er, Grisam, aus Gotha herübergekommen und habe die Maschinen wieder in Stand gesetzt.
„Aber Sie hören ja gar nicht zu."
„Verzeihen Sie bitte, mir geht etwas im Kopf herum."
„Hamburger Geschichten? Heraus damit."
„Ich denke über die biblische Geschichte von Judith und Holofernes nach."
„Ach", seine Enttäuschung war dem Ingenieur deutlich anzuhören. „Hatten die was miteinander?"
„Nein. Oder vielleicht doch? Judith jedenfalls berichtet, dass sie Holofernes den Kopf abgeschlagen hat, während er seinen Rausch ausschlief."
„Wie kam es dazu?"

Er erzählte.

„Ob der Kerl wirklich zu betrunken war, um ... Sie wissen schon?"
„So ist es überliefert."
„Kann das jemand bezeugen? Ist doch klar, dass diese Judith alles so hingedreht hat, wie es ihr passte. Eine schöne Witwe ..., da hätte ich gern hinterm Vorhang gestanden."
„Für mich ist es der Stoff für eine Ballade oder ein großes Gedicht."
„Damit können Sie mich jagen."
„Oft kommt es auf den Klang an. Sie sollten einmal versuchen, ein Gedicht laut aufzusagen."
„Gott bewahre", Grisam hob abwehrend die Hände, „eine meiner schlimmsten Erinnerungen ist das Gedichtaufsagen in der Schule, da rollen sich mir noch heute die Fußnägel auf. In der Klasse ist es still, und ich stehe vorn am Pult und soll ein ellenlanges Gedicht aufsagen. Über die Stelle vom Schweiß, der über die Stirn rinnt oder tropft, komme ich nicht hinaus. Mein Mund ist trocken, mein Kopf ist leer, und der Lehrer greift zum Stock."
„‚Von der Stirne heiß, rinnen muss der Schweiß'", deklamierte Hebbel. Das ist aus dem ‚Lied von der Glocke' von Friedrich Schiller, einem unserer größten Dichter. Ich könnte es Ihnen jetzt vortragen."
„Gott bewahre! Die Tracht Prügel von Ungemach, so haben wir unse-

ren Lehrer genannt, reicht mir als Erinnerung. Nein, bleiben Sie mir mit Gedichten vom Leib. Wozu sollen die gut sein?"
„Ich achte Ihre praktische Kunst, aber Sie sollten die meine ebenfalls nicht gering schätzen. Die Dichtkunst gibt dem Streben nach Höherem Ausdruck, ja, in gewissem Sinne ist sie das Höhere, das in jedem Menschen verborgen liegt und nach dem er sich sehnt."
„Unsinn. Menschen sehnen sich nach technischem Fortschritt, der ihnen das Leben erleichtert. Und gerade heute gibt es ja Möglichkeiten, von denen noch vor wenigen Jahren niemand zu träumen gewagt hat. Denken sie nur an die neuen Eisenbahnlinien, die bald ganz Deutschland durchziehen werden."
„Ich bin in der letzten Woche mit der Dampflokomotive von Nürnberg nach Fürth gefahren."
„Sehen Sie! Und nun stellen Sie sich vor, Sie hätten sich in München in die Eisenbahn gesetzt und wären nach drei, was sag ich, nach zwei Tagen in Hamburg angekommen. Ohne Pferdewechsel, Kutscherwillkür und das Gerüttel auf schlechten Straßen, ganz zu schweigen von den Strapazen einer Fußwanderung. Auf Schienen gleitet die Lokomotive dahin. Das ist es, wonach der Mensch sich sehnt."
„Da muss ich Ihnen zustimmen."
„Oder denken Sie an die Entdeckung der Elektrizität, schon vor hundert Jahren hat ein gewisser Benjamin Franklin in Amerika den Blitzableiter erfunden. Wenn man diese Energie speichern und transportieren könnte! Wissen Sie eigentlich, wo der erste Blitzableiter in Deutschland angebracht wurde?"

Hebbel verneinte.

„An der Hauptkirche St. Jacobi in Hamburg. Ihre tüchtige Kaufmannsstadt weiß den Fortschritt zu würdigen." Der Triumph in Grisams Stimme war nicht zu überhören. „Und woran arbeiten Sie?"
„Ich habe in den letzten Tagen dem Klang von Vokalen nachgespürt."
„Wollen Sie mich auf den Arm nehmen?"
„In meinem Beruf sind Klänge wichtig."
„Sie haben einen so guten Eindruck auf mich gemacht, schade, dass Sie sich in ein überflüssiges Gewerbe verrannt haben. Mit meiner Kunst kann es sich nicht messen."

In ihm sträubte sich alles gegen Grisams Sicht der Dinge, aber es fiel ihm keine schlagkräftige Erwiderung ein. „Ich werde über Ihre Argumente nachdenken", sagte er verdrossen. Als Grisam bald darauf die nächste Schänke ansteuerte, um sich mit einem zweiten Bier zu erfrischen, verabschiedete er sich von ihm.

„Grisam hat Unrecht, das weiß ich genau", sagte er zu Hänschen, „es wird das Klügste sein, wir vergessen ihn schnell."

Doch irgendetwas in den Reden des Ingenieurs hatte ihn beunruhigt. Vergeblich sann er darüber nach, welche Bemerkung es gewesen sein konnte. „Hatten die was miteinander?" – Das war das einzige, was diesen lüsternen Kerl interessiert hatte, und er hatte einem solchen Mann kein Paroli bieten können. Auch eine Anfangszeile für sein Gedicht über Judith und Holofernes wollte ihm nicht einfallen, und über einen Stoff für sein Drama hatte er in den vergangenen Tagen gar nicht erst nachgedacht. Er kam und kam nicht voran, er trat auf der Stelle, sein Leben war ein ewiges Schattenlaufen. Er hatte die Anstrengungen der Wanderung unterschätzt, es blieb keine Kraft für sein Drama. Sollte er mit leeren Händen nach Hamburg kommen?

Es dämmerte, als er Gotha erreichte. Im Wirtshaus kroch Hänschen unter den Ofen und fiel in einen tiefen Erschöpfungsschlaf. Während Hebbel aufs Essen wartete, starrte er auf den Bogen, auf dem er in Roth – wie lang war das her? – unter der Überschrift „Tragödie" die Worte „Lust, Schmerz, Demütigung und Gewalt" notiert hatte, sogar seinen Namen hatte er daruntersetzen wollen. Nun zählte er die Buchstaben der sieben Worte und schämte sich für seine geistige Stumpfheit. In einer solchen Stimmung war an Dichten nicht zu denken.

„Schreiben Sie ein Reisetagebuch?", fragte eine energische Männerstimme neben ihm. Schnell faltete er den Bogen zusammen. Der Fremde sollte keinen Blick auf seine Handschrift werfen, die Buchstaben kippten in alle nur erdenklichen Richtungen. „Ein Gedichtanfang, aber für heute bin ich zu müde. Es lässt sich nicht erzwingen."

Der Fremde fragte, ob er ihm Gesellschaft leisten dürfe.

Er bejahte, nach einem langen Tag in der Kälte tue es gut, auch menschlich wieder aufzutauen.

„Als ich Sie über das Papier gebeugt sah, habe ich gleich gewusst, dass Sie ein gebildeter Mann sind", sagte der Fremde. Er stellte sich als Doktor der Jurisprudenz vor. Hebbel nannte nur seinen Namen.

Er sei Landrat im Kleinstaat Sachsen-Coburg-Gotha und habe gerade einen wichtigen Prozess gewonnen, die Beförderung in ein höheres Amt werde nicht lange auf sich warten lassen, sagte der Doktor. „Da hat sich das jahrelange Studium am Ende doch gelohnt. Sie wissen, wovon ich spreche?"

„Auch ich habe Jura studiert, erst in Heidelberg, später in München." Er brauchte einer zufälligen Bekanntschaft ja nicht gleich auf die Nase zu binden, dass er über allererste Anfänge nicht hinausgekommen war.

„Dann sind wir ja vom gleichen Fach", sagte der Landrat erfreut. „Nur dass ich nicht nebenbei noch von der Muse geküsst werde."

Hebbel machte eine wegwerfende Handbewegung. Auf einmal fühlte er sich merkwürdig herabgestimmt.

„In welchen Geschäften sind Sie unterwegs, werter Herr Kollege", fragte der Landrat.

Er befand sich in Verlegenheit. Dass ein studierter Jurist mitten im Winter zu Fuß von München nach Hamburg lief, um einen Gedichtband zu verkaufen, klang mehr als unwahrscheinlich. „Ich bin auf einer Wanderung", sagte er ausweichend.

„Wie gut ich Sie verstehe, auch ich würde mich gern ab und zu mal ein paar Tage auslüften. Leider lässt mir mein Beruf keine Zeit dafür. Sie haben es da offenbar besser getroffen."

Er nickte. Die weiteren Fragen des Landrats beantwortete er ausweichend. Als das Gespräch auf juristische Fachfragen kam, wurde er einsilbig. Schließlich gab der Landrat es auf. „Man merkt, dass Sie aus dem Norden sind. Verzeihen Sie, ich wollte Sie nicht belästigen."

Schweigend nahmen sie ihr Essen ein. Hebbel verabschiedete sich bald, trug Hänschen aufs Zimmer und legte ihn aufs Bett. Dann strich er sein neues Halstuch glatt, der seidige Stoff umschmeichelte seine Hand. Ihm war, als würde er Josephas Haut berühren und mochte nicht aufhören, den Stoff zu streicheln. Erst nach einer ganzen Weile gab er der Müdigkeit nach und legte seinen Kopf auf das Tuch. Am nächsten Morgen würde der Abdruck ihrer und seiner Initialen ihm ins Gesicht geschrieben stehen. Was für ein tröstlicher Gedanke ... Doch gleich darauf drängte sich ihm die Vorstellung auf, dass Elise Lensing in Hamburg gerade mit dem Wunsch zu Bett ging, ihn in ihre Armen zu schließen.

Wie viel Unausgesprochenes gab es zwischen ihr und ihm. Seine schriftlichen Beteuerungen, dass ihm Freundschaft und geistige Nähe mehr bedeuteten als jeder Sinnenrausch, hatte sie mit einer Kälte beantwortet, die sie verriet. Sicher spürte Elise, dass er in München eine Geliebte gefunden hatte, aber ebenso sicher hoffte sie, ihr altes Verhältnis wieder aufleben zu lassen. Sie würde ihn nicht bedrängen, das war nicht ihre Art, sie würde warten und hoffen, ihm mit dem Recht einer mütterlichen Freundin durchs Haar fahren, ihm entsagende Blicke zuwerfen, immer bereit, das geringste Entgegenkommen mit eindeutigen Liebesgesten zu beantworten. Wie er sich im Voraus über diese Blicke, diese Gesten ärgerte.

Ein bleiernes Verstehen und Verzeihen hatte von Beginn an auf ihrem Verhältnis gelegen. Doch erst als er Hamburg verlassen hatte, begriff er, wie sehr ihre Sanftmut ihm die Luft zum Atmen geraubt hatte, und so hatte er es trotz aller Sehnsucht genossen, frei zu sein. Und nun war er auf dem Weg zu ihr zurück.

Kapitel 10

Als er am nächsten Morgen seine abgegriffene Deutschlandkarte studierte, stellte er fest, dass der direkte Weg nach Norden über den Harz führte. Also war er gezwungen, in einem weiten Bogen nach Westen auszuweichen und viele zusätzliche Meilen in Kauf zu nehmen. Dazu bedrückte ihn die wohl scherzhaft gemeinte Bemerkung des Wirtes, dass er spät dran sei, wenn er nach Weimar wolle.

Mit gesenktem Kopf, Hänschen humpelnd an seiner Seite, schlich er durch Gothas Straßen. Er fühlte sich zu matt, die Haupt und Residenzstadt mit ihrem berühmten Barockschloss zu besichtigen und begrub die Idee, in Hamburg Reisebeschreibungen zu veröffentlichen. Heute schien das klare Winterwetter ihn zu verhöhnen, die kalte Luft schnitt ihm in die Lungen. In einer Backstube am Ortsausgang kaufte er sein Brot für den Tag.

„Warum machen Sie ein so trauriges Gesicht, mein Herr", fragte das Bäckermädchen, ihre Stimme hatte einen glockenhellen Klang. Er sah auf und stutzte. Ihm war, als würde sein Herzschlag aussetzten, er brachte keinen Ton heraus.
„Lassen Sie sich von der Sonne aufheitern."

Er stolperte aus der Backstube.

Ich kenne sie, dachte er, diese dunklen Augen, die leichte Neigung des Kopfes ..., es ist das Gesicht der jungen Frau aus Weißenburg, die mit ihren schwarzen Mandelaugen in mich hinein und durch mich hindurchgesehen hat, genau wie die beunruhigende Schöne aus der Münchener Galerie. Es ist das Gesicht meiner Judith, einer Frau, die in ihrer Verletzlichkeit stärker ist als alle Männer und die im Vertrauen auf ihren Gott zu einem Opfer bereit ist, das niemand von einer Frau verlangen darf. Und Holofernes, gewohnt, über Leben und Tod zu entscheiden, dieser maßlose, gewalttätige Mann, er unterliegt ihr. Je mächtiger und grausamer ich ihn auftreten lasse, umso heroischer wird ihre Tat. Es wird darauf ankommen, zwei in ihrer äußerlichen Wirkung extrem unterschiedliche Figuren zu zeichnen, sie zwei Prinzipien verkörpern zu lassen, von denen eines tragisch untergehen muss. Einen Kampf auf die Bühne zu stellen, der ...

Mein Gott, wenn das ginge, schoss es ihm durch den Kopf. War die Geschichte von Judith und Holofernes der Stoff, nach dem er so lange gesucht hatte? Und gab es einen Grund dafür, dass sich bisher kein Dichter an die Dramatisierung herangewagt hatte, während das Motiv bei Malern so beliebt war? Galt nur der Augenblick, in dem Judith die Tat beging oder gerade begangen hatte, als darstellbar, und hatte deshalb niemand die Bühnentauglichkeit der alten Geschichte erkannt? Aber er stellte sich diese Fragen nur, um sein Herz zu beruhigen; denn die wichtigste Frage hatte er sich schon beantwortet.

Hänschen machte ihn darauf aufmerksam, dass es Zeit war zu frühstücken. Hebbel brachte keinen Bissen herunter, wollte nur so schnell wie möglich in den nächsten Ort, um einen ersten Entwurf niederzuschreiben. Der fast leere Bogen mit den achtunddreißig wackeligen Buchstaben knisterte in seiner Brusttasche. Es war die glücklichste Stunde seiner Reise, das Gehen eine kaum zu ertragende Lust, jeder Schritt ein Triumph.

Seggt dem Koninge gude Nacht,
He hefft uns braden Höner gebracht.
Tastet tho, gi leven Gesten,
Ditt gifft uns Koning Hans thom besten.
Gistern weren se alle rike,
Nu steken se hir in dem Schlike.
Gistern dor vöreden se einen hogen Moott,
Nu hacken ehn de Raven de Ogen ut.

Während er die jahrhundertealten Verse aus seiner Dithmarscher Heimat sang, fühlte er sich, als habe er gerade selbst die Schlacht bei Hemmingstedt gewonnen. Hatte es in Wesselburen nicht geheißen, dass seine Familie mit Wulf Isebrand, dem siegreichen Helden der Schlacht, verwandt sei? Wie groß die fremde Übermacht auch sein mochte, jetzt würde ihn niemand mehr daran hindern, seinen Judithstoff auf die Bühne zu bringen.

Seggt dem Koninge gude Nacht ...

Mit schräg erhobenem Stock teilte er scharfe Hiebe aus. Der Himmel über ihm war hoch und weit, die Luft atmete das Licht. Hänschen bellte aufgeregt, als wolle er seinen Teil zum Kampf beitragen.

Erst in Bad Langensalza fand er einen Gasthof. Gleich nachdem er Suppe und Kaffee bestellt hatte, spitzte er die Bleifeder, glättete den Papierbogen und schrieb über das Wort „Tragödie" in großen Buchstaben den Titel, „Judith".

Sechs Buchstaben in klarer, fester Handschrift, zwei Silben, deren Klang nicht unterschiedlicher sein konnte. Ju, das war wie der traurig schöne Anfang eines alten Liedes, zärtlich und sanft setzte es ein mit dem melodischen J und wurde beherrscht vom U, dem geheimnisvollsten aller Vokale, der eine tiefe Beunruhigung ausstrahlte. Der ersten Silbe folgten ein weiches D und ein helles I, das an die Oberfläche drängte, aber sofort von einem verstörenden Auslaut ausgelöscht wurde.

Judith – im Namen seiner Heldin verbarg sich ein unlösbar scheinender Widerspruch. Würde es ihm gelingen, diesen Widerspruch in Sprache und Handlung zu übersetzen, ohne die Spannung aufzulösen? Dies schien ihm die eigentliche Aufgabe zu sein, die ihn erwartete. Wie viel leichter hatten es Maler und Bildhauer, sie konnten ein Gesicht zur gleichen Zeit schweigen und sprechen lassen. Er besaß nur Buchstaben, Worte und Sätze, die er hintereinander aufreihen musste.

Wie stand es mit Holofernes? Überdeutlich verriet der Klang des Namens das Schicksal seines Trägers. Die Anfangssilben Holo waren aus einem Guss, dunkel und schwer wie eine Drohung, der sich niemand entziehen konnte. Doch die nächsten beiden Silben schwächten den Eindruck ab, der Name franste aus. Wer Holofernes hieß, war nur beim ersten Hinhören stark und unbesiegbar, der Name verriet, dass sein Träger dazu bestimmt war, unterzugehen. Im Vergleich zu „Judith" steckte in „Holofernes" keine Tiefe. Fast tat er ihm leid.

Ob dem Herrn sein Kaffee nicht geschmeckt habe, fragte der Wirt.

Er tauchte auf. Der Becher war kalt. Hänschen hatte seinen Teller leer gefressen, saß unter dem Ofen und putzte sich.

„Ich bin in Gedanken bei einer wichtigen Arbeit gewesen und möchte einen frischen Kaffee."
Kopfschüttelnd räumte der Wirt ab und brachte nach kurzer Zeit einen neuen Becher. „Werden Sie am Nachmittag das Badewäldchen besuchen?"
„Was reden Sie da, halten Sie mich für verrückt?"
„Haben Sie noch nicht von unseren heißen Schwefelquellen gehört? Sie haben heilende Kräfte und beruhigen Körper und Geist, und Sie machen einen mitgenommenen Eindruck, mein Herr. Wenn Sie einen Tag länger bleiben wollen, biete ich Ihnen eine günstige Übernachtung an."
„Einer Beruhigung bedarf ich ganz und gar nicht. Ich bin im Begriff, mich selbst zu heilen." Er deutete auf den Papierbogen.
„Da haben Sie sicher einen wichtigen Vertrag aufgesetzt."
„Einen Vertrag? Ich schreibe ein Drama." Der Triumph in seiner Stimme ließ den Wirt aufhorchen. „Ein Drama, das ist allerdings etwas ..., etwas ganz Besonderes. Ich verstehe nichts davon, aber der Name des Geheimen Rates Goethe, der vor wenigen Jahren im benachbarten Weimar verstorben ist, ist mir natürlich ein Begriff."
„Es ist eine neue Zeit angebrochen, und neue Zeiten brauchen neue Dichter. Ich bin mir gewiss, dass auch mein Name überdauern wird. Dieser Bogen hier markiert den Beginn einer großen Zukunft."
„Ich bringe Ihnen einen frischen Kaffee. Verzeihen Sie, der alte war nur aufgewärmt."

Wieder war das Gehen reine Lust. Gestärkt durch den Kaffee, das köstliche Brot aus der Hand des Bäckermädchens und die Zuvorkommenheit des Wirtes, kam er gut voran. Die Tage, Wochen, Monate und Jahre, die er über sein Drama nachgegrübelt hatte, waren nutzlos vertane Zeit gewesen, weil er das Geheimnis des Gehens vergessen hatte. Solange er an einem Schreibtisch saß, brütete er stumpf vor sich hin. Nun lagen fruchtbare Tage vor ihm, und an jedem Tag würde er sich etwas Neues abverlangen. Neidlos sah er den Kutschen hinterher. Mochten die Fahrenden in ihren schaukelnden Kisten ruhig auf den Wanderer am Straßenrand herabsehen, bald sollten sie ihn als den Verfasser der „Judith" bewundern lernen.

Ob die Gendarmen hinter ihm her seien, rief ihm ein junger Handwerksbursche zu, den er mit langen Schritten überholte.

„Ihr Hund humpelt ganz jämmerlich und kann kaum folgen."
„Mich hat eine Idee beflügelt." Er blieb stehen, um auf Hänschen zu warten.
„Falls Sie kein eingebildeter Student sind und nicht wieder ins Laufen geraten, könnten wir eine Strecke gemeinsam wandern."
„Ich habe die Universität besucht, aber den ‚Bruder Straubinger' oder andere Spottverse nie gesungen, studentischer Dünkel liegt mir fern."
„Ich heiße Schindler und bin Schneidergeselle", der Handwerksbursche deutete eine Verbeugung an.

Hebbel stellte sich als Literat vor.

„Mögen Sie mir verraten, was Sie so beschwingt hat?"
„Mir ist ein Drama eingefallen."
„Ich schwärme fürs Theater und habe im letzten Jahr eine Komödie von Raupach gesehen."

Sein Stück sei eine Tragödie von antikem Ausmaß.

„Die Schleichhändlerin" habe das Stück geheißen.

Es sei die Dramatisierung der biblischen Geschichte von Judith und Holofernes.

Darin würden einem alternden Fräulein, ihren Namen habe er leider vergessen, tolle Streiche gespielt. Dieses Fräulein sei so vernarrt gewesen in einen englischen Schriftsteller, dass sie mitten in der Nacht in den Wald gegangen sei.

Allein der Name Judith enthalte mehr Inhalt als irgendein Stück von Raupach.

Doch es habe gar keine Zigeunerhochzeit gegeben, und so hätten die Grenzjäger das Fräulein als Schleichhändlerin arretiert und ...

Raupach sei ein elender Schwätzer, und seine Possen minderwertiger Schund. Warum der Verleger Campe sie der Veröffentlichung für wert befinde, bleibe sein Geheimnis.

Aber der Saal sei voll gewesen, und es habe viele Lacher gegeben.

Leider sei das Theaterpublikum so beschaffen, dass eine Arbeit, die mit Beifall aufgenommen werde, nichts taugen könne.

„Ja, dann ...", sagte Schindler. „Das alte Fräulein hieß übrigens Julie, gerade fällt es mir wieder ein. Genau wie Ihre Heldin." Ausführlich erzählte Schindler von den Missgeschicken des Fräulein Julie.
„Judith", unterbrach Hebbel ihn nach einer ganzen Weile.
„Nein, Julie", das weiß ich genau.
„Judith!"

Schindler verstummte.

„Judith", wiederholte Hebbel, „ein Name mit ganz besonderem Klang. Stellen Sie sich eine Frau mit dem Gesicht eines Engels vor, beherrscht von schwarzen Mandelaugen."
„Eine Liebesgeschichte also?"
„Ja und nein. Denn diese schöne Frau hält ein Schwert in der einen Hand, während sie mit der anderen den Kopf des Mannes fasst, den sie soeben enthauptet hat."
„Auf offener Bühne?"
„Ich wäre ein schlechter Dramatiker, wenn ich die Szene hinter den Vorhang verlegen würde."
„Wie soll das gehen?"
„Man könnte ..., man könnte den Hauptdarsteller im allerletzten Moment durch einen zum Tode Verurteilten ersetzen und ihm seine Strafe auf der Bühne zuteil werden lassen. Für das viele Blut müssten dann Ablaufrinnen in den Bühnenboden verlegt werden."
„Das würden Sie dem Publikum zumuten?"
„Wer schwache Nerven hat, soll in Ohnmacht fallen. Auf verwöhnte Senatorentöchter kann ich keine Rücksicht nehmen. Probleme ergeben sich höchstens ..."
„Ja?"
„Werden genug zum Tode Verurteilte zur Verfügung stehen, falls das Stück ein Erfolg wird?"
„Wie können Sie an einem so schönen Tag auf solch finstere Gedanken verfallen? Sie jagen mir Angst ein."

Es sei nicht seine Absicht gewesen, ihn zu erschrecken, sagte Hebbel, als er bemerkte, dass Schindler von ihm abrückte. Er habe nur zeigen wollen, wie sehr sich die Arbeit eines ernsthaften Dramatikers von den Possenschneidereien eines Raupach unterscheide.

Der Unterschied sei ihm jetzt für immer bewusst, beteuerte Schindler, von nun an, das könne er aufrichtig versichern, würde er die höchste

Hochachtung für ernsthafte Dramatiker empfinden. „Ablaufrinnen ...“, murmelte er vor sich hin.

In Mühlhausen trennten sich ihre Wege. Hebbel suchte sich eine Unterkunft und wollte noch eine Stunde an seinem Drama arbeiten. Auf dem Papierbogen las er unter der Überschrift „Judith“ die vier Worte: „Lust, Schmerz, Demütigung und Gewalt“. Lust und Gewalt ließen sich Holofernes zuordnen, doch was hatte seine heldenhafte Judith mit Schmerz und Demütigung zu tun? Warum waren ihm diese Gefühle so wichtig gewesen? Entschlossen strich er den Satz aus. Es galt, einen neuen Anfang zu machen.

Bald nach dem Essen übermannte ihn die Müdigkeit, auch Hänschen war schon vor dem Ofen eingeschlafen. Hebbel trug ihn aufs Zimmer. Kaum lag er im Bett, erwachte das Hochgefühl, das ihn am Nachmittag beim Gehen gepackt hatte.

Seggt dem Koninge gude Nacht,
He hefft uns braden Höner gebracht.

An seinem Hals pochte eine Ader. Vorsichtig, um Hänschen nicht zu stören, verließ er das Bett und öffnete das Fenster. Statt der kalten Nachtluft, die er erwartet hatte, drang ein milder Hauch ins Zimmer, draußen fiel feiner Nieselregen. Die Winterkälte war gebrochen.

Die linden Lüfte sind erwacht,
Sie säuseln und weben Tag und Nacht,
Sie schaffen an allen Enden.

O frischer Duft, o neuer Klang!
Nun, armes Herze, sei nicht bang!
Nun muß sich alles, alles wenden.

Die Welt wird schöner mit jedem Tag,
Man weiß nicht, was noch werden mag,
Das Blühen will nicht enden.

Es blüht das fernste, tiefste Tal:
Nun, armes Herz, vergiß der Qual!
Nun muß sich alles, alles wenden.

Zehn Jahre waren es her, dass er Ludwig Uhlands Frühlingsgedicht das erste Mal gelesen hatte. Zu einer Zeit, in der er meinte, verzweifeln zu müssen, weil keine Aussicht bestand, seiner Wesselburener Fron zu entkommen, hatte dieses Gedicht ihm Mut und Zuversicht gegeben. An einem sonnigen Apriltag hatte er sich aus der Schreibstube gestohlen und mit einem Band Gedichte an den Rand eines trockenen Grabens gesetzt, den großen Hund des Prinzipals an seiner Seite. „Frühlingsglaube“ lautete die Überschrift, die ihm beim Blättern ins Auge fiel, die folgenden Verse schienen nur für ihn geschrieben zu sein, beim Lesen fühlte er sich dem Verfasser näher als allen seinen Freunden.

„‚Nun wird sich alles, alles wenden'“, flüsterte er in den Mühlhausener Nieselregen hinein und schloss behutsam das Fenster. Josephas Seidentuch lag auf dem Kopfkissen bereit, er genoss den kühlen Stoff auf seiner Wange. Als Verfasser der „Judith“, als gefeierter Dramatiker und gemachter Mann würde er nach München zurückkehren. Und dann mit Josepha weiterfahren nach Marienbad, dann über die Alpen, nach Rom, nach Neapel, den Vesuv besteigen wie Goethe ... Unterwegs sein, reisen, neue Eindrücke sammeln und auf sich wirken lassen für ein neues Werk.

Auch Elises Opfer sollten nicht umsonst gewesen sein, ihr Glaube an seine Zukunft würde in Erfüllung gehen. Schon bald würde sein Name als Stern erster Ordnung am literarischen Himmel glänzen. „Judith“ würde ihm den Eingang zu allen deutschen Bühnen öffnen, August Lebrun, der Direktor des Hamburger Stadttheaters in der Dammtorstraße, sich persönlich um eine Aufführung bemühen. Würde Lebrun in ihm den unsicheren jungen Mann aus der Provinz wiedererkennen, der vor vielen, vielen Jahren an einem heißen Augusttag in sein Büro spaziert war und unbedingt Proben seines rezitierenden Talents ablegen wollte? So ablehnend Lebruns Urteil damals ausgefallen war, so begeistert würde er sich über das schriftstellerische Talent des nun berühmten Autors äußern.

Was für einen weiten Weg er seit damals zurückgelegt hatte. Er konnte nicht einschlafen vor Glück. Er hatte eine Heldin gefunden, die Schillers „Jungfrau von Orleans“ in nichts nachstand, und einen Helden, der sich mit Alexander dem Großen vergleichen durfte.

Kapitel 11

Als er am nächsten Morgen sein Geld zählte, stellte er erfreut fest, dass seine Reisekasse ihm einen bescheidenen Luxus erlaubte. So kaufte er am Ortsausgang von Mühlhausen Brot und Käse und einen Wurstrest für Hänschen.

Der Himmel war von einem gleichmäßigen hellen Grau, es fiel feiner Nieselregen. Es wäre ein freundlicher Regen gewesen, wenn er nicht die gestern noch gefrorenen Wege aufgeweicht hätte. Kutschpferde quälten sich mühsam voran, die Räder der Kutschen wühlten den Boden auf und hinterließen tiefe Spuren, in denen sich Pfützen bildeten. Fußgänger versanken knöcheltief im Matsch. Auch Hebbel kämpfte sich voran, an seinen Sohlen klebte schwarze Erde, eine Schlammschicht überzog seine Stiefel, seine Hosen waren mit Schmutz besprenkelt. Aber in ihm war alles licht und hell.

Von Zeit zu Zeit blieb er stehen, nahm seinen Hut ab und hielt sein Gesicht in den weichen, norddeutschen Regen. Es kam ihm gelegen, dass das Wetter umgeschlagen war und sein Fortkommen behinderte, je langsamer er ging, umso besser konnte er nachdenken. Und er wollte sich möglichst genau an die Geschichte von Judith und Holofernes erinnern, an den maßlosen Feldherrn, der sich selbst als neue Gottheit verehrt wissen wollte und der vom allmächtigen Gott der Israeliten erfuhr. Wie besessen musste er davon gewesen sein, dieses Volk zu demütigen und auszulöschen. Seine Tragik bestand darin, dass er in Judith den Feind begehrte, der seinen Untergang besiegeln sollte.

Und Judith? Sie hatte den Kleinmut ihres Volkes getadelt, den Entschluss, die Stadt kampflos zu übergeben, missbilligt und ihren Gott um Beistand gebeten. Ihr Plan war, sich waffenlos ins Lager der Feinde zu begeben, Holofernes zu verführen und zu töten. Dann ..., das Bild des Racheengels mit dem Schwert bedrängte ihn, er kam nicht näher an die biblische Geschichte heran. Dafür spukte ihm der Satz des Ingenieurs Grisam im Kopf herum. – „Hatten die was miteinander?“ Warum wurde er diese freche Bemerkung nicht los?

Der Regen hatte aufgehört, zwischen den Wolken zeigten sich erste blaue Löcher. Es wurde Zeit fürs Frühstück. Auf einem nassen Baumstamm teilte er sein Essen mit Hänschen und ließ sich von der Sonne trocknen. Ein leichter Wind fuhr durch die Bäume, letzte Tropfen fielen, ein Amselmännchen plusterte sich auf und probte seinen Lockruf. Es roch nach Frühling.

Nun, armes Herze, sei nicht bang!
Nun muß sich alles, alles wenden.

Ihm fiel ein, dass Rudolf Ihering, ein Kommilitone aus seiner Heidelberger Studentenzeit, jetzt in Göttingen wohnte. Er würde Ihering am nächsten Tag aufsuchen und ihm von seinem Drama erzählen. Wie erstaunt würde Ihering über sein Auftreten sein, hatte er ihn doch als verlegenen, ungeschickten und ungeselligen Provinzler in Erinnerung. Er nahm sich vor, den Besuch bei Ihering als Probe für die anstehenden Begegnungen mit Hamburger Bekannten anzusehen. Und wie er diese Probe bestehen wollte!

Mit neuem Mut und neuem Schwung würde er sich von Göttingen aus auf den Weg machen. Er schloss für einen Moment die Augen. Angst und Scham, die seit seinem Entschluss zur Rückkehr nach Hamburg auf ihm gelastet hatten, fielen von ihm ab und lösten sich auf. Er sah sich mit Freunden plaudern, Fragen nach seinen literarischen Plänen beantworten und vor einem großen Publikum aus seinem Drama vorlesen. Amalie Schoppe saß am Rand und wurde zu einer Nebenfigur.

Während die inneren Bilder an ihm vorüberzogen, wich die Anspannung der letzten Tage, seine Glieder wurden angenehm schwer, und es überkam ihn eine so große Müdigkeit, dass er sich am liebsten auf dem Stamm ausgestreckt hätte. Arme und Beine fühlten sich an, als würden sie nicht zu ihm gehören. Er schlug und trampelte sich warm und klopfte angetrockneten Schmutz von den Stiefeln. Heiligenstadt war noch weit.

Im Weitergehen dachte er darüber nach, ob es möglich war, im Gehen zu schlafen. Er hätte es sich zugetraut, wenn der Weg besser und nicht jeder einzelne Schritt mit Anstrengung verbunden gewesen wäre. Das Gehen fiel ihm schwer, ihm war, als wate er durch hüfthohes Wasser. Er zählte die Feldsteine, die Bäume, die Sträucher, seine eigenen Schritte, es schien Stunden zu dauern, bis er ein kleines Dorf durchquert hatte. In die Kneipe am Ortsausgang kehrte er ein und setzte sich an den Tisch neben dem Ofen. Kaum saß er auf der Bank, fielen ihm die Augen zu.

„Ihr Kaffee."

Schlaftrunken richtete er sich auf. „Ist er wieder aufgewärmt?"
„Wo denken Sie hin, nur die Suppe für den Hund hat auf dem Herd gestanden."
„Entschuldigen Sie mich, ich habe geträumt."
Ein alter Mann am Nebentisch sagte begütigend, „Sie haben sicher eine weite Reise hinter sich."
„Ich bin vor zehn Tagen zu Fuß in München aufgebrochen. Und gestern habe ich die ganze Nacht über einem Drama gesessen."
„Dann sind Sie Schauspieler?"
„Literat", sagte er stolz.
„Ich bin Apotheker in Dingelstädt. Falls Sie Lust haben, mich zu begleiten, würde ich gern mehr über Ihr Stück erfahren. Ich habe noch nie Gelegenheit gehabt, mich mit einem Schriftsteller zu unterhalten."
„Ich will aber nach Heiligenstadt."
„Dingelstädt liegt auf dem Weg."

Der Kaffee und die Aussicht auf Unterhaltung weckten seine Lebensgeister, nach kurzem Aufenthalt brach er mit dem Apotheker auf. Er erzählte von Holofernes' tragischem Konflikt, und der Apotheker war ein guter Zuhörer und nickte an den richtigen Stellen.

„Judith aber", sagte Hebbel, „Judith lockt Holofernes mit List und Schlauheit ins Netz. Nachdem sie ihn enthauptet hat, steckt sie seinen Kopf in einen Sack und schmuggelt ihn nach Bethulia. Als das feindliche Heer erfährt, dass sein Anführer getötet worden ist, zerstreut es sich. Sie können sich sicher leicht vorstellen, wie ganz Israel seine Retterin bejubelt und wie Judith selbst sich gefühlt haben wird. Drei Monde lang wurde gefeiert, getrunken und getanzt. Wenn ich es recht bedenke ..., mit jemandem, der nach einem Mord, so begründet er auch gewesen sein mag, singt und tanzt, will ich eigentlich nichts zu tun haben. Dass ein Weib vor Zeiten einem Helden den Kopf abgeschlagen hat, finde ich nicht schlimm. Aber die Art und Weise, wie die Bibel davon berichtet, empört mich. So berechnend, so kalt, so ganz ohne Mitgefühl ..., das ist mir fremd."

„Und doch wollen Sie Ihr Drama nach dieser Frau benennen?
„Wieso?"
„Ich dachte, das Stück solle ‚Judith' heißen."
Er schwieg. Der Apotheker sah ihn besorgt an.
„Das habe ich nicht bedacht", sagte er nach einer ganzen Weile. Seine Stimme schwankte so sehr, dass der Apotheker sich für seine Frage entschuldigte, sicher wisse er genau, warum er die Figur der Judith ins Zentrum seiner Tragödie stelle.

Er habe es nicht bedacht. Er sei in die Irre geführt worden von dem Bildnis einer schönen Frau, auf dem nichts von ihrer Herzenskälte sichtbar gewesen sei. Der Maler sei ein heimtückischer Lügner und Betrüger. „Ich könnte ihn mit bloßen Händen erwürgen."
„Fassen Sie sich, es handelt sich um ein unschuldiges Bild."
„Es handelt sich um meine Existenz."
„Sie sind zu Tode erschöpft. Ich habe es Ihnen auf den ersten Blick angesehen. Wenn Sie bei mir übernachten möchten ..., in Ihrem Zustand werden Sie heute kaum bis nach Heiligenstadt kommen."
„Lassen Sie das meine Sorge sein."
„Morgen sind die Wege abgetrocknet, und bei gutem Wetter holen Sie schnell wieder herein, was Ihnen heute an Strecke fehlt."
„Und dann heißt es wieder Schattenlaufen wie alle Tage."
„Ich bitte Sie, nehmen Sie mein Angebot an."
„Ich kann nicht und ich will nicht."
„Dann gebe ich Ihnen ein Stärkungsmittel mit, meine Apotheke liegt nur ein paar Schritte ab vom Weg."
„Die Medizin, die Sie mir verabreicht haben, war stark genug."
„Es tut mir leid. Ich wollte helfen."
„Es ist nicht Ihre Schuld, es war schon immer so. Alles, was ich anfasse, zerbricht oder wird zerschlagen."

Der Apotheker fasste seinen Arm. „Ich kann es nicht verantworten, sie allein weiterziehen zu lassen. Kommen Sie zur Vernunft. Lassen Sie sich helfen. Sie sind erschöpft und verwirrt. Bleiben Sie die Nacht bei mir."

Er machte sich los. Ohne ein Abschiedswort ging er davon.

In ihm war alles öde und leer. Mit jedem Glück, auf das er gerechnet hatte, schien er einen Teil seiner Kraft zu verlieren. Noch nie hatten die Tragriemen so tief in die Schultern geschnitten, noch nie war der Ranzen so schwer, noch nie das Gehen so mühsam gewesen.

Kurz nach Dingelstedt musste ein flacher Stein in den linken Stiefel gerutscht sein, bei jedem Schritt drückte er auf den Ballen der Fußsohle. Lange konnte er sich nicht dazu entschließen, den Stein zu entfernen, er empfand den Druck als angenehm kühlend und war sich nicht sicher, ob er seinen geschwollenen Fuß in den einmal ausgezogenen Stiefel wieder hineingezwängt bekommen würde. In den letzten Tagen war ihm dies morgens nur unter Schmerzen gelungen, sodass er schon überlegt hatte, die Stiefel im Bett anzubehalten.

Der Strumpf starrte vor Schmutz und hatte ein schlammverkrustetes Loch auf der Unterseite. Verständnislos blickte er auf seinen schwarzen Fuß, dann langte er in den Stiefel, um den Stein herauszuholen. Erst als sein Zeigefinger, ohne auf Widerstand zu stoßen, durch die Stiefelsohle hindurchging und auf der anderen Seite herausstach, begriff er, dass er den Stiefel durchgelaufen hatte. Auch das zweite Paar Strümpfe würde bald durchgelaufen sein, und wenn er den Fuß mit einem dicken Lappen umwickelte, würde er nicht mehr in den Stiefel passen.

Im Ranzen gab es kein geeignetes Stück Stoff, das er über den frischen Strumpf ziehen konnte, allein Josephas Seidentuch kam für einen Verband infrage. Aber durfte er das schöne Tuch dem Straßenschmutz aussetzen, wenn er es in den nächsten Nächten brauchen würde wie nie zuvor? Er war kurz davor, umzukehren und das Angebot des Apothekers nachträglich anzunehmen, nur der Gedanke daran, sich dann den ganzen Abend über sein Scheitern unterhalten zu müssen, hielt ihn davon ab.

Schließlich zog er das Seidentuch aus der Innentasche seines Rockes und fuhr über den kühlen, glatten Stoff. Er würde seinem geschundenen Fuß wohl tun, und wenn Josepha jetzt bei ihm wäre, würde sie ihn mit eigener Hand verbinden.

„Nun humpeln wir also beide", sagte er zu Hänschen, als er im Weitergehen den linken Fuß vorsichtig belastete und sich bei jedem zweiten Schritt auf den Stock stützten musste. So gebeugt dahinzuschleichen,

erschien ihm wie eine zusätzliche Demütigung, sicher gab er ein jammervolles Bild ab. Sollte er so in Hamburg einziehen?
„Wie weit ist es noch bis Heiligenstadt?“, fragte er zwei Handwerksburschen, die an ihm vorbeischlenderten.
„Wir wollen in zwei Stunden da sein, Sie werden wohl drei brauchen.“
Nach einer ganzen Weile überholte ihn ein Bauernwagen. „Steigen Sie auf“, rief der Fuhrmann, „ich nehme Sie ein Stück mit.“

Die Erinnerung an die Fahrt auf dem elenden Karren war noch zu frisch. „Danke, es lohnt nicht, ich bin gleich am Ziel“, er deutete mit dem Stock auf ein paar nahe liegende Häuser. Dann humpelte er weiter.

„Wie weit ist es noch bis Heiligenstadt?“, rief er dem nächsten Entgegenkommenden zu.
„Gut zwei Stunden.“
„Aber vor langer Zeit habe ich die gleiche Auskunft erhalten.“
„Davon weiß ich nichts, bis Heiligenstadt sind es gut zwei Stunden“
„Ich kann nicht mehr.“ Er beugte sich zu Hänschen hinunter, strich ihm über die Ohren und klopfte ihm das schmutzige Fell. „Seit Tagen begleitest du mich auf wund gelaufenen Pfoten und nimmst nicht übel, dass ich dir keine Pause gönne. Und ich beklage mich nach wenigen Stunden. Eine kleine Rast wird uns gut tun, bis Heiligenstadt wird es nicht mehr weit sein, was für ein Name für diesen verfluchten Ort.“

Es kostete Überwindung, wieder aufzustehen und loszuziehen, und doch lag auch etwas Erleichterndes darin, sich ganz auf den nächsten Schritt, den nächsten Schmerz zu konzentrieren und die Meilensteine zu zählen. Von der Kirchturmuhr schlug es acht, als er Heiligenstadt erreichte. Er biss die Zähne zusammen und ging ohne Stockhilfe zum Gasthof am anderen Ende der Stadt. Der Wirt, ein kleines, dünnes Männchen in einer viel zu großer Jacke, musterte ihn lange.

„Sein Urteil wird schwerlich zu meinen Gunsten ausfallen“, dachte er, „wo soll ich die Nacht über bleiben, wenn er mich abweist?“

Doch er wurde hereingebeten. „Kommen Sie, mein Herr, Sie sind spät, aber gerade noch rechtzeitig fürs Abendessen. Und auch für das liebe Hundchen wird gesorgt.“ Und der Wirt klopfte Hänschen etwas ungeschickt auf den Kopf. „Ein liebes Hundchen ...“, wiederholte er und sah Hebbel von unten fragend an.

Er wolle sein Zimmer sehen, essen und früh ins Bett, er habe einen langen Weg hinter sich.

Walther, sein Laufbursche und Küchenjunge, werde ihm sein Zimmer zeigen.

Sowie er Hänschen erblickte, hellte sich das Gesicht des Jungen auf. „Ich habe auch einen Hund zu Hause." Er ging in die Hocke und kraulte Hänschen hinter den Ohren. Als Hebbel ungeduldig mit dem Fuß scharrte, entschuldigte er sich. „Ich habe an meinen Tyras gedacht. Was er jetzt wohl ohne mich macht? Ob er glaubt, dass ich ihn verlassen habe? Und ob er mich noch kennt, wenn ich nach Ostern für ein paar Tage heimkomme?"
„Er wird er sich freuen."
„Immer wenn mit mir geschimpft wird oder ich geschlagen werde und nachts wach liege, stelle ich mir vor, wie er mit dem Schwanz wedelt und an mir hochspringt."
„In drei Wochen wird er dich genau so begrüßen."

Im Zimmer quälte er sich aus dem linken Stiefel. Das Seidentuch war schmutzverkrustet, sein Fuß rot und wund. Er drückte das zerrissene Tuch an seine Lippen, es war ihm teurer als zuvor. Stöhnend zog er einen frischen Strumpf über und humpelte in die Gaststube. Dort setzte sich auf eine kleine Eckbank und legte den Entwurf für sein Drama auf die speckige Tischplatte. Worte, mit denen er einen Traum geträumt und sich eine Zukunft erfunden hatte. Es erfüllte ihn mit Befriedigung, dass das zerknitterte Papier mit den viel zu großen, mit den kläglichen Worten nun Fettflecken bekam. Als wolle er sich für seine bösen Gedanken entschuldigen, strich er noch einmal verstohlen über das Papier, dann zerriss er es in kleine und allerkleinste Schnipsel und verstreute sie unauffällig auf dem Fußboden, unschuldige, weiße Papierflocken, die vom übrigen Schmutz bald nicht mehr zu unterscheiden sein würden.

Unschuldige, schwarze Papierflocken hatte es in München geschneit, als Cotta ihm seine Gedichte zurückgeschickt hatte. Zwei Theaterstücke, Briefe und viele Gedichte waren dem Autodafé zum Opfer gefallen. Warum nur hatte er danach weitergeschrieben, anstatt sich aufs Studium zu konzentrieren, warum hatte er sich verführen lassen, wieder an seine Zukunft als Dichter zu glauben? Warum hatte Rousseau ihn darin bestärkt? Hebbel aß, was ihm hingestellt wurde, trank sein Bier, ohne es zu genießen, und starrte vor sich.

Die anderen Gäste seien längst schlafen gegangen, sagte der Wirt, er habe doch rechtzeitig ins Bett gewollt.

„Ja, schlafen", sagte er abwesend und erhob sich. Der Schmerz in seinem Fuß brachte ihn zu sich, er unterdrückte einen Schrei und hielt sich am Tisch fest.
Der Wirt reichte ihm den Wanderstab. „Ein fein gearbeitetes Stück", sagte er und fuhr ein paar Mal über den blanken Griff. „So etwas sieht man nicht alle Tage."
„Er ist aus dem Nachlass eines Freundes."
„Dann hängen Sie sicher sehr an ihm. Ein wirklich schönes Stück."

Ihm wurde weh und zugleich warm ums Herz, er stützte sich schwer auf Rousseaus Stock. „Wären Sie so freundlich, mir meinen Hund aufs Zimmer zu tragen?" Doch der Küchenjunge war schneller. „Mich kennt er schon. Vorhin hat er mir die Hand geleckt." Behutsam nahm er Hänschen auf seinen Arm.

Hebbel wankte in sein Zimmer und sank aufs Bett, er fürchtete sich vor der Nacht, vor seinen eigenen schwarzen Gedanken, seiner Verzweiflung, seinen Selbstanklagen. Wie gut er solche Nächte kannte.

Als ein heftiges Jucken ihn weckte, begriff er sofort, was geschehen war. Er hatte vergessen, das Bett von der Wand zu rücken und die Kampferstücke zu verteilen. Am Hals und in den Achselhöhlen saßen dicht an dicht kleine, schmerzhafte Schwellungen. Ihm graute vor dem Anblick, den er am Morgen bieten würde, wenn er dem Juckreiz nachgab. Und Rudolf Ihering in Göttingen würde den Eindruck bekommen, dass er in billigen Absteigen übernachtet habe und voller Ungeziefer sei. Auf der Suche nach Trost wollte er sein Gesicht in Josephas Seidentuch wühlen, und da er es im Bett nicht fand, tastete er den Fußboden ab und griff in seinen zerrissenen Stiefel.

Kapitel 12

Erstes graues Tageslicht kroch durch die Ritzen der Fensterläden. An der Tür war ein Scharren zu vernehmen, dann klopfte es, und jemand flüsterte seinen Namen. Er fühlte sich ertappt, längst hatte er sich blutig gekratzt. Ein wohliges Schaudern erfasste ihn, wenn das Jucken an der gerade aufgekratzten Stelle in einen brennenden Schmerz überging und eine wässrige Flüssigkeit ihm die Finger benetzte. Kam es noch darauf an, wie er aussah? Er hatte nicht vor, sich vor Elise Lensing zu entblößen.

Wieder klopfte es. „Wachen Sie auf, Herr Hebbel. Ich muss mit Ihnen reden."

Hänschen knurrte.

„Was wollen Sie?"
„Sei leise. Um Gottes Willen, Hänschen, sei leise!", kam es von draußen.
Er humpelte zur Tür. „Wer ist da? Und was gibt es?"
„Entschuldigen Sie, ich bin es, Walther, der Küchenjunge. Ich möchte Sie warnen."
„Wovor? Sag endlich, was los ist."
„Verlassen Sie das Haus", flüsterte der Küchenjunge.
„Wenn du mich verleiten willst, die Zeche zu prellen, bist du an den Falschen geraten. Ich pflege meine Rechnungen zu bezahlen."
„Gehen Sie, bevor es zu spät ist."
„Ich lasse mir keine Angst einjagen."
Schritte näherten sich. „Hab ich dich erwischt."

Man hörte einen unterdrückten Schmerzensschrei.

„Halts Maul! Scher dich in die Küche und mach Feuer." Es war die Stimme des Wirtes. „Nichts für ungut, mein Herr. Ich hoffe, der dumme Junge hat Sie nicht aufgeweckt."

Er zog es vor zu schweigen. Auch auf der anderen Türseite wurde es still, der Wirt schien zu lauschen. Dann entfernten sich schleichende Schritte.

Mittlerweile war es hell geworden, hastig umwickelte er seinen wunden Fuß mit den Resten des Seidentuchs und zwängte ihn in den Stiefel.

„Guten Morgen, der Herr", der Wirt lächelte, aber das Lächeln erreichte seine Augen nicht.
„Die Rechnung", sagte Hebbel kurz. Seine aufgekratzten Wanzenstiche brannten, und das seltsame Benehmen des Jungen hatte ihn mehr beunruhigt, als er es sich zugeben wollte. Der Wirt schien über Nacht noch kleiner geworden zu sein, er zog die Schultern hoch, drückte sein Kinn auf die Brust und ließ die Arme schlaff herunterhängen. Wölbte sich da ein Buckel unter der zu großen Jacke? Hebbel bekam Angst.
„Zu Diensten, der Herr. Es macht ...", in dem hageren Gesicht des Wirtes arbeitete es. Er holte tief Luft, „... zwanzig Kreuzer."
„Ein verwanztes Zimmer für zwanzig Kreuzer?"
„Ich bestehe darauf."
„Kein Zimmer in Deutschland kostet zwanzig Kreuzer!"
„Ihres schon."
„Das nenne ich Beutelschneiderei!"
„Nennen Sie es, wie Sie wollen. Ich nehme zwanzig Kreuzer."
„Und ich zahle nur den gerechten Preis."
„Wenn Sie handeln wollen, kostet es fünfundzwanzig Kreuzer."
„Noch so ein Satz und Sie spazieren zum Fenster hinaus. Ich werde dem Küchenjungen sagen, dass er zur Gendarmerie laufen soll. Doppelte und dreifache Kreide! So leicht kommen Sie mir nicht davon."
„Sie wollen mir drohen?" Der Wirt lächelte an ihm vorbei. „Ich hätte Sie gestern Abend schon anzeigen sollen. Oder haben Sie eine Genehmigung für Ihren Stockdegen?"
„Was soll das heißen?"
„Dass Sie eine getarnte Waffe mit sich führen, auf deren Besitz Gefängnis steht."
„Davon weiß ich nichts."
„Ich würde ja dichthalten, aber einem hartnäckigen Zechpreller gönne ich jede Strafe. Nur um den Hund tut es mir leid, den werden sie wohl erschlagen. Bei Ausländern und kriminellen Subjekten versteht die preußische Polizei keinen Spaß."

Er hätte das Männchen am liebsten niedergeschlagen. „Du feige Ratte. Traust dich nicht, mir ins Gesicht zu sehen."
„Zwanzig Kreuzer, oder ..."

Mit zitternden Fingern öffnete er seinen Beutel, zählte das Geld ab und warf es auf den Tisch. Eine Münze fiel herunter und rollte über den Boden. Der Wirt klaubte sie aus dem Schmutz.

„Ja, kriech nur im Dreck, du Wurm", und mit einer wegwerfenden Handbewegung streute er seine restlichen Münzen in die Gaststube, dann humpelte er davon.

Es regnete. Durch tiefen Schlamm humpelte er Göttingen entgegen. Rudolf Ihering war sein Rettungsanker, wenn der nicht hielt ...

Als mittelloser Bettler in zerschlissenen Stiefeln und schmutziger Kleidung würde er sich auf den Landstraßen voranquälen, hungern und seinen Hund hungern lassen, dem Mutwillen jedes dahergelaufenen Betrügers ausgesetzt sein und abfällige Blicke ernten. Und wenn er nicht genug Geld zusammenbettelte, würde er endlich an einer einsamen Stelle zusammenbrechen und erfrieren. Sicher würde es Monate dauern, bis seine Überreste gefunden wurden, denn außer Elise würde ihn niemand vermissen. Josepha würde eine Weile auf seinen nächsten Brief warten und sich dann mit einem anderen trösten. Mit jedem Schritt wühlte er sich tiefer in sein Elend hinein.

Wie Recht sein Vater gehabt hatte, als er ihm prophezeite, dass er mit seinen Phantastereien in der Gosse enden werde. Und wie hochmütig er als Kind auf den Vaters herabgesehen hatte, statt zu erkennen, dass er seiner Herkunft nicht entrinnen konnte. Sein Vater hatte es gewusst und Angst um ihn gehabt.

In Armut aufzuwachsen war der ärgste Fluch des menschlichen Daseins, dachte er, als eine vierspännige Kutsche an ihm vorbeijagte. Wer das leugnete, wer von Talent, Willen und Glück sprach, hatte keine Ahnung von der Wirklichkeit. Allenthalben war er zu spät gekommen, schon der Wechsel nach Hamburg war eine Riesendummheit gewesen. Hatte er sich ernsthaft eingebildet, die in Wesselburen vertane Zeit jemals aufholen zu können?

Ja, wenn er wie Karl Gutzkow in Berlin geboren wäre. Gutzkow stammte aus ähnlich ärmlichen Verhältnisse wie er, hatte diese Verhältnisse jedoch schnell hinter sich gelassen. Er war auf eine gute Schule geschickt worden, besuchte mit achtzehn Jahren die Universität, war mit einundzwanzig Jahren promoviert und wurde Mitarbeiter bei Cotta in Stuttgart und Romanautor, verlegt bei „Hoffmann und Campe". Und nun war der nur zwei Jahre Ältere bereits ein bekannter Schriftsteller, führendes Mitglied des „Jungen Deutschland", ein gefürchteter Kritiker und Chefredakteur der Zeitschrift „Telegraph für Deutschland". Angesichts dieser Karriere hatte er allen Grund mit seinem Schicksal zu hadern.

In Armut und in der Provinz aufzuwachsen war der ärgste Fluch des menschlichen Daseins. Also hatte sein Leben von Beginn an unter einem Unglücksstern gestanden, ein Quäntchen mehr Glück, ein wenig Sonnenschein, und es wäre anders verlaufen. So hatte das Bestreben, die Gefängnismauern zu durchbrechen, seine Kräfte verbraucht, und zuletzt war er von einem Frauenblick und einem Schurken betrogen worden.

Wenn er Rudolf Ihering nur wenigstens von Zukunftsplänen berichten könnte. Es war zu beschämend, dem ehemaligen Kommilitonen als ein Nichts gegenüber zu treten, niemand gab gern einem Nichts, das auf ewig ein Nichts bleiben würde. Er brauchte ein bedeutendes historisches Ereignis, um es Ihering als Dramenstoff zu präsentieren. Oder war es klüger, in der nahen Vergangenheit nach einem Stoff zu suchen? Etwa die Dramatisierung der französischen Revolution mit ihren Göttern und Halbgöttern, dem Aufstieg und Fall Napoléon Bonapartes. Alle Feuilletons würden über ein solches Stück berichten, die Autoren des „Jungen Deutschland" vor Neid platzen, weil ein unbekannter Schriftsteller ihnen den Stoff weggenommen hatte. Doch dieser ungeheuren Aufgabe fühlte er sich nicht gewachsen. „Ach", sagte er zu Hänschen, „was ist man, wenn man kein Shakespeare ist."

Ein Krampf im linken Fuß zwang ihn zur Rast. Schwanzwedelnd erwartete Hänschen sein Frühstück, Hebbel war den Tränen nahe. „Einen schlechteren Herrn als mich hättest du kaum finden können." Dann humpelte er weiter Göttingen entgegen. Es war zwei Uhr, als er die Stadt schließlich erreichte. Er säuberte seine Stiefel, klopfte Hut und Kleider aus und wusch sich an einem öffentlichen Brunnen das Gesicht. In der Universitätsbuchhandlung sah er im Adresskalender nach, wo Rudolf Ihering wohnte.

„Da staunen Sie, was?“, er versuchte einen munteren Eindruck zu machen.
„Ja, bitte?“, in Iherings Blick lag kein Erkennen. Und für einen winzigen Moment sah Hebbel sich mit den Augen seines Studienkollegen: Er wirkte wie ein Hausierer, der um Almosen betteln wollte, die abgetragene Kleidung und der Hut durchnässt und mit einer schmierigen Staubschicht überzogen, die Stiefel schmutzig und zerrissen. Das lange, strähnige Haar und der ungepflegter Bart zeugten von einem Leben auf der Landstraße, Strapazen und Enttäuschungen hatten tiefe Spuren in sein Gesicht gegraben. Sein gesamter Aufzug hatte etwas Wildes und Wüstes, das bei Ihering zugleich Mitleid und Abscheu auslöste.
„Ich bin es. Friedrich Hebbel.“
„Hebbel“, sagte Ihering verlegen, „das nenne ich eine Überraschung.“
„Um meinen Auftritt gleich zu erklären, ich bin einer üblen Erpressung zum Opfer gefallen und muss Sie darum angehen, mich für eine oder zwei Nächte zu beherbergen und mit Geld für die Weiterreise nach Hamburg zu versehen. Ich zahle es Ihnen sobald wie möglich zurück.“
„Kommen Sie erst einmal herein. Ihren Hund kenne ich ja schon aus Heidelberg.“
„Wenn Sie für ihn etwas zu fressen hätten ..., ein Stück Brot würde genügen.“
„Sofort“, sagte Ihering, „nur möchte Sie bitten, die Stiefel auszuziehen.“
„Verzeihen Sie, daran habe ich nicht gedacht. Ich habe sie mir gestern durchgelaufen, auch meine Strümpfe werden wenig präsentabel sein. Verzeihen Sie den Schmutz.“
„Kommen Sie, kommen Sie. Nur stehen Sie nicht länger in der Tür, man wird ja schon auf uns aufmerksam.“

Auf zerrissenen Strümpfen humpelte er in die Wohnung. Er schluckte, als Ihering für Hänschen Brot und Wurstreste brachte.

„Und uns bestelle ich beim Dienstmädchen einen Kaffee. Ich erinnere mich noch, wie Sie mir in Heidelberg einen langen, gelehrten Vortrag über die Vorzüge dieses Getränks gehalten haben.“ Ihering schien froh, das Zimmer für einen Moment verlassen zu dürfen. Hebel nutzte seine Abwesenheit, um ein Stück Brot vom Hundeteller zu nehmen.

„Einen schönen Herrn hast du, armes Hänschen."

Später berichtete er seinem Gastgeber die Geschichte aus Heiligenstadt.

Alles in allem habe er großes Glück gehabt, sagte Ihering. Wenn der Wirt ihn angezeigt hätte, wäre es ihn teuer zu stehen gekommen, denn es bestehe ja kein Zweifel an der Tatsache, dass er sich strafbar gemacht habe.

Eine verzeihliche Nachlässigkeit lasse sich nicht mit dem Verhalten eines Schurken vergleichen. Es sei Reisenden ja ausdrücklich erlaubt, zur eigenen Sicherheit einen Stockdegen mit sich zu führen. Er habe bloß versäumt, eine Genehmigung einzuholen, also träfe ihn eigentlich keine Schuld.

Eine solche Argumentation würde vor Gericht keinen Bestand haben, moralische Erwägungen seien in dem vorliegenden Fall nur von sehr nachgeordneter Bedeutung.

Nun wisse er wieder, aus welch gutem Grund er die Juristerei zum Teufel geworfen habe, sie sei eine feile Mätresse, die keinen Unterschied mache, in wessen Bett sie liege.

Die Jurisprudenz habe nun einmal mit Tatbeständen zu tun, die objektiviert werden müssten. Auch sein junger Freund würde ihm keine andere Einschätzung liefern. „Sie wissen, wen ich meine. Er hat sich Ihnen damals in Heidelberg angeschlossen. Sie waren unzertrennlich und wurden von uns allen nur die ‚ungleichen Zwillinge' genannt. Ich glaube, er war der Sohn eines Oberregierungsrates, ein dunkelhaariger, schmaler Jüngling mit auffallend melodischer Stimme und ..."

„Rousseau ist tot", er konnte Iherings Beschreibung nicht länger ertragen.
„Das ist doch nicht möglich! Ich sehe ihn noch an Ihrer Seite durch Heidelberg spazieren. Bitte, erzählen Sie."

Hebbel seufzte und schwieg. „Mit Emil Rousseau bin ich nach München gegangen", sagte er nach einer ganzen Weile. „Zwei Jahre lang sind wir fast jeden Tag zusammen gewesen, wir haben eine gemeinsame Zukunft als Kritiker und Literaten geplant und wollten in Hamburg eine Zeitschrift herausgeben. Und dann ...", wieder versank er in Schweigen. „Stellen Sie sich die Entsetzlichkeit vor", flüsterte er plötzlich und packte Ihering am Arm. „Stellen Sie es sich vor. Letzten August promoviert er mit Ruhm und Glanz, ich mache die Bekanntschaft seines Vaters, wir verleben einige Tage in Freude und Heiterkeit. Und mit dem süßen Gefühl, dass er nun alle Zwangsarbeit hinter sich hat, reist er am zweiten September nach Ansbach.

Acht Tage später erhalte ich einen Brief, worin er über Kopfschmerz und Ermattung klagt. Ich finde das natürlich und mache mir keine Sorgen. Bald darauf zeigt sein Vater mir an, dass Emil mir nicht schreiben könne, weil er an einem gastrischen Fieber daniederliege. Die Nachricht erschreckt mich, doch hoffe ich das Beste. Ich erhalte einen zweiten Brief; das gastrische Fieber ist ein Nervenfieber geworden. Jetzt packt mich die Angst, es treibt mich aus dem Haus. Im Hofgarten setze ich mich auf eine Bank, ich bete, viele Menschen gehen an mir vorüber. Ich halte die Hand vor Augen und denke: Was du zuerst siehst, soll dir ein Zeichen sein. Ich öffne die Augen und – stellen Sie sich mein Grauen vor! Ihering! Stellen Sie es sich vor! – mein Blick fällt auf eine in tiefe Trauer gekleidete Dame." Tränen stiegen ihm in die Augen.

„Lass gut sein, Hebbel, es nimmt Sie zu sehr mit."
„Ich konnte den Zustand nicht ertragen", fuhr er fort, es war, als habe sich ein Schleusentor geöffnet. „Es ist nichts, sage ich zu mir, Emil ist jung, er ist stark und kräftig, es kann ja gar nicht sein.

Ich erhalte einen dritten Brief, Rousseaus kritischer Zustand ist überwunden. Sein Vater bittet mich, die Ausfertigung des Doktordiploms zu betreiben. Ich habe keine Angst mehr, mir ist ganz leicht ums Herz, ich singe auf dem Weg zur Universität, ich entwerfe ein Genesungsgedicht. Der Dekan verspricht, dass ich das Diplom so schnell wie möglich erhalten werde. Ich schreibe meinem Freund zur Erheiterung ein paar scherzhafte Zeilen. Dann kommt der vierte Brief, ich zittere, als ich den Postboten die Stiege hinaufkommen höre. Der Brief, den er mir gibt, trägt ein schwarzes Siegel." Er wandte sich ab.

„Fassen Sie sich", sagte Ihering.

Das Dienstmädchen klopfte und brachte den Kaffee. Ihering ging ihr entgegen und nahm ihr das Brett aus der Hand. „Ich schenke selbst ein, Anna. Sie können jetzt gehen. Danke!", sagte er ungehalten, als das Mädchen in der Tür stehen blieb und neugierig zu seinem Gast hinüberschaute.

„Verzeihen Sie, Hebbel, Sie müssen unendlich müde und hungrig sein.

Ich lasse Anna eine Brotzeit herrichten, und Sie versorgen Ihren wunden Fuß, Branntwein und Hirschtalk finden Sie in dem kleinen Schrank im Schlafzimmer. Ich bringe inzwischen Ihre Stiefel zum Besohlen und Ihre Sachen zur Wäscherei."
„Lassen Sie nur, nach einem Tag auf der Landstraße sieht alles aus wie zuvor."
„Rock und Hose haben es dringend nötig."
„Ich habe nur diese eine Hose, meine guten Sachen sind alle schon in Hamburg."
„Verzeihung, ich wollte Sie nicht ..., aber den Rock nehme ich mit."

Sowie Ihering fort war, sank Hebbel aufs Sofa. Erinnern war anstrengender als Gehen.

Kapitel 13

Göttingen, d. 23sten März 1839

Liebe Elise!

Wer hätte gedacht, dass ich dir jemals aus Göttingen einen Brief schreiben würde. Ich sitze am Schreibsekretär des Herrn cand. jur. Rudolf Ihering, einem ehemaligen Studienkollegen aus Heidelberg, dem ich gestern zufällig über den Weg lief. Er lud mich ein, bei ihm, statt im Wirtshaus, zu logieren, und ich befinde mich wohl dabei und genieße die Ruhepause. In elf Tagen habe ich – ein paar kleine Strecken ausgenommen – 63 Meilen zu Fuß zurückgelegt. Hätte ich die Beschwerlichkeit dieser Winterwanderung nur zur Hälfte geahnt, so wäre ich bis April oder Mai in München geblieben; dann hätte mich erquickt, was mich jetzt fast umbringt. Doch zweifle ich nicht, dass die Folgen sehr gut sein werden und meine Gesundheit sich befestigen wird. Nur mein kleines Hündchen dauert mich, es geht trotz aller Pflege, die ich ihm angedeihen lasse, fast zu Grunde, und das tut mir sehr weh. Es sei Dir für Hamburg ans Herz gelegt; seine Anhänglichkeit an mich ist grenzenlos, und es wird auch Dich mit Liebe und Treue belohnen, wenn du es gut behandelst.

Gerade ist Ihering mit Hänschen vor die Tür – meine Stiefel werden neu besohlt, sodass ich nicht selbst gehen kann –, und ich nutze die Zeit, Dir ein paar Dinge zu schreiben, die mir schon seit langer Zeit auf der Seele liegen. Über die Erlebnisse meiner Reise – und Du kannst Dir vorstellen, dass ich in den vergangenen knapp zwei Wochen viel erlebt und erlitten habe – werde ich Dir berichten, wenn wir uns in Harburg wiedersehen. Denn dass Du mir mit dem Dampfschiff entgegenfährst, ist abgemacht; wie sehr freue ich mich schon darauf! Wir trinken im Wirtshaus miteinander Kaffee, und ich esse das erste Franzbrot, welches Du mitzubringen nicht versäumen darfst.

In einer Woche, also am 30. März, werde ich in Harburg ankommen, ich habe mir die verbleibenden Tagesetappen auf der Karte genau angesehen. Auch wenn das Wetter nichts Gutes verspricht – seit zwei Tagen regnet es stark und der Himmel zeigt keine Besserung an –, mache ich mich morgen früh wieder auf den Weg, da ich die Güte meines Wirtes nicht länger in Anspruch nehmen mag und es mich drängt, das Ziel meiner Reise endlich zu erreichen.

Liebe Elise, auf meiner Wanderung habe ich lange darüber nachgedacht, warum sich seit meiner Abreise aus Hamburg vor nun fast drei Jahren Missverständnisse und Unklarheiten in unser Verhältnis eingeschlichen haben, die mich bedrücken und mir die Vorfreude auf unser Wiedersehen trüben. Und dass Du nichts weniger möchtest als das, des kann ich mir gewiss sein, nicht wahr?

Ich darf es wahrlich für das größte Glück meines Lebens halten, dass ich mit Dir zusammengekommen bin: Du gewährtest mir in Hamburg, wo mich niemand verstand, Anteilnahme, Anregung und Trost, Du standest mir zur Seite in meinen schlimmsten Stunden und riefst meine schönsten hervor – dass ich mich nirgends als in Deinem Hause wohl befand, weißt Du! –, und Du warst es ebenfalls, die wie ein freundlicher Genius aus der Ferne alles für mich getan hat, was für mich getan werden konnte. Nur eines beunruhigt mich, liebe, beste Elise: Das zwischen uns bestehende Verhältnis war von Beginn an auf gegenseitige Achtung gegründet. Trat ein Sinnenrausch dazwischen, so wollen wir das nicht bedauern, denn es war natürlich, aber noch weniger wollen wir bedauern, dass er vorüber ist. Jedes Gefühl ist mir heilig, aber ich möchte in Deinem Herzen ein ewiges erregen, und ein solches ist die Freundschaft.

Nimm doch das Leben von einer größeren Seite; versuch es nur, und es wird gehen. Man kann bei mir nur gewinnen, wenn so genannte stärkere Gefühle sich in das der Freundschaft verwandeln; denn was man Liebe nennt, zählt wenig im Vergleich zur Freundschaft.

Frage Dich einmal, ob eine innigere Verbindung als die unsere möglich ist. Habe ich nicht in all den Jahren meine innersten Gedanken und Empfindungen, Not und Schmerzen mit Dir geteilt? Du bist nicht die Erste in Schönheit und Jugend, aber Du bist in Deiner grenzenlosen Liebe und Hingebung das einzige weibliche Wesen, welches mich mit Glück und Freude zusammenknüpfen kann. Die reine und sittliche

Höhe, auf der Du stehst, müsste Dir Freude und Beruhigung bringen. Und ich kann nicht anders, als zu Dir emporblicken, denn Du stehst weit über ...

Er warf den Stift beiseite und zerriss den Bogen. Jeder Satz war wahr und gut gemeint und klang doch falsch und verlogen. Hätte er Josepha jemals einen Freundschaftspakt angeboten? Es hatte keinen Sinn, Elise in den Himmel zu heben, wenn es sie danach verlangte, ihn zu umarmen und die Frau an seiner Seite zu sein. Und selbst wenn sie sich mit allem, was er vorschlug, einverstanden erklärte, so würde sie doch im Geheimen weiter auf den Moment warten, an dem er schwach wurde.

Wie leicht war es, aus der Entfernung Ratschläge zu erteilen, und wie schwer würde es sein, ihr in einer Woche in die Augen zu sehen. Als Liebende waren sie vor drei Jahren geschieden, und Elises Gefühle hatten sich seitdem nicht verändert. Was sollte er tun, wenn sie ihm zur Begrüßung um den Hals fiel, sich an ihn drängte und weinte? Durfte er eine Frau zurückweisen, ohne deren Hilfe und Zuneigung er materiell und seelisch verblutet wäre? Aber welch neue Illusionen und Wünsche würde er beflügeln, wenn er es nicht tat?

Ihering kehrte mit Hänschen zurück. Er berichtete, dass er auf den Hund angesprochen worden sei, und fragte Hebbel, woher er das schöne Tier habe.

„Hänschen ist ein Geschenk von Emil Rousseau."
„Wenn es Sie nicht zu sehr angreift, würde ich gern erfahren, über welches Thema ihr Freund promoviert worden ist."
„In Rousseaus Dissertation werden die beiden berühmtesten militärischen Heldentaten, die Schlacht bei den Thermopylen und die Schlacht bei Hemmingstedt, miteinander verglichen."
„Wo zum Teufel liegt Hemmingstedt?"
„In Dithmarschen, keine drei Wegstunden von Wesselburen entfernt, wo ich herkomme."
„Also haben Sie Ihrem jungen Freund bei seiner Arbeit die Hand geführt. Und wie steht es mit Ihrer eigenen wissenschaftlichen Karriere?"
„Ich werde diesen Weg schwerlich einschlagen. Wenigstens nicht e-

her, als bis ich meinen Namen literarisch bedeutend gemacht habe und mir so ein Auditorium als Privatdozent sichern kann. Bis dahin ist es mir egal, ob irgendein Narr mich wegen eines fehlenden Doktordiploms über die Schulter ansieht."
„Die Literatur ist ein unsicheres Geschäft. Und seit Heinrich Heines ‚Harzreise' in Verruf gekommen."

„An Heine habe ich manches auszusetzen, aber auf die ‚Reisebilder' lasse ich nichts kommen. Dass die Göttinger keinen Gefallen an dem Buch finden, haben sie sich selbst zuzuschreiben." Und mit hörbarer Freude am eigenen Vortrag zitierte er aus der berühmten Anfangspassage: „‚Die Zahl der Göttinger Philister muss sehr groß sein, wie Sand, oder besser gesagt, wie Kot am Meer, wenn ich sie des Morgens mit ihren schmutzigen Gesichtern und weißen Rechnungen vor den Pforten des akademischen Gerichtes aufgepflanzt sah, so mochte ich kaum begreifen, wie Gott nur so viel Lumpenpack erschaffen konnte.'"

Auch die „Harzreise" könne man durchaus kritisch beurteilen, sagte Ihering. Er habe für den Abend ein paar Freunde zu einer Spielpartie eingeladen – morgen sei ja Sonntag, und es gebe keine Vorlesungen –, sie würden sicher gern mit ihm über Heine diskutieren. Einer von ihnen, sein Bundesbruder Franz Ahrens aus der „Frisia", wolle übrigens am nächsten Tag nach Salzderhelden kurz vor Einbeck, da habe er gleich Gelegenheit, einen Reisegefährten kennenzulernen.

Hebbel sah sich in seinem schmutzigen Hemd zwischen den jungen Männern sitzen. Würden Sie nicht auf ihn herabsehen wie die Heidelberger Studenten und hinter seinem Rücken die Nase rümpfen? „Ich habe noch wichtige Briefe zu schreiben, um meine Ankunft in Hamburg vorzubereiten", sagte er. „Auch muss ich früh ins Bett, weil ich um sechs Uhr aufbrechen will. Falls Ahrens später kommt, werde ich nicht auf ihn warten."

„Selbstverständlich sind Sie frei, sich zu absentieren, doch würde ich es schade finden, wenn Sie in der Runde fehlten. Seien Sie nicht ungesellig. Mit einem sauberen Hemd will ich Ihnen gern aushelfen, wir haben ja die gleiche Statur."

„Ich spiele nie und würde mich nur langweilen", sagte er, verstimmt darüber, dass Ihering den wahren Grund seiner Ablehnung erraten hatte.

Bevor die Gäste eintrafen, verschwand er mit Hänschen ins Schlafzimmer und machte sich daran, einen zweiten Brief an Elise Lensing zu schreiben. Ausführlich berichtete er von den Strapazen der Wanderung und kündigte seine Ankunft in Hamburg an, die Aussprache über ihr Verhältnis verschob er auf später. Aus dem Nebenzimmer waren Gelächter, Gläserklirren, das Knallen der Spielkarten und heitere Ausrufe zu hören, immer wieder unterbrach er sein Schreiben und lauschte hinüber. Schließlich ließ er die Feder sinken, er fühlte sich ausgeschlossen und allein.

Wusste er über Heine und die unterschiedlichen Strömungen der modernen Literatur nicht besser Bescheid als diese fröhlichen Kartenspieler? Hätte er nicht seinen Teil zum Gespräch beisteuern können? Ihering hatte Recht gehabt, sein Fehlen zu beklagen, und ein schmutziges Hemd würden diese Göttinger Studenten sicher nicht zu hoch bewerten, wenn sein Träger etwas zu sagen hatte. Eilig beendete er den Brief und steckte ihn ins Kuvert.

Er hatte die Hand an der Klinke, da hörte er seinen Namen fallen. Schnell zog er die Hand wieder zurück.

„Ich habe ihn wahrhaftig erst an seiner Stimme und an einer typischen Handbewegung erkannt."
„Ramsch", rief jemand dazwischen.
„Übertreibst du nicht ein bisschen, Ihering?"
„Im Gegenteil. Es war mir recht, dass die Reparatur der Stiefel ihm gestern das Ausgehen unmöglich machte, er hätte öffentliche Aufmerksamkeit erregt. Stellt euch vor, selbst mein Hauswirt konnte der Versuchung nicht widerstehen, die seltsame Erscheinung, von der das Dienstmädchen ihm berichtet haben muss, in Augenschein zu nehmen."
„Und wie hat er darauf reagiert, dass er besehen ward?", krähte eine hohe Stimme.
„Leise, er kann dich hören!"
„Wenn er schreibt, kannst du Kanonen neben ihm abfeuern, seine Konzentration habe ich immer bewundert."
„Was hat dieser so genannte Dichter also gesagt?"
„Warum ‚so genannt'", fragte jemand bedächtig, „Ihering hat uns doch erzählt, dass er Gedichte schreibt."
„Erst wenn man ein Buch veröffentlicht hat, ist man ein Schriftsteller, sonst könnte ja jeder hergelaufene Versager, der ein paar Verse zu-

sammengeschmiert hat, behaupten, dass er einer sei."
Hebbel knirschte hinter seiner Tür mit den Zähnen. Er hätte der Krähe den Hals umdrehen mögen.
„Wie hat der hochwohlgeborene Herr Literatus also reagiert?"
„Er hat es gar nicht bemerkt. Und es ist ja nicht nur seine Kleidung. Es ist etwas in seinem Gesicht ..., früher wirkte er weich, fast wie ein Kind, trotz der Jahre, die er uns anderen Studenten voraus hatte, und trotz der abgemessenen Redeweise, über die wir uns lustig gemacht haben. Jetzt stechen seine blauen Augen aus einem scharfen, von der Wintersonne verbrannten Gesicht heraus, dass man Angst bekommen könnte.
„Schade, dass du ihn uns vorenthältst."
„Ich hab ihn überreden wollen, ein frisches Hemd anzuziehen, das hat er mir übel genommen."
„Die Auf-den-Hund-Gekommenen sind die Empfindlichsten."
„Du darfst nicht vergessen, dass ihm übel mitgespielt worden ist. Es wird ihn, der früher alle stets mit einer gewissen Herablassung behandelt hat, große Überwindung gekostet haben, mich um Hilfe zu bitten."
„Immerhin, bei Wind und Wetter zu Fuß von München nach Göttingen ..., Respekt", sagte jemand, der bisher geschwiegen hatte. „Wer weiß, in welchem Zustand wir uns nach solch einem Gewaltmarsch befinden würden."
„Da hast du Recht, Ahrens, aber wenn ich es bedenke, so muss ihm ein weit größeres Unglück zugestoßen sein. Der Marsch und die gemeine Erpressung erklären sein Verhalten nur zur Hälfte. Er wirkt wie ein Ertrinkender, der um sich schlägt."
„Aber wieso?"
„Ich weiß es nicht."
„Frag ihn einfach."
„Ein Mann wie Friedrich Hebbel lässt sich nicht ausfragen. Er ist empfindlich und reizbar wie eine Wildkatze. Heute Morgen bat er um den Lappen, den er um seinen wunden Fuß gewickelt hatte, und als ich ihm sagte, dass ich ihn weggeworfen habe, wurde er weiß vor Zorn und ballte die Fäuste, als ob er auf mich losgehen wolle. Wegen eines schmutzigen Lappens!"
„Sei vorsichtig. Nervenkranke sind unberechenbar", krächzte die Krähe. „Man sollte den Kerl tüchtig zur Ader lassen."
„Vielleicht ist es doch bloß die körperliche Erschöpfung. Sechzig Mei-

len in zehn Tagen! Und er hat nur einen dünnen Reiserock, keinen Mantel."
„Ist der Rock zur Besichtigung freigegeben?"
„Den hättest du beim Reinkommen sofort gerochen, ihm wird unterwegs schlecht geworden sein."
„Wohl zu viel gesoffen."
„Prosit, die Herren." Es wurde angestoßen.
„Der Gemütlichkeit!"
„Jedenfalls habe ich den Rock mit der Schmutzwäsche aus seinem Ranzen zum Waschen gegeben. Es ist wenig genug für eine vierwöchige Wanderung, außer den Sachen, die er auf dem Leib trägt, hat er nur ein paar Hemden und Socken, aus denen eine Kampferwolke aufsteigt, die ein ganzes Heer von Ungeziefer in die Flucht schlagen würde. Er behauptet zwar, seine guten Sachen seien alle schon in Hamburg, aber das mag ich nicht glauben. Er ist arm und scheint in allem gescheitert zu sein."
„Da wirst du das Geld wohl abschreiben müssen, das du ihm gegeben hast."
„Ich habe ihn überredet, mir den unseligen Stockdegen zu verkaufen. Es war ein hartes Stück Arbeit, er wollte sich nicht von ihm trennen."
„Ich habe es euch gesagt, Nervenfieber. Der Mann ist krank. Soll ich ihn zur Ader lassen?"
„Hebbel hat guten Grund, an dem Degen zu hängen. Aber schließlich habe ich ihm die Gefahr klar gemacht, in die er sich bringt, und da hat er dem Geschäft zugestimmt. Wahrscheinlich bin ich ihm sogar Geld schuldig, denn mehr als dreißig Kreuzer und als Dreingabe meinen einfachen Wanderstock wollte er nicht annehmen. Er ist verflucht leicht zu kränken."
„Jungfrau!", schrie jemand laut.
„Ausgerechnet du!", das war die Krähe. Alle lachten.
„Prosit."
„Prosit."
„Das gibt Punkte." Man stieß an, die Gläser klirrten.
„Wer gibt?"
„Immer der, der fragt."

Hebbel verließ seinen Horchposten und setzte sich zu Hänschen aufs Sofa. „Schlaf du nur", sagte er und streichelte seinen Hund, „das ist das klügste, was du machen kannst. Aber was soll ich tun und was soll aus mir werden? Diese Krähe hat ja Recht, ich bin kein Schriftsteller. Und wenn ich tausend gute Gründe dafür anführen kann, warum ich keinen Verleger finde, so bleibt doch bestehen, dass ich nichts vorzuweisen habe – ein Tatbestand, den Ihering objektivieren könnte.

Schlaf und erhol dich, Hänschen. Wenn du morgen aufwachst, wird es deinen Pfoten besser gehen, du bekommst ein Stück Brot, und deine Welt ist wieder in Ordnung. Mir hilft kein Schlaf, und in meinen Träumen schneit es Papierflocken. Vor einem Jahr bin auch ich klug gewesen, da habe ich verbrannt, was ich bis dahin zusammengeschmiert hatte. Ich hielt es in jener Stunde für die allerlächerlichste Selbstüberschätzung, mehr als einen angehenden Kandidaten der Rechte vorstellen zu wollen, und habe meine Spielpuppen ins Feuer geworfen, um mich von meiner Torheit gründlich zu heilen. Nur was Rousseau zur Abschrift bei sich verwahrte, ist den Flammen entkommen. Wäre ich doch nur auf diesem Weg geblieben, statt neue Luftschlösser zu bauen.

Es war ein Fehler, mich auf die Literatur zu werfen. Mein Talent reicht nicht aus. In der Lyrik habe ich einen Punkt erreicht, über den ich nicht hinauskomme, aber kein Verlag will meine Gedichte drucken. Und mein Drama ..., ich muss verrückt gewesen sein, daran zu glauben. Noch nicht einmal einen Stoff habe ich gefunden. Es war ein Fehler, Wesselburen zu verlassen, ich war zweiundzwanzig Jahre alt, es war längst zu spät. Danach ist alles nur Scheinblüte, Irrtum und Illusion gewesen. Ein paar journalistische Arbeiten, die ich verachte, ein paar Gedichte, für deren Veröffentlichung ich nicht bezahlt worden bin, das ist die ganze Ausbeute. Mit einundzwanzig Jahren bin ich klug gewesen, Hänschen. Damals habe gewusst, dass es für mich zu spät ist. Nun stehe ich hinter der Tür und muss mit anhören, dass ich ein verkommenes Subjekt bin. Was ist aus meinen Träumen geworden? Mein Leben als Schriftsteller ist nicht vom Leben als Ganzes zu trennen, ausgeschlossen, dass eine so armselige Figur wie ich jemals etwas Großes zustande bringt. Warum bin ich nach Hamburg gegangen? Und warum muss ich dorthin zurück? Als ein Nichts, ein Nichts, das seinem Schatten hinterherläuft."

Die Wanzenstiche hatten wieder angefangen zu jucken, er kratzte sich blutig und besah den schwärzlich-roten Rand unter seinen Fingernägeln. Das Gefühl des eigenen Unwerts steigerte sich bis zur Lust.

Kapitel 14

Ahrens war pünktlich. Hebbel saß noch mit Ihering beim Frühstück, als er kam, ihn abzuholen. Alle drei waren befangen, sie tauschten nichtssagende Höflichkeiten aus und sprachen über das Wetter und den Weg. Draußen regnete es.

Der Kaffee zur ungewohnt frühen Stunde belebte ihn, und die gereinigten Sachen erhöhten sein Selbstgefühl. In einem sauberen Rock bin ich gleich ein ganz anderer Mensch, dachte er. Verstohlen musterte er seinen Reisegefährten und kam zu einem günstigen Urteil, Ahrens hatte ein offenes, kluges Gesicht, seine dunklen Augen blickten ein wenig müde, waren aber voll Aufmerksamkeit auf sein Gegenüber gerichtet und verrieten Interesse und Anteilnahme.

Als sie nebeneinander durch die sonntäglich leeren Straßen schritten – Hebbel stellte erleichtert fest, dass er mit seinem linken Fuß auftreten konnte –, sagte Ahrens, dass er es sehr bedauert habe, ihn am Abend zuvor nicht angetroffen zu haben, nun sei er doppelt begierig, mit ihm zu sprechen. Ob er auch mit den Jungdeutschen Autoren Gutzkow, Heine und Laube sympathisiere?

Hebbel verneinte so heftig, dass Ahrens stehen blieb.

Die moderne Literatur mit ihren anmaßenden Tendenzen sei ihm von Anfang an verhasst gewesen, erklärte Hebbel. Deshalb habe er vorgehabt, mit seinem Freund Emil Rousseau einen Band Kritiken über die gerühmten Produktionen der modernen Literatur herauszugeben; denn diese angeblichen Literaten dominierten die Feuilletons und ließen keine anderen Schriftsteller neben sich gelten. Es handele sich um seine Existenz, solange jene Gesellen am Werke seien, sei für ihn an kein Aufkommen zu denken.

Er habe nicht gewusst, wie sehr er mit den Autoren des „Jungen Deutschland" im Streit liege, sagte Ahrens. Er klang enttäuscht.

Der Unwille über die jämmerlichen Halbheiten sei viel verbreiteter, als die Journale, die sie beherrschten und größtenteils selbst schrieben, ahnen ließen, sagte Hebbel, wahrscheinlich habe sich auch Ahrens dadurch täuschen lassen.

Aber Ihering habe berichtet, dass er Heinrich Heine zu schätzen wisse.

Er habe die „Reisebilder" verteidigt, die seien sicher eines der genialsten Werke neuerer Zeit, doch mittlerweile habe Heine sich einer DichtManier ergeben, die das Erzeugnis der Ohnmacht und der Lüge sei. Weil Heine seine verworrenen Gemütszustände nicht in die Klarheit eines entschiedenen Gefühls auflösen könne, werfe er den Fackelbrand des Witzes in seine dichterische Welt hinein und ließe sie für nichts und wieder nichts verflammen.

Also sei er kein Liberaler und kein Anhänger der französischen Revolution?

Nur weil er Heine kritisiere, sei er noch lange kein Gegner der liberalen Idee. So bewundere er Ludwig Börne für seinen Mut, seine Standfestigkeit und edle Aufopferungskraft. Anders als Heine habe Börne nie das Schwert gezogen, bloß um zu zeigen, dass es blank und scharf sei. Börne habe für die Freiheit auf seine persönliche Freiheit verzichtet und in Frankreich sein Grab gefunden. Wer mit seinem Leben für seine Ideen einstehe, der imponiere ihm.

Ahrens atmete hörbar aus und begann leise zu singen:

> In dem Kerker saßen zu Frankfurt an dem Main,

Hebbel stimmte mit ein,

> schon seit vielen Jahren sechs Studenten ein,
> die für die Freiheit fochten und für das Bürgerglück
> und für die Menschenrechte der freien Republik.
>
> Und der Bürgermeister sprach es täglich aus
> Sie, Herr Kerkermeister, es reißt mir keiner aus.
> Aber doch sind sie verschwunden abends aus dem Turm,
> um die zwölfte Stunde, bei dem großen Sturm.
>
> Und am nächsten Morgen hört man den Alarm,

o es war entsetzlich der Soldatenschwarm.
Sie suchten auf und nieder, sie suchten hin und her,
sie suchten sechs Studenten und fanden sie nicht mehr.

Doch sie kamen wieder mit Schwertern in der Hand.
Auf, ihr deutschen Brüder, jetzt geht's fürs Vaterland.
Jetzt geht's für Menschenrechte und für das Bürgerglück.
Wir sind doch keine Knechte der freien Republik.

Wenn euch die Leute fragen wo ist Absalom,
so dürft ihr ihnen sagen, hohe hängt er schon.
Er hängt an keinem Galgen, er hängt an keinem Strick,
sondern an dem Glauben an die freie Republik.

Sie hatten sich untergehakt und gingen im Takt des Liedes.

„Wenn ich nur fünf Jahre älter wäre“, sagte Ahrens, „wäre ich beim Sturm auf die Frankfurter Wachen mit dabei gewesen.“

„Und heute auf der Flucht oder in Amerika, ubi libertas, ibi patria. Wer für Pressefreiheit, Demokratie und ein einiges Deutschland kämpft, steht auf den Fahndungslisten des Bundestages.“

„Weil wir verraten worden sind und weil der revolutionäre Funke nicht übergesprungen ist.“

„Selbst im Falle einer Revolution würden die Deutschen sich nur Steuerfreiheit, nie Gedankenfreiheit zu erkämpfen suchen.“

„Sie denken zu schlecht von unseren Landsleuten, Hebbel. Im Volk gärt es, die Unzufriedenheit wächst, und unter den Studenten weiß ich viele, die daran arbeiten, die herrschenden Verhältnisse zu beseitigen.“

Er schüttelte den Kopf. Es sei naiv, auf politischen Umsturz zu hoffen. Die Deutschen hätten sich mit den Umständen längst abgefunden, ja, sie hätten mittlerweile Angst vor der Freiheit und wollten nur ihre Ruhe.

Jedenfalls sei er froh, mit einem Gleichgesinnten unterwegs zu sein, lenkte Ahrens ein. Sicher würden Theodor Körners Stücke und Revolutionslieder seinen Beifall finden.

Körner sei ein elender Strohwisch, über den ein Wort zu verlieren, ihm zu schade sei. Hebbel machte sich von Ahrens los. Es sei kein Grund, Körner einen begnadeten Dichter zu nennen, bloß weil er im Kampf gegen Napoléon sein Leben gelassen habe. Heinrich von Kleist, dieser gewaltige, herrliche, unglückliche Dramatiker, den niemand lobte, nicht einmal Goethe, was Gott ihm verzeihen möge, – Heinrich von Kleist sei ein viel größerer Schriftsteller als Körner. 1811, nur zwei Jahre vor jenem auf tragische Weise gestorben und bereits von allen vergessen. Bei Kleist dränge sich in einer einzigen Situation mehr Leben als in drei Teilen der modernen Romanlieferanten.

Den Namen Heinrich Kleist habe er in der Tat noch nie gehört, sagte Ahrens.

Er solle das „Käthchen von Heilbronn" lesen und darauf achten, wie Kleist immer das Innere und das Äußere zugleich zeichne. Eins durch das Andere, und dies sei allein das Rechte. Leider gebe es in Deutschland keinen neuen Dichter von ähnlicher Glut und Selbständigkeit. Wohin man auch blicke, alles sei billiger Schund, die konventionelle Bühnenrede nichts als die Aneinanderreihung vorgefertigter Elemente.

Ob er auch „Griseldis" von Friedrich Halm in seine Kritik mit einbeziehen würde, das Stück habe in Wien großen Erfolg gehabt.

„Dieses erbärmliche Stück eines noch erbärmlicheren Autors, der seinen Namen verbirgt? Das Machwerk ist das Non Plus Ultra des Schlechten, kein Wunder, dass es in Wien Erfolg hat. Es ist noch viel schlechter – und das will etwas heißen – als Körners Stücke. Die ‚Griseldis' ist kalt und schwer und dumm wie Blei."

„Immerhin wird die schöne Sprache in Halms Stücken gelobt", wagte Ahrens einzuwerfen.

„Der Teufel hole das, was man heut zu Tage schöne Sprache nennt. Es ist dasselbe in der Dramatik, was die so genannten schönen Redensarten im Leben sind. Kattun. Kattun und wieder Kattun. Es flimmert wohl, aber es wärmt nicht."

„Sie gehen mit Ihren Kollegen hart ins Gericht. Können Sie mir einen modernen Dramatiker nennen, der Gnade vor Ihren Augen findet?"

„Ich habe Proben eines Autors namens Georg Büchner gelesen, sein ‚Danton' ist herrlich. Das Stück ist, wenn Sie so wollen, ein Produkt der Revolutionsidee, aber nur so, wie wir alle Produkte Gottes sind oder, wie alle Pflanzen und Bäume, trotz ihrer Verschiedenheit von der Sonne zeugen. Anders als die heutigen Autoren, deren seichtes Geschwätz in hundert, ach, in fünfzig Jahren vergessen sein wird – ich gebe Ihnen mein Wort darauf! –, anders als diese anderen besitzt Büchner eine ganz eigene Kraft. Was für ein Unglück für die deutsche Literatur, dass er so jung sterben musste."

„Es scheint gefährlich, von Ihnen gelobt zu werden", Ahrens lächelte, „gibt es einen lebenden Dramatiker, den sie mir empfehlen würden?"

„Es wäre mir unendlich willkommen, wenn ich Ihnen einen Namen nennen könnte ... Aber lassen Sie uns das Gespräch in der Kneipe dort drüben neben dem abgebrannten Haus fortsetzen, mein Hund braucht eine Pause, er humpelt wieder. Und ich hatte so gehofft, dass seine Pfoten am Ruhetag ausheilen würden. Das verfluchten Regenwetter macht ihm das Laufen zur Qual."

Nachdem sie Northeim verlassen hatten, berichtete Ahrens, dass er in seiner Studentenverbindung für den Progress-Standpunkt eintrete. Die Forderungen nach Freiheit und Gleichheit für das gesamte Volk dürften nicht ausgerechnet an den Pforten der Universitäten enden. Deshalb sei er für die Abschaffung von akademischen Sonderrechten und engagiere sich für die Bildung einer allgemeinen studentischen Vertretung. Auch sei es höchste Zeit, die unsinnige Formalkontrahage abzuschaffen. „Welcher vernunftbegabte Mensch wird sich duellieren wollen, bloß weil irgendein Wirrkopf ihn einen dummen Jungen genannt hat?"

Hebbel dachte an den Spott, dem er in Heidelberg ausgesetzt gewesen war, und stimmte Ahrens aus vollem Herzen zu.

Sein Interesse an den Dichtern des „Jungen Deutschland" hinge mit seiner politischen Überzeugung zusammen, fuhr Ahrens fort. In ihrem Kampf für Pressefreiheit, demokratische Freiheitsrechte, soziale Gerechtigkeit und die Überwindung moralischer Vorurteile finde er seine eigenen Ansichten bestätigt. Die Literatur dürfe nicht länger für eine geistige Schicht geschrieben werden, die unter sich bleiben wolle, sondern müsse die Masse der Leser erreichen, damit fortschrittliche Gedanken sich ausbreiten könnten. Und dass die Obrigkeit genau diese Verbreitung fürchte, belege ja das seit vier Jahren anhaltende Verbot des „Jungen Deutschland".

Mit dem Ergebnis, dass der gerissene Julius Campe, der noch immer ein Schlupfloch gefunden habe, die Zensur zu umgehen, ein Buch nach dem andern herausgebe und diese verbotenen Autoren Karriere machten, sagte Hebbel. So habe sich Karl Gutzkow, der das Verbot mit seinem Roman „Wally die Zweiflerin“ ausgelöst habe, als Herausgeber des „Telegraph“ in Hamburg bestens etabliert, er kritisiere und verteile Aufträge für Kritiken nach Belieben und bestimme, was bei „Hoffmann und Campe“ veröffentlicht werde. Denn Julius Campe, das wisse aus eigener Erfahrung, lese die eingereichten Manuskripte gar nicht selbst, sondern verlasse sich auf das Urteil seiner Mitarbeiter.

Ob er Dr. Gutzkow, der wegen seines Romans zu einer Gefängnisstrafe verurteilt worden sei, den sicheren Posten missgönne?

Er wolle und werde sich nicht damit abfinden, dass ein Mann wie Gutzkow Andersdenkende abwerte und einen Lump nach dem anderen auf den Thron setze, als ob nicht Kunst und Wissenschaft, sondern sein eigenes Ich das Herz der Literatur sei. Dabei sei gerade Gutzkow das beste Beispiel dafür, dass eine politische Überzeugung noch lange keinen Dichter mache. Über die Leblosigkeit der Gutzkow'schen Automaten und Pappfiguren könne man die guten Ideen vergessen, in deren Interesse sie geschrieben worden seien. Sein poetisches Talent sei ihnen nicht gewachsen, und so bekomme der Leser den Eindruck, als ob Kornsäcke auf einer Kaffeemühle durchgemahlt würden.

Zur literarischen Qualität von Gutzkows Romanen könne er kein Urteil abgeben, sagte Ahrens, doch sei es nun einmal notwendig, dass sich die Literatur in den Dienst des Fortschritts stelle.

Für einen Schriftsteller müsse sein eigenes Interesse das einzige Kriterium sein. Ob dieses Interesse auf gesellschaftlichen Fortschritt, auf rein poetische Fragen oder auf einen bestimmten Stoff gerichtet sei, sei ihm gleichgültig. Er verachte jedoch jeden, der ohne innere Anteilnahme nach gängigen Themen suche, um schnellen Erfolg zu haben. Leider bevorzugten der berechnende Geschäftsmensch Julius Campe und sein Mitarbeiter Karl Gutzkow leicht verkäufliche politische Lyrik, obwohl ihr oft jede Tiefe fehle. Doch stünden Produkte des Geistes nur anfangs unter, später aber über der Mode. „Deshalb bin ich nicht bang, auch meine Zeit wird kommen.“

„Ist nicht der Bau der politischen Freiheit das vollkommenste aller Kunstwerke?“

„Auch ich habe meinen Schiller gelesen. Es ist die Schönheit, durch die der Dichter zur Freiheit wandert."

„Dann wüsste ich gern, welche Lektüre Sie mir empfehlen würden. Können Sie mir bis Salzderhelden ein paar Autoren nennen? Den Namen Heinrich Kleist habe ich mir schon im Kopf notiert.

„Lassen Sie sich von unserem gemeinsamen Freund Jean Pauls und Lessings Werke geben, sie stehen auf seinem Schreibsekretär. Jean Paul bewundere und beneide ich sehr, er besitzt einen ungeheuren Geist, aber noch viel mehr. So viel Milde bei so viel Vermögen. Was für eine Liebe in der Brust dieses Mannes, der in der letzten Stunde seines Daseins die Hand aufheben und schwören konnte, er habe nie etwas anderes gesucht als das Gute und Schöne, soweit seine Kräfte dazu ausreichten.

Und dann sollten Sie unbedingt ‚Laokoon' lesen. Lessing behandelt darin den Unterschied zwischen den Künsten der Malerei und der Literatur und kommt zu dem Ergebnis, dass die Malerei nur Gegenstände und einzelne Momente festhalten kann" – er hielt inne. Das Bildnis von Judith mit dem Haupt des Holofernes war aus seinem Inneren aufgetaucht und stand ihm auf einmal so lebendig vor Augen, als habe er es selbst gemalt. Das zarte Antlitz der jungen Frau, ihr fein gezeichneter Mund, ihre edle Nase, die in Licht und Schatten direkt in die geschwungenen Brauen überging, ihr leicht geneigter Kopf, eingefasst von der Pracht heller Locken, die wie zu einer Krone gebunden waren. Ihre mandelförmigen Augen zogen ihn in den Bann, sie sahen in ihn hinein, dorthin, wo die Dinge dunkel und verworren waren. Judith und er, sie hatten etwas miteinander zu tun, aber dieses Etwas verbarg sich vor ihm.

„Und was sagt Lessing im ‚Laokoon' über die Literatur?"
„Was hat Lessing damit zu tun?" Das Bildnis schwamm davon.
„Sie haben mir gerade Lessings Unterscheidung zwischen Malerei und Literatur erklärt. Dass die Malerei nur einen winzigen Moment festhält, während die Literatur ..."
„Das ist es ja gerade. Ich muss viel mehr wissen, als diesen winzigen Moment. Was ist vorher geschehen? Was hat Judith angetrieben, und was wird sie tun, wenn sie ihre Tat begreift? Vielleicht finde ich so den Weg zu ihren Gefühlen."
„Judith?"

„Verzeihen Sie, Ahrens, ich bin ganz woanders gewesen ..., während also die Malerei nur einen bestimmten Moment festhält, hat die Literatur die Aufgabe, Handlungen, also einen Verlauf zu beschreiben. Deshalb rät Lessing den Autoren, Beschreibungen zu vermeiden und als lebendige Handlungen darzustellen, so wie Homer statt der Beschreibung der Kleidung des Agamemnon diesen sich ankleiden lässt. Das mag in Ihren Ohren trocken und theoretisch klingen, aber wie neu und aufregend ist das alles, und wie wenig habe ich es bisher beherzigt. Dazu Lessings bewundernswürdige Sprache. Jeder seiner Sätze scheint gesprochen zu sein, so leicht ist alles dahingesponnen, es herrscht innige Harmonie zwischen Wort und Gedanke. Lassen Sie ab von Gutzkow und Konsorten, das sind allesamt literarische Küstenschiffer!"

Ahrens lachte, „den Friesen in mir haben Sie überzeugt. Was ist mit Ihren eigenen literarischen Plänen? Arbeiten Sie an neuen Gedichten oder einem Roman?"
„Mir geht der Stoff für ein Drama im Kopf herum."
„Mögen Sie davon erzählen?"

Für einen Augenblick war er versucht, seinem Weggefährten weiszumachen, dass er ein Drama über die französische Revolution schreiben wolle. „Es geht um Judith und Holofernes", sagte er dann zögernd, „gerade hatte ich ..."
„Was interessiert Sie an dieser alten Geschichte?"
„Es hat mit Judiths Blick und mit ihrem Namen zu tun. Beides sagt mir, dass ihre Motive komplizierter sind, als in der Bibel beschrieben. Gerade hatte ich das Gefühl, ganz dicht vor einer Lösung zu stehen. Sie sah mich mit ihren schwarzen, mandelförmigen Augen an, doch dann entzog sie sich mir. Ob sie vor sich selbst wie vor einem dunklen Geheimnis zurückschaudert?"
„Das sind ganz fremde Gedanke für mich. Sie sprechen von Judith wie von einer Frau, um die Sie werben."
„Und solange sie mich abweist, sollte ich schweigen."
„Jetzt beginne ich Ihren Satz von der inneren Anteilnahme zu verstehen und hätte große Lust, mehr von Ihrem Drama zu erfahren."
„In mir türmen sich Zweifel, Fragen und Ratlosigkeiten. Gestern noch habe ich den Judithstoff aus guten Gründen abgetan, heute ergreift er erneut Besitz von mir. Was, wenn es wieder nur ein kurzes Wetterleuchten ist?"

„Was macht Ihnen so zu schaffen?"
Hebbel schwieg eine ganze Weile. „Was würden Sie von einem Kommilitonen halten, der Ihre politischen Forderungen nicht aus Gerechtigkeitsgefühl heraus unterstützt, sondern aus bloßem Kalkül?", fragte er schließlich.

„Das wäre schade, doch für die politische Arbeit spielt es keine Rolle. Man kann nicht jedem ins Herz hinein schauen."
„Sie haben Recht. Mein Beispiel war schlecht gewählt, in der Politik braucht man Mitstreiter. Aber ich bin ganz allein auf mich gestellt. Und ich kann Judith nicht zur Heldin meines Dramas machen, wenn sie aus Berechnung mordet. Zorn, Rache, Liebe, Hass, jedes starke Gefühl, jede Art von Raserei kann ich verstehen, aber ein kaltes Herz ..., und doch lässt sie mich nicht los. Ich muss noch einmal in Ruhe über sie nachdenken."

In Salzderhelden dankte Ahrens für die anregende Begleitung und versprach, die empfohlenen Autoren zu lesen.

„Wenn Juristen wie Sie wichtige Positionen in unserem Land übernehmen, will ich hoffnungsvoll in die Zukunft sehen", sagte Hebbel.

Ahrens legte ihm seine Hand auf den Arm wie Emil Rousseau es immer getan hatte. „Ihering hat gestern angedeutet, dass er Ihnen nichts zutraut ..., doch man hat leicht reden, wenn man aus einer angesehenen Juristenfamilie stammt und einen gebahnten Weg vorfindet. Sie aber gehen Ihren eigenen Weg. Ich bin mir sicher, Ihren Namen bald auf dem Theaterzettel eines großen Hauses zu finden, Ihre ‚Judith' werde ich mir auf keinen Fall entgehen lassen."

Hebbel stiegen Tränen in die Augen, er drückte Ahrens stumm die Hand. Durch das Gespräch hatte er sich von seiner nächtlichen Zerknirschung erholt. Seine Tour war das Äußerste, was ein Mensch sich zumuten konnte, der Körper wurde so strapaziert, dass für den Geist nichts übrig blieb. Kein Wunder also, dass er an seinem Drama verzweifelte. War er erst einmal in Hamburg, würde er seinen Stoff finden. Gut, dass ihm am letzten Abend nur Hänschen zugehört hatte.

In Einbeck regnete es in Strömen. Vor dem Gasthof am Markt rollte gerade eine herrschaftliche Kutsche aus, ein älterer Herr mit modischem Kastorhut trat an den Wagenschlag, half einer jungen Dame heraus und bot ihr den Arm. Mit wenigen Schritten waren sie im Trockenen.

Hebbel schüttelte sich, wie Hänschen es alle halbe Stunde getan hatte, und fuhr sich durchs nasse Haar, bevor er den Gasthof betrat. Während der Wirt noch mit der jungen Dame und ihrem Begleiter sprach, eilte ein Kellner herbei, begrüßte ihn höflich und bot an, seine verregneten Kleider in einem beheizten Trockenraum aufzuhängen. Als Hebbel entschuldigend auf seine verschlammten Stiefel zeigte, hob der Kellner abwehrend die Hände. Sicher habe der Herr die Fußreise der Extrapost vorgezogen, obwohl er es sich leisten könne. In den letzten Jahren habe sich diese Art des Reisens unter den gehobenen Ständen vermehrt, spätestens bei der Wahl des Zimmers und der Bewirtung stelle sich heraus, wen man vor sich habe. Ob der Herr später mit den gerade angekommenen Gästen an einer Tafel Platz nehmen wolle? In der Früh habe der Wirt geschlachtet, es gebe Kesselfleisch, frische Blut und Leberwurst und dazu natürlich das berühmte Einbecker Bier, das auf der ganzen Welt seinesgleichen suche.

Auch in München, wo er gerade herkomme, verstehe man Bier zu brauen. Das Bockbier aus dem Hofbräuhaus sei dem Einbecker bestimmt ebenbürtig."

„Weil es aus Einbeck stammt", sagte der Kellner stolz. „Vor über zweihundert Jahren hat der bayrische Hof den Einbecker Braumeister Pichler abgeworben; er war es, der in München das Bockbier heimisch gemacht hat."
„Ein Bierbrauer aus Einbeck? Der Pichler heißt? Glückwunsch, das nenne ich gut erfunden."
„Fragen Sie den Wirt, wenn Sie mir nicht glauben."
„Schon gut." Auf einmal fühlte er sich merkwürdig herabgestimmt. Er bestellte die Schlachtplatte und ließ sich ein Zimmer geben. Vor dem Essen putzte er seine Stiefel peinlich sauber, wusch sich ausführlich Gesicht und Hände, entwirrte mit den Fingern sein Haar, zog frische Strümpfe an und ein weißes Hemd, Weste und Jacke. Dann betrat er mit Hänschen an seiner Seite die Gaststube, ging mit gemessenen Schritten und betont aufrecht zur Tafel, an der sich bereits einige Gäste versammelt hatten, und verbeugte sich, „Doktor Hebbel."

Zu spät fiel ihm Elises Anweisung ein, „nicht unverständlich in die

Verbeugung hineinflüstern wie du es zu tun pflegst, sondern mit klarer Stimme sprechen, während du dich wieder aufrichtest und deinem Gegenüber gerade in die Augen siehst", und gleich darauf meinte er, Amalie Schoppe zu hören: „Ich habe Ihnen doch nach Wesselburen geschrieben, wie Sie sich zu verhalten haben. Es wird Zeit, dass Sie meine Ratschläge beherzigen."

Das Blut stieg ihm in die Wangen, mit gesenktem Kopf setzte er sich an den Rand des Tisches.

„Ich habe Ihren Namen nicht verstanden", sagte eine spröde, norddeutsche Frauenstimme.

Er sah auf und blickte in ein hochmütiges Gesicht, das unter dem rötlichen, schweren Haar noch blasser wirkte. Um ihre Mundwinkel zuckte es spöttisch.

„Fräulein Arning ..., Friederike Arning?"
„Originell", sagte ein älterer Herr, in dem Hebbel den Begleiter der jungen Dame wiedererkannte, der auf die Ankunft ihrer Kutsche gewartet hatte. Der Herr klemmte sich ein Monokel ins Auge, das an einem dünnen Kettchen hing, und betrachtete ihn wie ein seltenes Insekt.
„Verzeihung, es ist nur, weil ..., wir sind uns nämlich vor ein paar Tagen begegnet, obwohl sie es vermutlich gar nicht bemerkt haben, aber ich ..., Sie müssen verzeihen, ich bin ein bisschen durcheinander ...", er schwieg betreten.
„Und Sie heißen ...?", fragte die junge Dame.
„Christian Hebbel aus Wesselburen, aber eigentlich aus München, und ich heiße in Wirklichkeit auch nicht mehr Christian, sondern Friedrich, seit ich ..., Friedrich Hebbel, Doktor Friedrich Hebbel, Literat und ..."
„Originell", sagte der ältere Herr, „ich nehme an, dass Sie einer Verwechslung zum Opfer gefallen sind."
„Ich habe mir ihren Namen doch bloß ausgedacht! Ich bin Schriftsteller, und es geht um ein Drama. Es soll im Hamburger Stadttheater aufgeführt werden, und ich werde hinter dem Vorhang stehen ... Das klingt jetzt vielleicht kompliziert, aber wenn Sie mir noch einen Moment zuhören würden ..."

Der ältere Herr nahm das Monokel aus dem Auge und wandte sich den anderen Gästen zu, „Schriftsteller ...", sagte er, „denen geht die Phantasie durch."

Wieder war es ihm als hörte er Amalie Schoppes Stimme, „Haltung!", zischte sie ihm zu.

„Sie kommen also aus München?", fragte sein Tischnachbar höflich, „eine schöne Stadt?"
„Ja." Ihm fiel nicht die geringste Kleinigkeit ein, die es über München zu berichten gab.
„Und Sie sind unterwegs nach ...?"
„Hamburg."
„Auch eine schöne Stadt."
„Ja", sagte er und schwieg.
„Da werden Sie auf Ihrer Reise einiges erlebt haben, und als Literat wissen Sie es uns sicher zu erzählen."
„Nein", sagte er, weil er nicht schon wieder ja sagen wollte. Da wandte sich sein Tischnachbar ab und widmete sich dem Braten.

Mit heißen Wangen und einem Pochen in den Schläfen schlang Hebbel das Essen in sich hinein, angeekelt von dem fetten Fleisch, das sein Magen nach dem langen Hungerwinter schlecht vertrug. Er würde mit Leibschmerzen und stundenlangem Hocken auf dem Nachtstuhl dafür bezahlen müssen.

Auch die anderen Gäste am Tisch versuchten, ihn ins Gespräch zu ziehen, aber er stotterte oder schwieg und brachte die Unterhaltung ins Stocken. Wenn er dann den Blick der spröden Schönen auf sich ruhen fühlte, fürchtete er sich vor ihrem spöttischen Lächeln und senkte den Kopf. Noch vor dem Dessert verließ er mit einer gemurmelten Entschuldigung die Tischrunde. Im Rücken spürte er ihr mitleidiges Lächeln und ihre Erleichterung, er hatte ihre Gesellschaft gestört wie ein Landstreicher die Festtafel höherer Stände.

Warum brach sein Selbstgefühl unter der geringsten Last zusammen? Warum hielt bei ihm eine Hochstimmung nie länger als ein paar Stunden an? Er hatte sich im Gespräch mit Ahrens wohl gefühlt wie lange nicht mehr, hatte einem klugen Mann seinen literarischen Standpunkt nahe gebracht und ihn für sich eingenommen. Und hatte er nicht mit dem Gedanken, dass Judith vor sich selbst wie vor einem dunklen Geheimnis zurückschauderte, einen Zipfel seines Dramas zu fassen bekommen? Waren dies nicht alles Gründe genug, selbstbewusst aufzutreten? Warum verhielt er sich in Gesellschaft wie ein dummer Schuljunge, warum ließ er sich so leicht einschüchtern? War er in Wirklichkeit doch nur ein Nichts, das sich in kurzen Scheinmomenten aufblähte und beim geringsten Widerstand zusammenfiel? War sein Drama die letzte fixe Idee eines endgültig Gescheiterten?

Er war dabei, sich seiner Lust zur Selbsterniedrigung hinzugeben, da sah ihn Emil Rousseau aus großen, dunklen Mandelaugen an. Irgendetwas stimmte nicht mit ihm. Die Beunruhigung, die von dem Blick ausging, war so stark, dass er sich im Bett aufsetzte. Rousseau hatte grüne Augen gehabt, sanfte, grüne Augen mit braunen Einsprengseln, in denen stets Bewunderung und Anteilnahme gelegen hatte. Es waren Judiths Augen, die in ihn hineinsahen. Sein Gefühl hatte nicht getrogen, sie hatten etwas miteinander zu tun, er sollte ihr Rätsel lösen. Und zugleich forderten ihre Augen ihn auf, sich selbst auf die Spur zu kommen.

Kapitel 15

Sein verlegenes und unfreies Verhalten im Verkehr mit anderen war das Ergebnis der sieben Jahre im Hause des Kirchspielvogts Mohr. Mohr war wie eine Blattlaus über seine frische Jugend gekrochen, dachte Hebbel, als er Einbeck in der Morgendämmerung des nächsten Tages verließ. Er war früh aufgebrochen, um ein Zusammentreffen mit den anderen Gästen zu vermeiden.

Mit vierzehn war er von Mohr als Laufbursche eingestellt worden, hatte Einkäufe für die Küche zu besorgen, Bestellungen auszurichten, die Öfen zu heizen und Stiefel zu putzen. Und auch sein Aufstieg zum Schreiber änderte nichts daran, dass er mit Stallknechten und Tagelöhnern an einen Tisch gesetzt wurde und die abgelegte Kleidung seines Dienstherrn auftragen musste. In einer Lebensperiode, in der andere geselliges Benehmen erlernten, hatte Mohr ihm jede Gelegenheit dazu abgeschnitten, und die geisttötende Arbeit in der Schreibstube hatte ihm wichtige Jugendjahre geraubt.

Und als Amalie Schoppe sich darum bemüht hatte, private Geldgeber für sein Stipendium zu gewinnen, steuerte sein wohlhabender Prinzipal keinen Pfennig dazu bei. Er traue ihm die akademische Laufbahn nicht zu, da es ihm an grundlegender Bildung und an Durchhaltevermögen fehle, hatte Mohr ihm ins Gesicht gesagt. Zwar halte er ihn für begabt und wisse sein poetisches Talent durchaus zu schätzen – an den Gedichten ihm zu Ehren habe er sich stets erfreut –, aber den Anforderungen eines Studiums werde er schwerlich gewachsen sein. Ein Gedicht, ein Drama oder einen Roman zu schreiben, sei etwas völlig anderes als sich Abstraktionen und Theorien zu widmen, poetische und wissenschaftliche Genauigkeit seien nun einmal zwei verschiedene Dinge.

In Hamburg hatte er dann die Erfahrung gemacht, dass er in Gesellschaft nicht so auftreten konnte, wie er wünschte, nie wagte er den

Augenblick zu nutzen, nie sich geltend zu machen, und ihm wurde klar, dass er seine Unbeholfenheit Mohr zu verdanken hatte. Da beschloss er, einen Roman zu schreiben, mit dem er es ihm heimzahlen wollte. Auf seinen täglichen Gängen zur Schule malte er sich aus, an welcher Stelle der Kirchspielvogt das Buch vor Empörung aus der Hand legen würde, um es nie wieder anzufassen. Der RacheRoman blieb ungeschrieben, und nachdem er in München seine akademische Laufbahn endgültig aufgegeben hatte, nahm er dem ehemaligen Dienstherrn das Urteil über seine Studierfähigkeit erst recht übel.

Es wurde höchste Zeit, jene verfluchte Schüchternheit abzulegen, die während der Jahre im Hause Mohr in sein innerstes Wesen übergegangen war. Wie sollte er vor dem weltmännischen Dr. Gutzkow bestehen, wenn es ihm vor Aufregung die Sprache verschlug und er ständig rot anlief? Auf einen guten ersten Eindruck kam so vieles an, seine Zukunft hing vom Wohlwollen des mächtigen Literaturkritikers ab, und bisher hatte ihre Bekanntschaft unter einem denkbar schlechten Stern gestanden.

Als er von München aus seine Gedichte an Julius Campe geschickt hatte, fürchtete er, dieser könne sie Gutzkow vorlegen, denn nach dessen bekannt scharfem Urteil über Ludwig Uhlands Werk, drohte auch seinen Gedichten ein Verriss. Und tatsächlich war es Gutzkow, auf den Campe sich in seinem Antwortbrief bezog. Aber Gutzkows Urteil war positiv ausgefallen, Hebbels Gedichte hätten ihn innig und warm angesprochen; es wehe in ihnen ein echt dichterisches Gemüt, zarte Empfindung und ein naiver, sinniger Humor, der niemals sentimental wirke, ließ Gutzkow ihn wissen. Dennoch zweifle er am Erfolg, da die Kritik so sehr in den Händen der Mittelmäßigkeit liege, dass sie das Reizende, wenn es bescheiden sei, entweder nicht aussuche oder nicht verstehe. Und das gänzlich schlummernde Publikum würde einen Lyriker, dem die Kritik nicht wohlgesonnen sei, schnell beiseite legen. Doch wenn Hebbel bereit sei, ein Jahr lang Proben seiner Gedichte an verschiedene Zeitschriften zu geben, um seinen Namen bekannt zu machen, dann könne eine Veröffentlichung in Betracht gezogen werden. Gutzkow versprach, selbst den Anfang zu machen, ihn im „Telegraph“ abzudrucken und ausdrücklich zu empfehlen.

Beglückt von der Aussicht, in einer so wichtigen Zeitschrift zu erscheinen, erteilte er Elise Lensing den Auftrag, jede Erwähnung im „Telegraph“ sofort nach München zu melden. Doch die Monate vergingen, ohne dass Gutzkow sein Versprechen einlöste.

„Ich hoffe, du bist nicht allzu sehr enttäuscht", sagte Rousseau vorsichtig. Sie saßen in ihrem Kaffeehaus am Englischen Garten.
„Keineswegs. Jetzt weiß ich endlich, woran ich mit Gutzkow bin. Unsere Wege sind nun einmal nicht die gleichen, und es ist kein echtes Verhältnis zwischen uns möglich. Ob er mich hingehalten hat, um sich einen Konkurrenten vom Hals zu schaffen?"
Rousseau hob die Achseln.
„Bestimmt ist Gutzkow ein ähnlich klein gewachsener Mann wie Julius Campe, und deshalb verstehen sie sich so gut und wachen eifersüchtig auf ihren Vorteil."
„Ich bin auch nicht groß."
„Aber du bist du. Und selbst wenn dieser Gutzkow ein Riese sein sollte, ich bin mit ihm fertig."

Kurz vor seinem Aufbruch nach Hamburg jedoch hatte er einen Brief erhalten, der fast ein Jahr lang auf der Post liegen geblieben war. In diesem Brief bat Gutzkow um Korrespondenzartikel aus München. Wie gern hätte er diese Artikel geliefert, wie gern die Verbindung zu Gutzkow vertieft, nun war es zu spät. Und leicht konnte er sich ausrechnen, dass der große Kritiker über das Ausbleiben einer Antwort verstimmt gewesen sein musste und aus diesem Grund kein Gedicht in sein Literaturblatt eingerückt hatte. Er beeilte sich, das Missgeschick aufzuklären. Aber blieb nicht immer ein Rest Verstimmung zurück, wenn sie sich über einen so langen Zeitraum aufgestaut hatte?

„Wenn er Gedichte oder Artikel für seine Zeitschrift wünscht, werde ich sie schreiben", sagte er zu Hänschen, der die Ohren spitzte, „doch wenn dieser Herr Dr. Gutzkow glaubt, ich käme angekrochen und würde um Aufträge betteln, so täuscht er sich gewaltig. Mein gerechter Stolz lässt nicht zu, dass ich mich ihm unterordne, mag er auch zehnmal mehr vom Erfolg verwöhnt worden sein als ich. Wenn ich erst in Ruhe über mein Drama nachdenken kann, wenn ich den Augenblick begreife, in dem Judith mich ansieht, und ihn auflöse in eine stimmige Geschichte, dann ..."

Am nächsten Meilenstein machten sie Halt. Ein Student aus Hannover, der von einem großen Hund begleitet wurde, setzte sich zu ihnen. Hebbel fiel sofort auf, dass der Hund halb verhungert war, sein dünnes Fell spannte sich über die Knochen, Rippen und Hüftknochen stachen hervor. Der Student packte Schinken, Käse und Brot aus, schnitt dicke Scheiben ab und aß mit sichtlichem Behagen.

Hebbel konnte den Anblick des abgemagerten Tieres, das zitternd und mit gekrümmtem Rücken jede Bewegung seines Herrn genau verfolgte, nicht ertragen. „Ihr Hund hat Hunger, lassen Sie ihn nicht so lange warten."

„Der bekommt heute Abend seinen Kanten", der Student kaute mit offenem Mund und schnitt sich die nächste Scheibe ab. „Wenn man die Viecher verwöhnt, werden sie träge. Meiner passt auf." Und er nahm einen Stein, warf ihn dem Hund zu, der nach ihm schnappte, und lachte, als ein knirschendes Geräusch zu vernehmen war. „Sehen Sie, der pariert."
„Hören Sie auf, das Tier zu quälen." Er ballte die Fäuste, beherrschte sich aber, um den Studenten nicht zu weiteren Grausamkeiten zu reizen.
„Ich mach mit ihm, was ich will. Und von einem verlausten Landstreicher lasse ich mir nichts vorschreiben."
„Ich gebe Ihren Hund jetzt zu fressen, und dann scheren Sie sich zum Teufel." Seine Stimme war zuletzt nur noch ein heiseres Flüstern.
„Was erlauben Sie sich!"
„Teufel ...", flüsterte er.
„Jetzt reicht es!"
„Teufel", flüsterte er, „sie stampfen ums Feuer, sie feiern ein Fest, einer holt einen Rost, sie wollen dich braten. Kannst du sie sehen?" Und er rückte nah an den Studenten heran und riss seine Augen weit auf. In ihnen tanzten kleine, schwarze Punkte.

Der Student schluckte, mit einer unwirschen Handbewegung bedeutete er Hebbel, dass es ihm frei stünde, sein Brot zu verfüttern. Während der Hund die fremden Bissen verschlang, packte der Student seine Essensvorräte ein – seine Hände zitterten, wie Hebbel mit Befriedigung feststellte – und ging betont langsam davon. Sein Hund trottete mit eingeklemmtem Schwanz hinter ihm her. Hebbel drückte Hänschen an sich.

Mittags begann es heftig zu regnen, auf der gepflasterten Chaussee bildeten sich tiefe Pfützen. Hänschens Fell war bald über und über von Straßenschmutz verklebt, humpelnd und mit hängendem Kopf mühte er sich Schritt zu halten. Hebbel kehrte in das nächste Wirtshaus ein, bestellte Kaffee und einen Teller Suppe, den der Hund müde ausschlappte. In den ersten Tagen seiner Reise hatte Hebbel während der Ruhepausen unterwegs entstandene Verse notiert, heute saß er mit leerem Kopf vor seinem Becher und sah zu, wie Hänschen, statt unter den warmen Ofen zu kriechen und zu schlafen, sich den Schmutz aus dem Fell leckte. Erst als er merkte, dass die Pause zu Ende war, streckte er sich aus, fiepte und legte sich auf den Rücken. Aber wenn sie das geplante Nachtquartier in Elze noch vor Anbruch der Dunkelheit erreichen wollten, mussten sie weiter.

Der Nachmittag schleppte sich dahin, er redete Hänschen gut zu, der immer langsamer wurde. Kurz vor Elze stieß ein junger Mann zu ihnen, dem eine lange Pfeife zwischen den Lippen hing. Er hieß Klingsohr und stellte sich als Kandidat der Theologie vor.

„Dann wollen Sie mir also die Welt der Poesie zeigen und ein Märchen aus alter Zeit erzählen?", fragte Hebbel.
„Wie bitte?"
„Da Sie seinen Namen tragen, werden Sie den Lehrmeister aus Novalis' Roman ‚Heinrich von Ofterdingen' vermutlich kennen."
„Ich werde ja immer wieder einmal darauf angesprochen. Doch als Theologe beschäftige ich mich mit weit wichtigeren Dingen, mit der Eschatologie, wenn Sie verstehen ..." Klingsohr saugte an seiner kalten Pfeife und machte ein bedeutendes Gesicht. „Nehmen wir den Gasthof, der uns dort so freundlich zur Einkehr einlädt? Es wird ja schon dunkel. Und teilen wir uns ein Zimmer?"
Hebbel willigte ein. Nach dem langen, öden Nachmittag fürchtete er sich vor seinen eigenen unfruchtbaren Gedanken und versprach sich etwas von der Unterhaltung mit einem Theologen.
Nachdem sie ihr Zimmer in Augenschein genommen und das Abendessen bestellt hatten, sagte er, er freue sich, Fragen, die ihn schon lange umtrieben, mit einem Mann der Kirche zu besprechen.
„Sie haben nicht zufällig Tabak?", Klingsohr saugte an seiner kalten Pfeife. „Ich habe vergessen, mir welchen zu besorgen. Immer in Gedanken ..., Gedanken an die Letzten Dinge, Sie wissen ja ..."
„Ich rauche nicht. Was nun meinen Hauptpunkt angeht, so will ich frei heraus bekennen, dass ich der Meinung bin, dass ein denkender Mensch nicht an Gott glauben kann."

„Ihr Zweifel ist das traurige Ergebnis unserer Zeit, die das Denken über den Glauben stellt. Aber wem ist damit geholfen? Es macht die Menschen nicht glücklich, wenn sie sich von der Religion abwenden."
„Die Religion der meisten Leute ist nichts als ein Sich-Schlafen-Legen, und es ist wirklich zu befürchten, Gott möge sie für ihre Gottesfurcht noch einmal scharf ansehen, denn es ist keine Kunst, zu Bett zu gehen, wenn man müde ist oder gar – der Fall ist noch häufiger – niemals aufzustehen und die Unbegreiflichkeit der Natur und des Menschengeistes im Schlaf, das heißt im Glauben, an sich vorübergehen zu lassen. Es ist wahr, der Gott des wahren Christen passt in die kranke Maschine wie eine Welle in die Windmühle; aber eben weil er so erstaunlich gut passt, muss ein solcher Gott bezweifelt werden. Sollten die Menschen, die nie eine Ursache durchdringen, ausgerechnet die Endursache erfassen?"
„Und Sie selbst meinen, diese Endursache, wie Sie es nennen, beurteilen zu können? Das ist Hybris, mein Herr, ich rate Ihnen, beten Sie aufrichtig um Ihren Glauben und Ihr himmlisches Glück."
„Für die Existenz des Glücks auf irgendeiner fernen Insel im Weltall spricht freilich nichts so sehr als das Unglück. Nicht, weil die Wunde ein Pflaster voraussetzt, sondern weil die Idee des Glücks in einem Menschengeist etwas so Unbegreifliches, Närrisches, ja Wunderbares ist, dass sie nur durch Offenbarung hineingekommen sein kann. So liegt der echte Trost eigentlich in der Verzweiflung, und es gibt keinen Propheten als den Wahnsinn."
„Verzweiflung und Wahnsinn? Beten Sie aufrichtig, und es wird Ihnen geholfen werden. Denn die Güte des Herrn währet ..., da kommt unser Essen." Während der Kellner auftrug, sprach Klingsohr über ihr gemeinsames Zimmer. Das Bett direkt an der Tür sei für Hebbel sicher bequemer, falls er nachts einmal mit dem Hund hinaus müsse. Allerdings sei die Bettdecke auf diesem Bett reichlich dünn ...

Er friere nicht, Hänschen wärme wie ein kleiner Backofen.

Überhaupt vermittle ein Hund dem Menschen ein Gefühl von Geborgenheit und Zuhause, sagte Klingsohr, und so habe er das schöne Gefühl, bei seinem Reisegefährten zu Gast zu sein.

Hebbel nickte. Sein Bedürfnis nach Unterhaltung war ihm vergangen. Beim abschließenden Bier – Klingsohr hatte sich drei Gläser gegönnt und war mit den Gästen vom Nebentisch ins Gespräch gekommen – überkam ihn eine so große Müdigkeit, dass er am liebsten den Kopf auf die Tischplatte gelegt hätte und auf der Stelle eingeschlafen wäre. Er sei seit fünf Uhr früh auf den Beinen und habe am nächsten Tag wieder einen langen Weg vor sich, entschuldigte er sich.

„Ich trinke noch ein Bierchen und komme gleich nach", Klingsohr paffte zufrieden seine lange Pfeife, er hatte sich aus dem Tabaksbeutel des Tischnachbarn bedienen dürfen. „Ich wünsche Ihnen eine gute Nacht und einen friedlichen Schlaf, den der allmächtige Herr behüten möge."

„Gute Nacht."

Mit Hänschen im Arm wankte er die Treppe hinauf, zog ächzend die Stiefel aus und legte sich angekleidet ins Bett. Aus der Gaststube, die direkt unter seinem Zimmer lag, drangen Stimmen und Gelächter zu ihm herauf, jemand stimmte ein Trinklied an, in das andere johlend einfielen. Klingsohrs Stimme war gut herauszuhören.

Das Jahr ist gut, Braunbier ist geraten,
drum wünsch ich mir nichts als dreitausend Dukaten.
Damit ich kann schütten Braunbier in mein Loch;
und je mehr ich davon trinke
desto besser schmeckt's noch.

Während die fröhliche Runde lärmte, grübelte er über die zweite Strophe des Bierliedes nach. Kam nicht der Herrgott darin vor, der über das närrische Treiben der Menschen lachte? Wie würde das Klingsohr gefallen? Doch mittlerweile hatten sich die Sänger darauf verlegt, einzelne anstößige Worte herauszuschreien, die mit Gelächter belohnt wurden. Hänschen schien das Gegröle nichts auszumachen. Ob auch der Hund des Hannoveraner Studenten schlief? Ob er zu fressen bekommen hatte? Das knirschende Geräusch der Zähne, die den Stein mahlten, ging ihm nicht aus dem Sinn. Es konnte nicht weit her sein mit der Güte des Herrn, wenn er zuließ, dass ein unschuldiges Tier gequält wurde, dachte er und zitterte vor Zorn. So lag er noch wach, als Klingsohr ins Zimmer torkelte. Hänschen verbellte ihn.

„Kusch!", rief Klingsohr, und als er bemerkte, dass Hebbel ihn hörte, fügte er hinzu, „kennst mich doch, Hundchen." Dann machte er sich an den Fensterläden zu schaffen, „Luft! Sonst habe ich morgen einen Brummschädel, der sich gewaschen hat." Er lachte ausführlich, als habe er einen guten Witz gemacht. Hebbel bat ihn, endlich Ruhe zu geben, er habe seinen Schlaf nötig.

„Ganz zu Diensten der Herr, hier dürfen Sie bestimmen“, wieder lachte Klingsohr unmäßig.

Gegen Morgen, es war noch dunkel, wachte Hebbel auf. Er lag mit angezogenen Knien unter dem dünnen Laken, durchs offene Fenster zog eisige Nachtluft ins Zimmer. Klingsohr schnarchte laut. Hebbel schloss das Fenster und versuchte, den Betrunkenen zu wecken. Eine Bierfahne schlug ihm entgegen.

„Hau ab“, murmelte Klingsohr und wälzte sich auf die Seite. Es blieb einen Moment lang still, dann drehte er sich wieder auf den Rücken und schnarchte weiter. Hebbel verfluchte seinen Zimmergenossen. Von nun an wollte er bis zum Ende der Reise mit Hänschen allein bleiben. Einen Begleiter wie Ahrens würde er so leicht nicht wieder treffen, und zufällige Straßenbekanntschaften hinderten ihn daran, Judiths Bildnis in sich wachzurufen. Jeder Tag, an dem er ihr nicht näher kam, war ein verlorener Tag. Er musste einen Weg finden in ihr Herz. Es war nicht kalt, in ihren dunklen Augen lag tiefe Leidenschaft. Nur hatte es bisher niemand gewagt, diese Leidenschaft zu sehen, weil es die Bibel war, die ihre Geschichte erzählte. Was für eine leblose Heldin hatte das Heilige Buch aus ihr gemacht. Das würde selbst der schnarchende Klingsohr nicht abstreiten können.

KAPITEL 16

Trotz seiner nächtlichen Eskapaden war Klingsohr am nächsten Tag früh auf und ging hinunter in die Gaststube. Bald darauf klopfte die Wirtin an die Tür und fragte Hebbel, ob er für seinen Reisegefährten mitbezahlen würde.

Er verneinte.

„Ich habe mir schon so etwas gedacht", sagte die Wirtin, „er hat es jedoch behauptet und mir eingeschärft, ich solle die Rechnung auf keinen Fall spezifizieren und Ihnen nur die gesamte Summe nennen, Sie seien kein Freund von Umständen. Das ist mir verdächtig vorgekommen, weil er es ja war, der gestern den ganzen Haufen ausgehalten hat."

„Den sauberen Herrn werde ich mir vorknöpfen. Er hat noch seinen Tornister hier im Zimmer." Er war erbittert darüber, wie leicht er hereinzulegen war.

Als Klingsohr heraufkam, stellte er sich ihm in den Weg. „Sie krummer Hund. Ich hätte Lust, Ihnen Ihr kümmerliches Theologenherz aus den Rippen zu schlagen."

„Wie bitte?"

„Glauben Sie, ich hätte Ihren so plump eingefädelten Betrug nicht von Anfang an durchschaut? Ihr dummes Geschwätz, wie schön es sei, bei mir zu Gast zu sein. Was für eine Schlechtigkeit."

„Ich weiß nicht, was dieses Weibstück Ihnen erzählt hat. Lassen Sie uns die Summe brüderlich teilen."

„Ich zahle meinen Anteil an der Übernachtung und mein Essen, mehr nicht."

Klingsohrs Lippen wurden in den Mundwinkeln schmal, wortlos nahm er seinen Tornister auf den Rücken. Als er die Höhe seiner Zeche erfuhr, wurde er kreideweiß, sprach von Wucher und ließ seine Wut im Fremdenbuch aus. Hebbel dagegen fand die Preise äußerst günstig und schrieb einen Dank für wohlfeile Bewirtung. Er war gerade dabei, den Löschsand von seiner Unterschrift zu pusten, als die Wirtin ihn fragte, ob Sie ihm einen Rat geben dürfe.

Er nickte verwundert.

„Sie werden mir alten Frau ein offenes Wort nicht übel nehmen. Ich habe Sie gestern nur aufgenommen, weil Sie in Begleitung waren und sich so gewählt ausgedrückt haben. Das erst hat mich überzeugt, dass Sie ein vornehmer Herr sind."
„Ich verstehe nicht."
„Achten Sie mehr auf sich, Sie sehen verwahrlost aus." Es war ihr deutlich anzumerken, wie viel Überwindung es sie kostete, ihn auf sein Äußeres anzusprechen. „In der Gaststube hat es gestern Abend Gerede gegeben, gleich nachdem Sie gegangen sind. Man hielt Sie für einen Landstreicher ..., das lange Haar, der ungepflegte Bart ... Ich selbst habe Bedenken bekommen, Sie könnten mir Ungeziefer einschleppen. Achten Sie mehr auf sich, mein Herr. Ich meine es gut mit Ihnen."

Er war unangenehm berührt. „Ich bin seit über zwei Wochen zu Fuß unterwegs, da macht es wenig Sinn, sich jeden Tag herausputzen.
„Ich meine es nur gut mit Ihnen."
„Dafür danke ich", er reichte ihr die Hand.

Draußen herrschte heftiges Schneegestöber, wässrige Flocken wirbelten durch die Luft, er hatte das Gefühl, durch eine Nebelkammer zu laufen. Im Nu war er völlig durchnässt, und bei jedem Schritt sank er tief in die feuchte, schwere Erde.

„Vier Meilen bis Hannover", sagte er keuchend zu Hänschen, dem das nasse Fell am Körper klebte, „die kürzeste Strecke auf der ganzen Reise, nur von Schwabach bis Nürnberg waren es weniger. Weißt du noch unsere Fahrt mit der Dampfeisenbahn ...? Heute Mittag sind wir schon am Ziel, es ist also fast ein Ruhetag. Das bisschen Schnee ..., auch wenn mir das Gehen heute furchtbar schwer fällt ..., der Lehm bleibt am Stiefel kleben, da hast du es leichter ..., aber du hast wunde Pfoten, gestern haben sie geblutet ..., dafür sind es bis Hannover nur vier kurze Meilen ..., ein halber Ruhetag also. Wenn es nur nicht wieder so kalt geworden wäre, bei jedem Atemzug sticht es in der Brust, und hinter den Schläfen lauert ein Kopfschmerz. Was, wenn ich krank werde? Wenn ich wegen dieses Herrn Theologen – falls er überhaupt einer ist, er hat sich zwar mit seinem Titel ins Fremdenbuch eingetragen, aber dort stehe ja auch ich als „Dr. Hebbel" –, was, wenn ich wegen dieses verfluchten Strolchs wieder Rheumatismus bekomme?"

Niemand war zu Fuß unterwegs, einmal ratterte eine Kutsche vorbei und wurde nach wenigen Metern von der weißen Flockenwand verschluckt. Danach war alles wieder still, kein Hund schlug an, kein Pferd schnaubte, kein Vogel rief, kein Baum knarrte, nichts war zu hören als das Geräusch seiner Schritte. Die Welt hatte sich vor ihm zurückgezogen.

Wie oft war er in München darauf angesprochen worden, dass er als Mann aus dem Norden sicher Kälte, Schnee und lange Winter gewohnt sei. Er hatte es aufgegeben zu widersprechen, weil es ihn langweilte und er ja tatsächlich mit dem harten Wetter gut zurecht kam. Dabei hatte er in Wesselburen manchmal schon Ende März auf einer Frühlingswiese gelegen, und das angeblich so karge und raue Land war voller Farben, Gesumm und Gesang. Hatte er sich nicht an seinem achtzehnten Geburtstag mit einem Buch davongeschlichen und es dann auf der Wiese ungelesen aus der Hand gelegt? Durch den tiefblauen Himmel hatte der Westwind blendend weiße Schäfchenwolken landeinwärts geschoben. Die Luft war erfüllt vom Jubilieren der Rotkehlchen, dem Schlagen der Amseln, den vielfältigen Rufen der Stare und dem lauten Trillern und Rollen eines Zaunkönigpaares, das bis in die Abenddämmerung hinein sein laut hörbares Liebesduett wiederholen würde. Jedes Mal, wenn er einen dieser unscheinbaren Sänger zu Gesicht bekam, wunderte er sich über die Kraft, die in den kleinen Vogelkörpern steckte.

Libellen waren wie silberne Blitze über ihn hinweggeschossen, Bienen besetzten zielstrebig die nektarreichen Blumen, während Schmetterlinge hin und her taumelten, als übten sie noch das Fliegen. Ein Bläuling wechselte zwischen Wucherblumen und wilden Stiefmütterchen, Zitronenfalter flogen Schokoladenblumen an, und ein orangeschwarz gefleckter Distelfalter setzte sich auf die Blüte eines Veilchens und klappte seine Flügel auf und zu, dass die fünf kleinen Augenflecke auf der Unterseite seiner Flügel zu erkennen waren. Das monotone Schnarren eines Grashüpfers, der aufrecht und mit dem Kopf in Richtung Sonne die Wärme in sich aufsog, ließ die Luft erzittern. Die Zeit stand still. Dann schien etwas den Hüpfer erschreckt zu haben, mit einem Ruck löste er sich von seinem Halm und suchte sein Heil in der

Flucht. Auf der Erde kroch und krabbelte es, in langen Kolonnen schleppten Ameisen riesige Lasten vorbei, und wenn ein großer Laufkäfer das Pech hatte, in sein Blickfeld zu geraten, landete er in der Hosentasche, um später herumgezeigt zu werden.

Wieder zog er seinen Stiefel aus dem tiefen Boden, die kalte Luft brannte in seinen Lungen. Kam er überhaupt voran? Seit Stunden war er durch keine Ortschaft gekommen, hatte keinen Meilenstein, kein Gehöft, keinen Baum, keinen Zaun, keinen Strauch am Straßenrand hinter sich gelassen. War es möglich, dass er auf der Stelle trat? Seiner Erschöpfung nach hätte er längst in Hannover angekommen sein müssen. Hatte er eine falsche Abzweigung genommen? War er im Kreis gegangen oder gar nach Süden zurück? Ein Mensch brauchte Orientierungspunkte, um eine bestimmte Richtung einzuhalten, sonst war er verloren. Das hatte ihm der alte Nachbarn Ohl aus Wesselburen eingeschärft und von Muschel suchenden Frauen erzählt, die dicht am Ufer vom Nebel überrascht worden waren und so lange im Watt herumirrten, bis die Flut kam und sie holte.

Endlich schien Hänschen zu verzweifeln und legte sich wie zum Sterben mitten auf den Weg in eine halb zugeschneite Wagenspur. Auch Hebbel war so ermattet, dass er Mühe hatte, sich auf den Beinen zu halten, der Druck auf seinen Schläfen hatte sich verstärkt. Wie angenehm es sein musste, sich in eine genau passende Wagenspur zu schmiegen, wie still und geborgen Hänschen zwischen den zwei schützenden Wällen lag, und wie sanft die wirbelnden Flocken ihn zudeckten. Wie viel wohler musste sich sein Hund jetzt fühlen als während der letzten Tage, an denen er auf wunden Pfoten hinter ihm hergehumpelt war.

Wenn er selbst nur eine halbe ..., eine Viertelstunde so behaglich wie Hänschen auf der weichen Erde im Straßengraben ausruhen, den Kopf auf den schweren Ranzen legen, die pochenden Schläfen kühlen und die Beine ausstrecken dürfte ..., es würde ihn für alle Anstrengungen der Reise entschädigen. Das Gehen war eine unsinnige Schinderei, und der Graben lockte mit seinem weichen Bett. Wie klug von Hänschen, den Anfang zu machen.

Er taumelte an den Straßenrand, rutschte in den Graben und legte sich auf den Rücken, über ihm ein freundliches, milchiges Nichts. Für ein paar Minuten durfte er die Augen schließen. Wie friedlich ihm auf einmal zu Mute war, wie sacht und zärtlich der Schnee auf seinem Gesicht schmolz. So hatten ihn zuletzt Josephas Hände berührt, davor waren es Elises Hände gewesen und vor langer Zeit einmal Dorothea ..., wie gut es tat, sanften Frauenhänden nachzugeben. Um ihn herum wurde es still, der Wind schlief ein.

Wie töricht er gewesen war, Elises Sanftmut und den Trost, den ihr weicher Leib ihm gewährt hatte, gering zu schätzen. Bei ihr hatte er einen anderen Trost gesucht und gefunden als bei den Straßenmädchen, die ihn für ein paar Pfennige mit auf ihre Kammern nahmen. Hatte er sich nicht oft danach gesehnt, sich in Elises kühler Hand vor der Welt zu verstecken? Nun spürte er ihre Hand auf seiner Stirn, nun brauchte sich nicht mehr abplagen, sich nie wieder Sorgen machen.

Dumpfer Hufschlag und ein fernes Knirschen störten die Stille, Er erkannte das Geräusch von Wagenrädern, die sich durch den Schnee drehten. Doch dieses hässliche Geräusch ging ihn nichts mehr an, gleich würden Ruhe und Frieden zu ihm zurückkehren und Elises zärtliche Hände ... Zum Glück war er unsichtbar unter der warmen Schneedecke, genau wie Hänschen, der mitten auf dem Fahrweg lag.

Mit einem Ruck war er hoch, schrie Hänschens Namen, fühlte, wie es ihm in der Kehle eng wurde, als das Rollen der Räder immer näher kam. Keuchend arbeitete er sich aus dem Graben, sprang auf die Straße und winkte mit erhobenen Armen dem Kutscher zu. Schlingernd kam das Fuhrwerk direkt vor ihm zum Halten. Er riss Hänschen von der Straße, rief immer wieder seinen Namen, klopfte ihm den Schnee aus dem kalten Fell und presste sein Gesicht an die mageren Rippen, gegen die das kleine Herz schlug.

„Sind Sie bei Sinnen?“, schrie der Kutscher ihn an, „beinahe hätte ich Sie überfahren. Was hatten Sie im Graben zu suchen? Wenn ich Sie nun für einen Straßenräuber gehalten und über den Haufen geschossen hätte?“

Mit Hänschen im Arm bedeutete er dem Kutscher, er solle weiterfahren. Der Kutscher knallte die Peitsche, das Pferd schnaubte, eine weiße Atemwolke umnebelte seinen Kopf, dann zog es an.

Er setzte sich an den Grabenrand, wärmte Hänschen unter seinem Rock und versprach, ihn ein Stück zu tragen. Doch als wüsste Hänschen, dass auch sein Herr am Ende seiner Kräfte war, ruderte er so lange mit den Beinen, bis er wieder auf eigenen Pfoten stand. Sie setzten ihren Weg fort, und wie zur Belohnung tauchte aus dem Schneenebel das Dorf Thiedenwiese auf, in dem es eine Schänke gab, in der sie sich ausruhten. Er fragte nach dem Weg.

Bis Hannover seien es noch vier Stunden, sagte der Wirt, doch wenn das Schneetreiben anhalte, müsse man wohl mit mehr rechnen. In diesem Jahr spiele das Wetter verrückt. Den Bauern, die von einem warmen Februar verführt, zu früh ausgesät hätten, sei die Saat erfroren. Auch habe es bereits Notschlachtungen gegeben, da das Winterfutter zur Neige gehe und das Vieh nicht auf die Weide könne. „Da steht uns im nächsten Jahr wohl ein Hungerwinter ins Haus."

Am Nachmittag lichtete sich der Schneenebel. Nach der Rast in Thiedenwiese kamen sie langsam aber stetig voran. In Hannover nahm Hebbel den erst besten Gasthof, zahlte im Voraus ein gutes Trinkgeld, damit Hänschen gut behandelt wurde, und suchte einen Friseur auf.

„Jetzt können Sie den Damen wieder gefährlich werden", sagte der Barbier.

Er nickte beklommen. Stirn und Wangen lagen frei, und trotz der tief in den Höhlen liegenden Augen zeichneten sich in dem hageren Männergesicht die weichen, fast mädchenhaften Züge seiner Jugend ab. Sein Hals war übersät mit kleinen roten Kratern, er schämte sich für den Anblick.

„Ich tupfe Ihnen noch die Entzündungen mit Eau de Luce ab", sagte der Barbier und träufelte eine milchig aussehende Flüssigkeit in ein Wasserglas. „Es brennt jetzt ein bisschen, Sie haben eine sehr empfindliche Haut, mein Herr. Aber wenn Sie nicht mehr kratzen, sind die Wanzenstiche verheilt, bevor Sie in Hamburg ankommen."

Auf dem Weg zum Gasthof überquerte er den Paradeplatz vor dem königlichen Schloss, auf dem die Stadt ein Monument für Gottfried Wilhelm Leibniz errichtet hatte. Frischer Schnee lag auf dem Leibniztempel, Schneewehen versperrten den Zugang. Er hatte vorgehabt, das Monument zu besichtigen, doch nun begnügte er sich damit, den Möwen zuzuschauen, die mit schiefem Kopf, um zu erspähen, ob es irgendwo etwas zu fressen gab, das Monument umkreisten und dabei hohe Katzenschreie ausstießen. Er erkannte den grimmigen Möwenblick wieder, ihr leuchtend gelbes Auge, das ein orangefarbener Ring umrahmte, war ihm von Kindheit an vertraut. Im Flug zeigten die Vögel ihre schwarzen Schwingenspitzen mit den kleinen, weißen Flecken. Silbermöwen, dachte er und wunderte sich, mit welch tiefer Befriedigung ihn diese Feststellung erfüllte.

Gleich nach dem Abendessen ging er auf sein Zimmer, rieb Füße und Schenkel mit dem letzten Rest Branntwein ab und schloss die Fensterläden. Dann kroch er unter die Decke, unter der Hänschen bereits schlief. Ihn quälte der Gedanke an die bevorstehende Etappe, bis Celle waren es fast sechs Meilen. Wie sollen sie das schaffen?

Schließlich tröstete er sich damit, dass er das norddeutsche Tiefland erreicht hatte und eine Strecke von sechs Meilen leichter zu bewältigen war als in den vorangegangen Tagen. Von nun an würden ihn keine Hügel oder Berge zu Umwegen oder beschwerlichem Auf und Ab zwingen. Er hatte die Berge satt, sie waren gegen seine Natur. Wie hatte er sie sich in seiner Jugend groß und mächtig vorgestellt, und wie war er in Heidelberg und dann in München enttäuscht worden; denn statt der zum Himmel strebenden Giganten, die seine Phantasie aufgetürmt hatte, drängten sich ihm Zwerge entgegen. Ein weiter Blick war oft nur nach einem beschwerlichem Aufstieg zu genießen und wurde oft, wie auf den Höhen des Thüringer Waldes, von Nebelwänden zunichte gemacht. Berge waren Hindernisse, an denen sich sein Auge stieß, sie konnten ihm für alle Zeit gestohlen bleiben.

Im Gegensatz zu ihnen vermittelte die Landschaft in Dithmarschen ein Gefühl von Unendlichkeit, ihre weite Ebene wurde von keiner Erhebung gestört. Nicht einmal Hecken und Zäune gab es, nur lange, schnurgerade, immer sauber gehaltene Gräben trennten die Äcker und Flächen, oder ein schmaler Fußweg durchschnitt das Land. Ja, im Winter waren auch diese Wege morastig, aber sie blieben stets gangbar, auch wenn der Westwind die Bäume bog oder sie stürzte, wenn er zum Sturm wurde. Aus jeder Ritze pfiff es dann, Schornsteine heulten, Fensterläden klapperten, und jeder Wanderer beeilte sich, den nächsten Ort zu erreichen.

Am Horizont, der die Ebene berührte, gab es eine einzige scharfe Linie: den Deich. Alles war schnurgerade, scharfkantig von großen Bauernhäuser und Scheunen begrenzt. Alles viereckig und im rechten Winkel. Gerade. Klar.

Über dem Deich ein Schwarm dunkler Punkte, von denen immer wieder einige aufblitzten, pfeilschnell nach unten schossen und hinter der Deichlinie verschwanden. Möwen, die ein Fischerboot umkreisten und auf Raub aus waren. Unter zänkischem Geschrei jagten sie sich den gestohlenen Fisch ab, bis es schließlich einer von ihnen gelang, den Bissen im Flug hinunterzuwürgen.

Wie oft war er zu Fuß von Tönning, Meldorf, Heide oder Büsum aus durchs Marschenland nach Wesselburen gewandert, stets in Gedanken vertieft, und doch hatte er dabei die Landschaft in sich aufgenommen, war an reichen Höfen vorbeigekommen, die verstreut in dem fruchtbaren Korn und Grasland lagen, auf dem das Mastvieh weidete. Es waren stattliche Gebäude mit herrschaftlichen Einfahrten, Obstgärten und Baumhöfen. Und aus welcher Richtung er auch kam, stets hatte er den grünen Zwiebelturm der St.-Bartolomäus-Kirche im Blick. Sie stand auf einer natürlichen Wurt, einer der seltenen Sanddünen der Marsch, höher als jedes andere Gebäude, umgeben von einer Baumallee und holperigem Steinpflaster, auf dem seine Schuhe klapperten, wenn er für den Kirchspielvogt Mohr Besorgungen zu erledigen hatte.

Mit Scham dachte er nun daran, dass er am Tag zuvor kein gutes Haar an Mohr gelassen hatte. Dabei hatte dieser sich hilfsbereit gezeigt, als nach dem Tod des Vaters der Familie Hebbel ein Hungerwinter drohte. Denn der Sarg war mit dem Wintervorrat an Kartoffeln bezahlt worden, und um die Leichenkosten zu decken, musste Hausrat verkauft werden. Unterstützt vom Lehrer Dethlefsen hatte sich die Mutter an den mächtigsten Mann des Kirchspiels gewandt und um Unterstützung gebeten. Und Mohr handelte großzügig, er stellte den vierzehnjährigen Christian bei sich an und bewilligte ihm außer Essen, Kleidung und Unterkunft sogar ein kleines Taschengeld, das Hebbel der Mutter überließ.

Stolz war er damals auf seine Kleider aus den abgelegten Hosen und Röcken seines Prinzipals gewesen, trug er so doch bereits einen richtigen Anzug, während seine Freunde noch bis zur Konfirmation auf ihre langen Hosen warten mussten. Eine Zeit lang hatte er Wesselburen täglich mehrfach in allen Richtungen durchquert, damit jeder seine neue Würde bestaunte.

„Der junge Hebbel will hoch hinaus", hieß es bald."

„Bist du übergeschnappt, Krischan", fragte sein Freund Theodor Hedde, als er ihm auf einem seiner Präsentiergänge durch den Ort begegnete, „du sprichst wie dein Prinzipal, gehst wie er, trägst seine Sachen auf, und selbst diese wegwerfende Handbewegung gerade eben hast du dir von ihm abgekuckt. Komm mir nicht eines Tages und erzähl, du seist jetzt Vogt."

„Ich mache dich darauf aufmerksam, dass ich Friedrich heiße. Was den Vogt betrifft, so vermag zwar niemand in die Zukunft zu sehen, doch dem reich Begabten ist alles möglich."

Hedde zeigte ihm einen Vogel. „Schon gut, mein reich begabter Herr. Ich vermag in die Zukunft zu sehen, morgen treffen wir uns bei Voß, und Wacker bringt Schnaps mit."

Das Haus des Kirchspielschreibers Voß war der Mittelpunkt des ausgelassenen und schwärmerischen Lebens der Wesselburener Jugend, außer Hebbel und seinem Schreiberkollegen Theodor Hedde gehörten zu diesem Kreis der lang aufgeschossene Johann Barbeck, der von ihm „Johann mit'n Buckel" getauft worden war, und der ihn dafür im Gegenzug „Eugen, der Wohlgeborene" titulierte, der Junglehrer Hans Georg Wacker, der erst nach dem Beweis seiner Trinkfestigkeit aufgenommen worden war, der Musikant Peter Jacob Struve und die beiden Apothekengehilfen Heinrich Schacht und Jacob Franz.

Jacob Franz, von allen spöttisch Hahn-Franz genannt, wurde immer wieder Opfer eines Scherzes, den Hebbel sich mit ihm erlaubte, wenn er am Sonnabend spät mit seinen Freunden von einem auswärtigen Trinkgelage nach Wesselburen zurückkehrte. Kamen sie an der Apotheke vorbei, zog er die Nachtglocke und wartete mit den anderen, bis sein Freund im Schlafrock und vor Müdigkeit blinzelnd erschien.

„Suffköppe! Schert euch nach Haus! Ich muss morgen früh raus", schimpfte der Herausgeklingelte. „Wie oft hab ich euch schon gesagt, dass die Nachtglocke für Notfälle da ist. Wenn es mal einen von euch erwischt, kann er lange auf mich warten."

Alle lachten und feixten, Hebbel schwankte vor Trunkenheit, doch es gelang ihm, ernst zu bleiben, „ich kann doch unmöglich zu Bett gehen, ohne vorher meinem Freund Franz eine gute Nacht gewünscht zu haben. Gute Nacht also, mein lieber Hahn-Franz."

„Zieh Leine."

Im Hause Voß aber war Jacob Franz stets mit von der Partie. Dort wurde in der freigeräumten Diele getrunken, laut Musik gespielt, getanzt und gesungen. Pfänderspiele, die oft an die Grenzen des Schicklichen oder darüber hinausgingen, erhöhten den Reiz. Junge Burschen stolzierten mit nacktem Oberkörper umher, Mädchen nestelten kichernd an ihren Strumpfbändern, lösten sich mit großzügig verteilten Küssen aus oder ließen sich leicht bekleidet in den Arm nehmen. Paare fanden und trennten sich. Aus Eifersucht, aus gekränktem Stolz und aus Gründen, die später niemand mehr zu sagen wusste, endeten diese geselligen Abende oft in handfesten Schlägereien. Am nächsten Tag vertrug man sich wieder.

Hebbel war keiner Schlägerei aus dem Weg gegangen, auch wenn er selbst kein Mädchen zu verteidigen hatte. Seit seiner frühesten Kindheit schwärmte er für die Tochter des Schreibers, Emilie Voß. An seinem ersten Schultag hatte es einige Zeit gedauert, bis er gewagt hatte aufzuschauen, denn er fühlte, dass er gemustert wurde. Endlich tat er es doch, und sein erster Blick fiel auf ein schlankes, blasses Mädchen, das ihm gerade gegenüber saß. Ein Zittern überflog ihn, das Blut drang ihm zum Herzen, aber auch eine Regung von Scham mischte sich in sein Empfinden, und er schlug die Augen rasch wieder zu Boden.

Von jener Stunde an ging ihm Emilie nicht mehr aus dem Sinn. Die vorher so gefürchtete Schule wurde sein Lieblingsaufenthalt, und er fühlte sich unglücklich, wenn Emilie einmal fehlte. Er wurde nicht müde, still für sich ihren Namen auszusprechen, ihre schwarzen Augenbrauen und ihre sehr roten Lippen waren ihm immer gegenwärtig.

Bald trug er das Lob des fleißigsten und besten Schülers davon, und nur er wusste, dass es nicht die Fibel war, die ihn zur Schule trieb, und dass er nicht, um schnell lesen zu lernen, so emsig buchstabierte. Da niemand wissen durfte, was in ihm vorging, am wenigsten Emilie selbst, so floh er sie, um sich nicht zu verraten, und führten gemeinschaftliche Spiele sie zufällig zusammen, zupfte er sie an den Haaren und tat ihr weh, um keinen Verdacht zu erregen.

Ein einziges Mal wurde seine Natur auf eine zu starke Probe gestellt. In der Schulstube wurde Emilie von einem seiner besten Freunde geschubst und gekratzt. Er beobachte es mit steigender Erbitterung, hielt sich jedoch zurück. Endlich aber trieb sein Freund Peter das Mädchen in eine Ecke, und als er sie wieder herausließ, blutete ihr

Mund. Da fiel er über seinen Freund her, warf ihn zu Boden und schlug auf ihn ein.

„Krischan, hör auf. Ich ergebe mich“, ächzte der Geschlagene. Aber er war wie im Rausch, setzte sich auf Peters Brust und prügelte weiter. Emilie, weit entfernt davon, dankbar zu sein, rief die Lehrerin zu Hilfe, und verriet so, dass sie ihren Peiniger lieber hatte als ihren Rächer. Weil er sich weigerte, seinen Wutanfall zu erklären, wurde er für seinen ersten Ritterdienst mit einer derben Züchtigung belohnt.

Seine heimliche Liebe zu Emilie dauerte über zehn Jahre, und als sie sich mit einem anderen verlobte, übertrug er seine Zuneigung auf ihre jüngere Schwester Dorothea. Doch an eine ernsthafte Verbindung zwischen der Tochter eines Beamten und dem Sohn eines Tagelöhners war nicht zu denken, erst als mit dem Hamburger Stipendium auf einmal ein Studium und ein akademischer Beruf in Aussicht standen, stimmte der Kirchspielschreiber einer späteren Heirat zu.

Dorothea und er feierten die Verlobung mit ihrer ersten Liebesnacht.

„Jetzt hab ich mich dir versprochen“, flüsterte sie ihm ins Ohr.
„Und ich mich dir. Wirst du auf mich warten?“
„Bis morgen Abend? Oder bis du aus Hamburg wiederkommst?“
„Bis morgen, und bis ich das Studium beendet habe.“
„Und dann nimmst du eine Beamtenstelle an und wirst Vogt.“
„Aber vorher heiraten wir. Alles soll seine Ordnung haben.“
„Ja ...“

Mit klopfendem Herzen besah er sich am Morgen danach im Spiegel, die dreizehnte Strophe aus Gellerts Gedicht „Warnung vor der Wollust“ spukte ihm im Kopf herum.

Wie blühte nicht des Jünglings Jugend!
Doch er vergaß den Weg der Tugend;
Und seine Kräfte sind verzehrt.
Verwesung schändet sein Gesichte,
Und predigt schrecklich die Geschichte
der Lüste, die den Leib verheert.

In seinem Gesicht fand sich von Verwesung keine Spur, die hohe Stirn wurde vom vollen, blonden Haar umrahmt, seine blauen Augen strahlten, seine Züge waren weich und ebenmäßig wie immer. Fast ein wenig enttäuscht lockerte er die Schultern, verheert fühlte sich sein Leib nicht an, ganz im Gegenteil. Er zwinkerte seinem Spiegelbild zu, „wer ist schon Gellert?", und ging in einen glücklichen Tag.

KAPITEL 17

Als er aufwachte, wusste er nicht, wo er sich befand. War er nach einem Besäufnis mit Hedde, Barbeck, Franz-Hahn und den anderen in ein fremdes Zimmer geraten? Wurde im Hause Mohr schon nach ihm gesucht? Und was für eine Ausrede würde der Vogt ihm heute für den späten Dienstantritt durchgehen lassen? Erst als Hänschen sich rührte, kurz den Kopf hob, um ihn von einer Pfote auf die andere zu legen, begriff er, dass seine Freunde, Wesselburen, Dorothea und sein zukünftiges Glück längst Vergangenheit waren. Auf ihn warteten sechs lange Meilen, mit schönen Erinnerungen im Gepäck würde es sich nicht leichter marschieren lassen. Seine Glieder schmerzten, und der Druck auf seinen Schläfen schien zuzunehmen, er würde von Glück reden können, wenn er noch vor Dunkelheit Celle erreichte.

Und doch blieb er liegen und dachte daran, dass es Mittwoch war und die Frauen aus den umliegenden Dörfern jetzt rund um die St.-Bartolomäus-Kirche um die besten Verkaufsplätze stritten, ihre Körbe mit Butter, Wurst und Schinken auspackten, getrocknete Zwiebeln, Kohl und eingemachtes Gemüse anboten oder den Fischfang ihrer Männer ausbreiteten. Die erwartungsfrohe Stimmung, mit der er an Markttagen aufgewacht war, weil er sich dann mit Erlaubnis seines Dienstherrn dem bunten Treiben hingeben durfte, erfasste ihn erneut. Er stieg aus dem Bett und öffnete die Fensterläden, am Morgenhimmel fand sich nur ein schmaler Streifen Grün, nicht die geringste Wolke.

Auf der Landstraße pfiff er die Anfangstakte eines Liedes, mit denen sich die Burschen in Dithmarschen über weite Strecken hinweg verständigt hatten. Hänschen spitzte die Ohren. Er pfiff ein zweites Mal und Hänschen bellte, als wolle er in das Lied mit einstimmen. Hebbel freute sich, dass Hänschen seine wunden Pfoten vergessen hatte, und wiederholte den Pfiff. Ein trockener Husten zwang ihn, das Duett zu unterbrechen.

Zwei Handwerksburschen in Zimmermannskluft schlossen zu ihm auf. Der größere von ihnen hatte sein schwarzes, bläulich schimmerndes Haar zu einem losen Zopf geflochten, auf seinem Rücken baumelte eine Handharfe. Sein Begleiter schwenkte einen großen Schlapphut und rief ihm ein fröhliches „Guten Morgen" zu.

„Wollen wir ein Stück gemeinsam gehen? Diese Landschaft bietet so wenig Abwechslung, wohin man auch schaut, nur ewig gleiche, öde Moorflächen."
„Ich muss auf meinen Hund Rücksicht nehmen, der kann ein scharfes Tempo nicht mithalten und braucht Ruhepausen." Nach seiner Begegnung mit Klingsohr war ihm die Lust auf Gesellschaft vergangen.
„Juri und ich haben es nicht eilig, und ein fideler Reisegenosse wiegt jede Verspätung auf."
„Juri ...", er spürte dem Namen nach. Dann willigte er ein.
„Sie haben gerade, von ihrem Hund begleitet, ein lustiges Lied gepfiffen, wo ist das her?"

Zögernd begann er aus Wesselburen zu erzählen. Bei den Marktszenen, die er am Morgen vor sich gesehen hatte, redete er sich warm. Selbst nach Ende des Marktes sei es noch lebhaft zugegangen, auf dem Platz hätten die ewig hungrigen Lachmöwen nach Resten gesucht, und was ihren Augen entging, pickten die Spatzen auf. Die Männer begossen ihre Geschäfte in der Kneipe, die Frauen fanden zum Klönschnack, und die jungen Burschen trafen sich mit ihren Mädchen.

Markttage seien Festtage, besonders in Gegenden, in denen sonst wenig los sei, sagte der Kleine.

Da täusche er sich gewaltig, die Dithmarscher verstünden zu feiern. Wer den großen Jahrmarkt in Heide miterlebt habe, werde ihn gegen kein Fest in Hamburg oder München tauschen. Bis in den Morgen hinein werde getrunken und getanzt, und jeder Bursche halte sein Mädchen im Arm.

„Und neun Monate später ...?"
„Es finden Liebeshändel statt, aber die Burschen passen auf, dass die Mädchen aus ihrem Ort nicht mit Fremden anbandeln. Ich selbst habe einmal mitbekommen, wie ein Wesselburener Mädchen mit einem Unbekannten im Gebüsch verschwunden ist und nach einiger Zeit laut gerufen hat. Da bin ich ihr zu Hilfe geeilt und habe den Fremden kur-

zerhand niedergeschlagen."
„Und sind für Ihre Heldentat hoffentlich gut belohnt worden."
„Anders als ich dachte. Sie fiel mir zwar um den Hals und bedankte sich, aber dann sagte sie, es sei ihr nicht um ‚das bisschen Arbeit' gegangen, sondern um ihren neuen, weißen Unterrock, der schmutzig geworden wäre. So habe ich statt einer Unschuld einen Unterrock gerettet."
Der Kleine lachte. „‚Das bisschen Arbeit'", wiederholte er.

Juri hatte sich an dem Gespräch nicht beteiligt. Nun blieb er stehen und sah Hebbel nachdenklich an. Seine Augen waren dunkel, sehr dunkel, fast schwarz. „Es gibt andere Frauen ...", sagte er. Seine Stimme hatte einen warmen, melodischen Klang. Hebbel spürte, dass Juris Blick und seine Stimme etwas in ihm aufwühlten.
„... Frauen, die nach einer solchen Demütigung lieber sterben würden, oder ..."
„Oder?", er spürte seinen Herzschlag in der Kehle.

Der andere schwieg.

„Juri spricht nicht gern, dafür arbeitet er für zwei und spielt die Harfe wie ein großer Künstler. Sie sollten ihn mal hören. Wir haben im letzten Sommer auf einem Hoffest ...

Er ließ den Kleinen reden. In ihm stieg ein Gedanke auf. Was, wenn Judith von Holofernes Gewalt angetan worden war? Wenn er sie zu einem Ding herabgewürdigt hatte, das er nach Belieben gebrauchen konnte ... Nur, dass Dinge keinen Ekel vor sich selbst empfanden, wie Judith es nach der Vergewaltigung tun würde. Holofernes' Geruch, sein Atem, sein Schweiß auf ihrer Haut würden sich nie wieder abwaschen, mit keiner Bürste abkratzen, mit keinem Messer je abschaben lassen. Holofernes hatte sie mit sich verseucht. Der Duft ihrer Haut, der sie umhüllt hatte wie ein kostbares Seidentuch, war von ihm zerrissen, war gewaltsam zerfetzt worden ... Nun würde sie sich vor sich selbst ekeln, solange sie lebte.

Was, wenn Judith nicht ihren Gott und ihr Volk, sondern sich selbst gerächt hatte? Seine Brust schmerzte, seine Hand krampfte sich um den Wanderstock, er vollführte einen scharfen Hieb. Noch nie hatte er sich seiner Heldin so nahe gefühlt, er durfte diese Nähe nicht verlieren. Er musste die beiden Handwerksburschen so schnell wie möglich loswerden.

Ein hoch mit Torfsoden beladener Pferdewagen rumpelte dicht an ihm vorbei, in letzter Sekunde war er an den Straßenrand gesprungen.

„Sie sollten besser aufpassen", sagte der Kleine.
Er starrte ihn an. „Gehen Sie. Bitte. Ich will allein sein."
„Wir haben uns doch gerade so gut unterhalten. Aber Sie zittern ja. Haben Sie sich erschreckt?"
„Gehen Sie." Ein Hustenanfall schüttelte ihn.
„Schon gut. Beruhigen Sie sich."
Er rang nach Luft. „Hau endlich ab", schrie er heiser.
„Sind Sie plötzlich übergeschnappt?" Der Kleine tippte sich an die Stirn, „auf was man so alles trifft. Komm Juri, wir lassen den Herrn allein."
Juri zögerte, in seinen schwarzen Augen lag eine Frage.
„Danke, Juri", Hebbel umarmte den Fremden fest. Juri erwiderte die Umarmung, dann löste er sich und sah ihn noch einmal fragend an.
„Du hast mir sehr geholfen. Leb wohl."
„Leben Sie wohl." Der Klang seiner Stimme schwang noch in der Luft, als Juri sich bereits wieder umdreht hatte und dem Kleinen folgte.

Hebbel zog seine Handschuhe aus, wischte sich Schweiß von der Stirn. Die Ader an seinem Hals pochte, er atmete tief durch. Vor ihm erstreckte sich eine weite, weiße Ebene, eine dünne Schneeschicht lag über dem Moor, nur die Nadelspitze eines Kirchturms am fernen Horizont bot dem Auge einen kleinen Halt. Das Moor war spärlich mit Birkenbuschwald bewachsen, an einigen Stellen zeigten vollgelaufene, vereiste Kuhlen, wo Bauern Torf gestochen hatten. Er lockerte den Kragen. Seit der kalten Nacht, die er Klingsohr verdankte, schwitzte er leicht und hatte oft das Gefühl, nicht mehr richtig Luft zu bekommen. Er schob den Gedanken an eine Erkältung beiseite.

Judiths Demütigung verlangte nach Rache. Ihre Tat war geboren aus Verzweiflung und Scham, kein vorbereiteter, tückischer Plan. Alles war ganz einfach, alles passte zusammen. Das Bild, das ihn begleitet und verfolgt hatte, stand ihm genau vor Augen, und nun endlich wusste er, welchen Moment der Maler dargestellt hatte: Einen Herzschlag lang war es Judith gelungen, Holofernes' und ihr eigenes Schicksal in der Waage zu halten. Unschuld sprach aus ihren Zügen, während die Augen schon das Grauen suchten, das ihnen beiden geschehen war und das ihr noch bevorstand. Wie würde sie weiterleben können, wenn sie das Schwert in ihrer Hand erblickte und begriff? Unmöglich, dass sie jubelnd in ihre belagerte Stadt zurücklief und den abgeschlagenen Kopf öffentlich ausstellte, wie es die Bibel behauptete.

Seine Judith würde still und einsam sein, während ihr Volk sie als Werkzeug Gottes feierte und ein großes Siegesfest vorbereitete, auf dem sie mit Ehrungen, Lobgesängen und Geschenken überhäuft werden sollte. Wie würde sie die Dankesreden ertragen, Verbeugungen, Handküsse und Umarmungen, wenn die Wahrheit ihr die Kehle zuschnürte? Wie den Müttern in die Augen sehen, die ihr stumm vor Tränen für die Rettung ihrer Kinder dankten und sich vor ihr in den Staub warfen?

In ihren schwarzen Augen las er das Geheimnis, das sie vor allen verbarg. Ein Geheimnis, das sie schützte und das sie zur Einsamkeit verurteilte. Es wäre Verrat, wenn er ihr Schicksal beschönigte. Im Gegenteil, dachte er, ich werde ihr nichts ersparen, ich werde alles so schlimm wie möglich machen. Aber ich kann ihr eine Gefährtin zur Seite stellen. Die Magd Mirza, von der die Bibel nur zu berichten weiß, dass sie alt und hässlich war, soll in meiner Geschichte Judith in Freundschaft verbunden sein. Wer hinter einem hässlichen Gesicht Hingabe und Mut nicht zu erkennen vermag, hat nichts verstanden. Ach, wie oft habe ich selbst von der schönen Seele geredet und bin vor dem nächsten hässlichen Gesicht davongelaufen.

Das Geläut einer Dorfkirche riss ihn aus den Gedanken. Es war schon zwölf, und er hatte Hänschen keine Pause und kein Frühstück gegönnt. Seit über fünf Stunden humpelte sein Hund neben ihm her, wie oft mochte er in dieser Zeit zu ihm hochgesehen und leise gefiept haben? Obwohl auch er seit dem vergangenen Abend nichts gegessen hatte, verspürte er weder Hunger noch Erschöpfung. Jetzt, wo er den Schluss seines Dramas gefunden hatte, hätte er es am liebsten Stück für Stück bis an den Anfang aufgerollt. Würde eine Unterbrechung den Faden zerreißen, den er in Händen hielt?

„Keine Angst, Hänschen, wir machen Rast, du bekommst dein Fressen. In meinem Kopf ist alles sicher aufbewahrt."

Als er im Wirtshaus auf den leeren Bogen Papier sah, erfasste ihn eine merkwürdige Scheu. Ihm war, als könne seine wackelige Handschrift die Suche nach dem Fortgang des Dramas behindern, als könne er beim Anblick der Buchstaben, die in alle Richtungen kippten, irre an sich werden.

Auch drängte es ihn, herauszufinden, wie Judith in die Situation geraten war, in der Holofernes über sie herfiel. Als bloßes Opfer eines gewalttätigen Mannes wollte er seine Heldin nicht denken. Das wäre eine zu einfache Geschichte. War sie ihrem Feind nicht ebenbürtig, ja, sogar überlegen gewesen? Es musste etwas vorgefallen sein, womit diese starke Frau nicht gerechnet hatte. Etwas, das so nicht in der Bibel stand, etwas, das er herauszufinden hatte. Etwas, das ihm nicht einfiel. Mit der Bleifeder zeichnete er Schlangenlinien und immer enger werdende Spiralen auf sein Papier und traktierte es schließlich mit harten Punkten, die kleine, schwarze Löcher hinterließen.

„Es fängt an zu regnen", sagte der Wirt, „wollen Sie bei dem Wetter heute wirklich noch nach Celle? Ihr Husten klingt gar nicht gut."
„Im Gehen lässt sich besser nachdenken, und mir ist es gleich, ob ich nass werde. Das bisschen Husten ... Wenn mein Hund sich ausgeruht hat, brechen wir auf."

Es regnete heftig, als sie sich wieder auf den Weg machten. An einer Seite der Chaussee waren Steine aufgeschichtet. Hänschen lief hinter den Steinen, die ihn wie eine Mauer gegen den Regen schützten. Jeden Augenblick aber erhob er seinen Kopf über die Steine, um sich zu vergewissern, dass sein Herr noch da war. Dann wedelte er mit dem Schwanz und setzte seinen Weg fort.

Im Gehen lockerte Hebbel seine schmerzenden Glieder. Er erinnerte, dass er an die Freundschaft zwischen Mirza und Judith gedacht hatte, als ihn die Kirchenglocken unterbrachen. Sollte er die beiden in der belagerten Stadt gemeinsam hungern lassen? Hunger zu beschreiben traute er sich zu. Hatte er doch in seiner ersten Münchener Zeit so viele Tage gehungert, dass ihn der Gedanke beschäftigt hatte, ob einer, der sich zu Tode hungert, als Selbstmörder galt; denn dann würde er nach seinem Tod kein Begräbnis erhalten, sondern auf die Anatomie geschafft werden, und ihn grauste bei der Vorstellung, vor neugierigen Studenten aufgeschnitten, ausgeweidet und zerstückelt zu werden. Als Rousseau endlich eintraf, war er so erschrocken über den Zustand seines Freundes, dass er ihm das Versprechen abnahm, einmal am Tag warm zu essen. „Ich stehe in deiner Schuld, Hebbel, dir eine Mahlzeit zu bezahlen ist das Geringste, was ich tun kann. Ich habe noch nichts geleistet, aber du!"

Aber ich fange doch gerade erst an, dachte er. Ich muss herausfinden, was mit Judith geschehen ist. Einen Teil ihres Geheimnisses habe ich entschlüsselt, ihre blutige Rache an Holofernes steht mir deutlich vor Augen. Doch noch immer verbirgt sie etwas vor mir. Wann hat diese tugendhafte Frau den geraden Weg verlassen, den die Bibel für sie vorsieht? Und warum? Was kann stärker sein als ein selbst erteilter Auftrag, bei dem man sich mit seinem Gott in Einklang weiß? Was ist wirklich geschehen zwischen Judith und Holofernes?

„Hatten die was miteinander?" – Die Bemerkung des Ingenieurs Grisam fuhr ihm durch den Kopf. Was, wenn Judith sich in das feindliche Heerlager gewagt hatte, um Holofernes zu töten, und in ihm einem Mann begegnet war, der Eindruck auf sie machte? Es wäre nur zu verständlich, dass sie, die den Männern ihrer Stadt Kleinmut und Feigheit vorgeworfen hatte, sich von dem mächtigen Feldherrn angezogen fühlte. In welch inneren Kampf würde sie geraten, wenn sie wider Willen anfing, Holofernes zu achten, ja, ihn zu begehren. Wenn sie spürte, dass ihr reiner Auftrag von Leidenschaft durchsetzt war, wenn sie schließlich vor der Wahl stehen würde, den Willen ihres Gottes zu erfüllen oder ihrem Verlangen nachzugeben. Bis zum Zerreißen würde ihre Seele ausgespannt sein zwischen zwei Unmöglichkeiten.

War dies der Konflikt, den Judith in sich trug und den die Bibel tunlichst verschwieg? Und wie hatte seine Heldin versucht, ihn zu lösen?

„Hatten die was miteinander?" – Wenn er Judith und Holofernes eine Liebesnacht verbringen ließ, konnte er Judith an der Seite des Feldherrn aufwachen lassen. Im Schein der brennenden Fackeln betrachtet sie ihn, unschuldig und wehrlos liegt er auf dem Lager aus kostbaren Teppichen, auf dem sie sich geliebt haben, und er lächelt im Schlaf. Unvorstellbar, denkt sie, dass sich dieser Mann am Tag zum Herrn über Leben und Tod aufwirft. Und da begreift sie, was sie getan hat, ermisst den Verrat, den sie begangen hat, Verrat an ihrem Gott und an ihrem Volk. Begreift, dass sie verloren ist und ihr nur noch bleibt, den Weg des Verrats bis ans Ende zu gehen. Da sieht sie das Schwert blitzen ... Holofernes, der nie unbewaffnet schlafen geht, hat es für diese Nacht beiseite getan.

So könnte es gewesen sein, dachte er, heute Abend in Celle werde ich Judiths Schicksal aufschreiben. Er drückte eine Hand gegen die Ader an seinem Hals, die zu zerspringen drohte. Nun hatte er es eilig. Trotz des morastigen Weges, trotz seiner Kopf und Gliederschmerzen fühlte er sich leicht und beschwingt, alles erschien ihm angenehm gewichtlos, die Welt wie neu. Aber Hänschen ließ sich nicht ermuntern, schneller zu laufen. Er humpelte erbärmlich, und unter seinem nassen Fell zeichneten sich die Rippen ab. Mit schlechtem Gewissen legte Hebbel eine zweite Ruhepause ein.

Im Gasthof in Celle zog er Rock und Weste aus und hätte am liebsten auch noch sein Hemd aufgeknöpft. Obwohl er sich so weit wie möglich vom Ofen weggesetzt hatte, war ihm heiß, und der Tabaksqualm, der vom Nachbartisch herüberzog, machte ihm das Atmen schwer. Der Schwung, mit dem er die letzte Meile bis Celle zurückgelegt hatte, brach in sich zusammen.

„Sie sehen blass aus, mein Herr“, sagte der Wirt.
„Eine harmlose Erkältung, die ist morgen vorbei.“

Als er seine Suppe löffelte, brach ihm der Schweiß aus. Bloß nicht krank werden, dachte er, noch drei Tage bis Hamburg, und ich brauche einen klaren Kopf. Heute bin ich zu müde, um etwas aufzuschreiben. Morgen, auf dem Weg nach Soltau, entwerfe ich die Figur des Holofernes. Er muss sich von allen Männern, denen Judith je begegnet ist, unterscheiden. Was ist es, das den Frauen imponiert? Stärke? Macht? Reichtum? So sagt man, aber bei mir ist es ja immer etwas anderes gewesen. Weil ich ein Versprechen auf die Zukunft bin, oder weil mich keine ausrechnen konnte? Auch darüber muss ich morgen nachdenken.

Und wenn ich die Geschichte erst einmal von Anfang bis Ende durchdacht habe, mache ich mich daran, sie zu gestalten. Jetzt, wo ich Judiths Geheimnis kenne, ist mir für den Rest nicht bang, im Gehen kommen die besten Ideen. Hoffentlich regnet es morgen nicht. Sechseinhalb Meilen auf schlammigen Wegen sind für mich eine furchtbare Anstrengung und für Hänschen eine Tortur. Zur Not werde ich ihn tragen. Für eine zusätzliche Übernachtung reicht mein Geld nicht. Warum habe ich Iherings Vorschlag abgelehnt, für den Stockdegen vierzig Kreuzer zu bezahlen? Mein verfluchter Stolz.

Er gab sich Mühe, so viel wie möglich zu essen, er musste bei Kräften bleiben, doch schon bald ließ er Kartoffeln und Fleisch in seiner Rocktasche verschwinden und schob den Rest zu Hänschen unter den Tisch. Nur ein zweites und ein drittes Glas Bier trank er in gierigen

Zügen. Dann ließ er sich ein Licht geben und wankte aufs Zimmer. Im Bett wickelte er seinen Reiserock zu einer Rolle und legte sie sich unter den Kopf. Aufmerksam beobachtete Hänschen vom Fußende aus die ungewohnten Nachtvorbereitungen, tappte auf seinen Beinen hoch und rollte sich auf seinem Schoß zusammen.

Hebbel streichelte ihn. „Seit siebzehn Tagen sind wir unterwegs, siebzehn Tagen, in denen ich dir viel zu viel zugemutet habe. Wie kann ein so kleiner, zarter Hund das Tempo eines erwachsenen Mannes mitgehen? Für jeden meiner Schritte brauchst du zehn, und auf wunden Pfoten. Wenn ich daran denke ... Aber nun haben wir es fast geschafft. Morgen noch ein letzter schwerer Gang, sechseinhalb Meilen ..., ich verspreche, dass wir lange Pausen einlegen, ich hab ja selbst Angst vor der Strecke.

Übermorgen aber sind es nur vier Meilen, für uns ein besserer Spaziergang, Hänschen, und am nächsten Tag wieder nur vier. Und dann erwartet uns Elise in Harburg, und wir fahren alle zusammen mit dem Dampfschiff nach Hamburg. In einem geheizten Zimmer werde ich an meinem Drama arbeiten, du schläfst auf meinem Schoß oder springst auf den Tisch und klopfst mit dem Schwanz und setzt dich auf die frisch beschriebenen Papierbögen."

Hänschen war eingeschlafen, Hebbel unterdrückte ein Husten und löschte das Licht. Er fröstelte und schwitzte. Szenen seines Dramas gingen ihm durch den Kopf. In der belagerten Stadt klagt eine Mutter über ihr verdurstendes Kind. Im Jammer ist sie zu Boden gesunken, doch auf einmal erhebt sie sich, beugt sich zu ihm und betrachtet es wie ein saftiges Stück Fleisch.

Er hörte Holofernes, von Judiths Anblick verzaubert in ihre Betrachtung versunken. Ists einem nicht, solange man sie anschaut, als ob man ein köstliches Bad nähme? Elend sind die Blinden! Ich schwöre, ich will nie wieder jemanden blenden lassen.

Er sah Judith mit aufgelöstem Haar aus Holofernes' Zelt stürzen und sich selbst bezichtigen. Holofernes sei tot, aber wenn ein Stein ihn zerschmettert hätte, wäre ihr Volk dem Stein mehr Dank schuldig als ihr. Dank? Wer will den? Ich muss meine Tat allein tragen, und sie zermalmt mich! Endlich, ihre Stimme. Morgen würde er die Stücke zu einem Ganzen schmieden, morgen Abend schon die Geschichte der beiden im Kopf haben. Sollte er sein Drama „Judith und Holofernes nennen"? Aber das Wort „Holofernes" besaß keinen Klang, und Judith war es, die ihn geleitet hatte.

Er fiel in einen unruhigen Schlaf, träumte Worte und Sätze und wiederholte sie im Traum so lange, bis sie ihren Sinn verloren. Wenn er dann aufschreckte, konnte er sich an nichts mehr erinnern. Sein Kopf tat weh. Draußen rauschte der Regen. Sechseinhalb Meilen bis Soltau, dachte er.

Kapitel 18

Lautes Klopfen an der Tür und eine Stimme weckten ihn. „Es ist gleich sieben."

Zum ersten Mal hatte er verschlafen. Eilig zwängte er sich in die Stiefel, tauchte seine Hände in die Waschschüssel, fuhr sich durchs Gesicht und war marschbereit. Hänschen gähnte, streckte sich und sprang steifbeinig vom Bett.

Der nächtliche Regen hatte die Wege in eine Schlammwüste verwandelt, die Luft war von Feuchtigkeit geschwängert. Selbst das Brot, das er bei einem Bauern kaufte, war von dieser Feuchtigkeit durchdrungen. Er fühlte sich matt und schwindlig und ging mit schleppendem Schritt. Der aus den Feldern aufsteigende Dunst schien sich in seinem Kopf einzunisten. Erst nach einer ganzen Weile raffte er sich auf, sein Drama voranzutreiben. Es fiel ihm schwer, seine Gedanken zu ordnen. Judith war in das feindliche Heerlager geraten, sie verliebte sich in Holofernes, nach der Liebesnacht erkannte sie ihren Verrat, und sie tötete den Geliebten.

Eine einfache Geschichte. Doch irgendetwas stimmte nicht an ihr. Hatte er den biblischen Stoff nicht schon einmal verworfen, weil er einen Mord aus Pflicht – und sei es eine von Gott auferlegte Pflicht – nicht gutgeheißen hatte? Hatte er es sich gestern zu leicht gemacht? War er zum zweiten Mal in die gleiche Falle getappt? Mit weichen Knien setzte er sich auf einen nassen Baumstumpf, atmete schwer. Hänschen bettelte um sein Frühstück, Hebbel gab ihm das Stück Fleisch aus seiner Rocktasche, aß selbst vom klebrigen Brot, ohne etwas zu schmecken. Das Kauen und Schlucken tat ihm weh.

Gestern hatte er doch gewusst, dass Judiths Schicksal keine einfache Lösung für sie bereithielt. Bevor Grisams unselige Frage ihn in die Irre führte, hatte er einen anderen Schluss für sie vorgesehen. Warum hatte er sich keine Notizen gemacht? Einmal der Müdigkeit nachgegeben, einmal träge gewesen, einmal dem Glück vertraut ... Hatte er sein Drama verloren? Warum konnte er sich nicht erinnern?

Aber er, der zur eigenen Pein weit zurückliegende Gespräche, die er geführt oder auch nur mit angehört hatte, Wort für Wort auswendig wusste, der jedes Gedicht nach einmaligem Lesen aufsagen konnte, der in der Lage war, lange Romanpassagen zu zitieren – ihn ließ sein Gedächtnis im Stich.

„In meinem Kopf ist alles sicher aufbewahrt", über diesen Satz vom vergangenen Tag kam er nicht hinaus. Er lachte über das „Sicher", bis sein Lachen in ein bellendes Husten überging. Er war krank, anders war seine Gedächtnisschwäche nicht zu erklären. Mit hängenden Schultern machte er sich wieder auf den Weg.

Nein, so kurz vor dem Ziel gebe ich nicht auf, dachte er, ich hatte die Lösung doch schon. Da waren Kirchenglocken, die mich aus den Gedanken rissen, und Hänschen hatte Hunger. Was habe ich in jenem Augenblick gedacht, und wie bin ich darauf gekommen? Ich muss den Weg von gestern Schritt für Schritt zurück. Ich war erleichtert, allein zu sein, weil ..., weil das Gerede des Kleinen mich gestört hat. Aber warum? Was ist so wichtig gewesen, dass ich ihn anschrie, er solle abhauen? Es ist, als ob der Regen heute Nacht alles weggewaschen hat, nur Rauschen.

Ein Fuhrwerk, hoch mit Torf beladen, hat mich beinahe überfahren, jede Speiche des verdammten Rades, das mich mit Dreck bespritzt hat, könnte ich zeichnen, aber was habe ich in jenem Augenblick gedacht? Es hing mit dem anderen Handwerksburschen zusammen, mit seinem Namen. Wenn mir der einfallen würde ... Ein hochgewachsener Mann, genau meine Größe, das schwarz glänzende Haar zu einem losen Zopf gebunden, mit einer Handharfe auf dem Rücken. Ein Südländer vielleicht, der einen seltenen Namen trug, und den ich deshalb vergessen habe? Er sah aus wie ein Bänkelsänger oder ein Zigeuner.

Dass ich selbst einmal vorgehabt habe, als fahrender Sänger nach Griechenland zu wandern, um mich dem griechischen Freiheitskampf anzuschließen. Wie lang ist das her? Ich war Schreiber in Wesselburen und wollte fort. Wenn mein Freund Peter Struve nicht in letzter Minute einen Rückzieher gemacht hätte, wer weiß ..., ohne Begleitung habe ich mich nicht getraut. Schade eigentlich, ich habe eine gute Stimme. Juri und ich, wir wären ein gutes Paar, er dunkel, ich hell, und er begleitet mich auf seiner Harfe. Ein Jammer, dass ich ihn damals noch nicht kannte. Krischan und Juri ..., da habe ich seinen Namen. Doch was hat er mir gestern gesagt? Warum kann und kann ich mich nicht erinnern? Der Weg zurück scheint wie mit Brettern zugenagelt, an denen ich mich stoße. Meine Stirn ist wund, es hat alles keinen Sinn ...

Und wenn ich mich vom Klang seines Namens leiten lasse? Juri, das weiche J, ein Buchstabe, der von selbst schwingt wie eine Harfensaite im Wind, dann das U, rätselhaft und geheimnisvoll, mein Lieblingsvokal, obwohl ich vor ihm erschauere. Ju, eine tiefere Silbe lässt sich nicht denken. Ich sollte einmal ein Gedicht machen nur aus Klang.

Das R stört. Da gehört ein anderer Buchstabe hin. In einem Wort, das mit Ju beginnt, darf kein R stehen. Jedenfalls nicht, wenn ich es ausspreche. Es gibt ein weiches, rollendes R, fast wie ein D, ich habe es in München oft gehört, und im Spanischen, sagt man, haben R und D sogar den gleichen Klang. Juri, mit südlichem R, ja, das geht. Nur das I drängt sich zu sehr auf, ein langes I im Auslaut zerstört mit seiner spitzen Helligkeit jede Harmonie. Wenn es nicht von Konsonanten ummantelt wird, ist es wie ein Dorn, an dem man sich sticht. Man müsste die Silben umstellen, Riju, das könnte sein richtiger Name sein.

Doch der Kleine hat ihn Juri genannt. Hat er deshalb geschwiegen und mich nur angeschaut? Seine Augen waren dunkel, sehr dunkel, fast schwarz. Ich kenne diese Augen, sie sehen in mich hinein, dorthin, wo es dunkel und verworren ist. Aber Juris Stimme hatte einen warmen Klang, ich kann mir seine Singstimme vorstellen, auch wenn er nur einen Halbsatz gesagt hat. „Es gibt Frauen, die nach einer solchen Demütigung lieber sterben würden oder ..."

Ich hatte den Klang seines Namens im Ohr und wusste sofort, dass es sich um Judith handelte. Dass Holofernes ihr Gewalt angetan hat, und sie, als wolle sie sich selbst vernichten, zum Schwert greift. „Danke Juri. Lass dich umarmen."

Im Gehen sah er sich um, eine seltsame Seenlandschaft umgab ihn. Der nächtliche Regen hatte den Schnee zum Schmelzen gebracht, Wiesen und Felder standen unter Wasser, der Straßengraben hatte sich in einen Bach verwandelt, der an einigen Stellen über seine Ufer trat und die Straße überschwemmte. Hänschen watete bis zum Bauch im Wasser, sein Fell war ein Knäuel schmutzig brauner Strähnen.

„Bei der nächsten Kneipe machen wir Rast", sagte Hebbel, als Häns-

chen wieder sicheren Boden unter den Pfoten hatte.
„Du schläfst eine Stunde, und ich wärme mich auf und schreibe an meinem Drama. Ob sich meine Schrift verändert hat? Wir brauchen uns nicht zu beeilen, wir kommen heute so weit, wie wir kommen. Es hat keinen Sinn, unser Ziel mit Gewalt erreichen zu wollen. Wenn ich bis Hamburg aufs Essen verzichte, können wir uns eine zusätzliche Übernachtung leisten. Ein paar Tage Hungern macht mir nichts aus, im Gegenteil, ich habe dann die besten Ideen und brauche kaum Schlaf. Warum habe ich nicht früher daran gedacht? Ich hätte gestern Abend nichts essen sollen. Morgens ein Schluck Wasser, mittags Kaffee und ein Stück Brot, und ich dichte wie im Rausch."

In der Gaststube in Bergen lärmte eine Gruppe junger Burschen, die einen der ihren aus dem Junggesellenstand verabschiedeten. Sie luden ihn ein, mit ihnen zu feiern.

Er müsse sich schonen, entschuldigte er sich, er habe noch einen weiten Weg vor sich und sei erkältet. Kaum hatte er das gesagt, fühlte er ein Pochen in den Schläfen und Schweiß auf der Stirn. Er setzte sich in eine ruhigere Ecke, ließ Hänschen warme Suppe und sich einen Kaffee bringen.

Mit heißem Kopf brachte er den wiedergefundenen Schluss seines Dramas zu Papier. Als er durchlas, was dort in wackeligen Buchstaben geschrieben stand, durchfuhr ihn ein furchtbarer Schreck. Es war genau die Geschichte, die er am Tag zuvor verworfen hatte. Wie viel dramatischer war es, wenn Judith nicht den Vergewaltiger, sondern ihren Geliebten tötete. Gestern hatte er dies schon gewusst, heute war er im Nebel herumgetappt, war im Kreis gegangen, hatte sich umsonst gequält. Kam jetzt die Flut, ihn zu holen? Eine Weile saß er wie gelähmt da und sah mit leerem Blick den ausgelassenen, jungen Männern zu. Hänschen leckte sich, anstatt zu schlafen, Schmutz aus dem Fell.

In ihm regte sich Widerstand. Ich bin weiter als gestern, dachte er, gestern habe ich zwei verschiedene Versionen nacheinander abgehandelt und dabei die erste aus den Augen verloren, heute sehe ich beide zur gleichen Zeit. Wenn es nur möglich wäre, sie zusammenzuzwingen. Doch wie soll das gehen? Die Rache einer gedemütigten Frau und ein Mord aus Pflichtgefühl sind unvereinbare Dinge. Aber so schnell gebe ich nicht auf. Ich fange noch einmal an, ganz von vorn, Schritt für Schritt, die Bibel als Stütze. Ich muss fort, auch wenn es mir weh tut, Hänschen aufzuscheuchen. Wenn er nicht mehr kann, werde ich ihn tragen, aber ich muss weiter. Im Sitzen brüte ich bloß vor mich, nur im Gehen lässt sich denken ..., schade, dass ich nicht im Gehen schreiben kann.

Wenig später war er auf der Straße und rekapitulierte die biblische Geschichte. Holofernes zog mit einem gewaltigen Heer durchs Land und verbreitete Angst und Schrecken. Alle Völker unterwarfen sich ihm bis auf die kleine Bergfestung Bethulia. Holofernes erfährt, dass die Israeliten sich für unbesiegbar halten, solange sie ihrem allmächtigen Gott vertrauen, und er beschließt, sie und ihren Glauben zu vernichten. – Das alles interessiert nicht, dachte er, das ist Schreibtischarbeit in Hamburg. Ich darf mich nicht verstricken. Holofernes schließt die Stadt ein, Hunger und Durst herrschen in ihr, den Belagerten sinkt der Mut. Das lässt sich schildern, da habe ich bereits Szenen im Kopf. Weiter! Die Bethulier fordern ihren Stadtobersten auf, die Festung zu übergeben. Der verspricht, es zu tun, wenn nicht innerhalb von fünf Tagen Rettung kommt. Judith tritt auf. Endlich. Eine gottesfürchtige, schöne Witwe ... Mir wäre lieber, wenn sie noch unberührt wäre, dann wäre das Schicksal, das ihr bevorsteht, unerträglich, und ihre Tat ... Muss ich mich an die Bibel halten? Das löse ich am Schreibtisch. Weiter.

Judith wirft den Bethuliern Feigheit und Kleinmut vor und fasst den kühnen Plan, Holofernes zu betören und in einer schwachen Minute zu töten. Ob sie dafür bereit ist, bis zum Äußersten zu gehen? Darüber schweigt die Bibel sich aus. Meine Judith wird wissen, auf was und auf wen sie sich einlässt. Holofernes liebt die Frauen, aber nicht anders als Essen und Trinken. Der Weg ihrer Tat wird durch die Sünde gehen, doch was heißt Sünde? Soll sie ihren Leib mehr lieben als Gott? Ich sehe sie vor den Spiegel treten. Holofernes, dieses alles ist dein, ich habe keinen Teil mehr daran. Ich hab mich in mein Innerstes zusammengezogen. Nimms, aber zittere, wenn du es hast; ich werde in einer Stunde, wo dus nicht denkst, aus mir herausfahren, wie ein Schwert aus der Scheide, und mich mit deinem Leben bezahlt machen!

Weiter. Mit ihrer Magd Mirza verlässt Judith die Stadt. Hast du den Mut, mich zu begleiten? Und Mirza: Ich hätte noch weniger Mut, dich allein ziehen zu lassen.

Warum muss ich jetzt an Rousseau denken? Weiter. Ich darf mich nicht verlaufen. Judiths Schönheit erregt Aufsehen. Man bringt sie zu Holofernes. Wie bin ich begierig, ihre erste Begegnung zu schildern. Sie sind überwältigt vom Anblick des anderen, wie soll es sonst gewesen sein? Holofernes spricht es aus. Fürchte dich nicht Judith, du gefällst mir, wie mir noch keine gefiel.

Judith behauptet, dass sie gekommen sei, ihr Volk zu verraten, weil Gott es ihr so gebot, um die Israeliten zu strafen. Sie bittet Holofernes um fünf Tage Geduld, dann werde sie ihn bis nach Jerusalem führen. Er glaubt ihr. Mit einem Feind in Gestalt einer schönen Frau rechnet er nicht, ihre Kraft zur Verstellung ist ihm fremd. Es waren ja diese Verschlagenheit und die Kaltblütigkeit, mit der die biblische Judith ihren Plan ausführt, die mich gegen sie aufgebracht haben. Auch meine Heldin bleibt bei ihrem Plan, aber in ihrem Inneren erwachen ihre Sinne. Er ist ein Mann!

Noch ahnt sie nicht, was mit ihr geschieht. Noch ist sie mit sich im Reinen, noch meint sie, im Auftrag Gottes zu handeln. Soll ich ihr Träume schicken, wirre Träume, die ihr Schicksal vorausdeuten, ohne dass sie es begreift?

Und was empfindet Holofernes? Was hält er von Judith und ihrem Gott? Er kennt nur wechselnde Götter und Götzen, die mit blutigen Opfern gnädig gestimmt werden. Sinnt er darauf, den unsichtbaren Gott aus ihrem Herzen zu vertreiben? Am fünften Tag lädt er sie ein, er will über sie und ihren Gott triumphieren. Sie soll vor mir vergehen durch ihr eigenes Gefühl, durch die Treulosigkeit ihrer Sinne!

Sie sitzen beieinander, sie trinken, er küsst sie. Sie bleibt kalt, ihr Plan scheint aufzugehen. Doch sie ist nicht kalt. Ihre Kraft zur Verstellung ist aufgebraucht, Hass bricht aus ihr heraus, oder ist es in Wahrheit ein anderes Gefühl? Eines, von dem sie nichts weiß, von dem sie nichts wissen will, aufgestaut bis zum Überlaufen? Spring auf mein Herz! Halte nichts mehr zurück. Ich muss es dir sagen, Holofernes, wie ich dich hasse, wie ich dich verfluche, wenn ich nicht wahnsinnig werden soll! Nun töte mich!

Wie stark sie ist in ihrer Selbstentblößung. Eine einzige großmütige Geste des Feindes würde sie jetzt bezwingen. Aber ich darf ihr nichts ersparen, ich muss sie in ihr Schicksal hineintreiben, alles so schlimm wie möglich machen.

Dich töten? Morgen vielleicht; heute wollen wir erst miteinander zu Bett gehen. Holofernes hat mit ruhiger, überheblicher Stimme gesprochen. Ihr wird es bei dieser Antwort leicht ums Herz, einen rücksichtslosen Mann darf sie töten, jetzt ist sie wieder kalt und denkt an ihren Plan. Ich muss mir an dieser Stelle eine Szene einfallen lassen, die Holofernes in einem anderen Licht zeigt. Etwas, das Judiths innere Unruhe vergrößert, das die Flammen in ihr auflodern lässt. Was könnte es gewesen sein? Was bringt ihr Begehren ans Licht? – Ich darf nicht stehen bleiben, das findet sich in Hamburg.

Sie zweifelt an sich. In ihrer Not bittet sie Gott, sie davor zu bewahren, den Mann, den sie verabscheut, begehren zu müssen. Ihre Gefühle, die Gefühle einer leidenschaftlichen Frau lassen sich nicht länger unterdrücken, sie versteht sich selbst nicht mehr, ihre Empfindungen und Gedanken fliegen durcheinander wie dürre Blätter. Sie kann nicht mehr beten, Holofernes hat sich zwischen sie und ihren Gott gedrängt. Da unternimmt sie einen letzten Versuch, sich und ihn zu retten. Sie gesteht die Wahrheit. Lerne das Weib achten. Ich stehe vor dir, um dich zu ermorden! Und ich sage es dir ins Gesicht!

Holofernes lacht. Ihr Stolz und ihre Gegenwehr machen sie für ihn noch begehrenswerter. Er glaubt sich am Ziel. Mit Gewalt schleppt er sie zu seinem Lager. Wie soll ich mir ausmalen, was nun geschieht? Und lässt es sich schildern? Ihr Sträuben, ihr vergebliches Flehen um Schonung, und im Augenblick ihrer Erniedrigung das Erwachen ihrer Sinne, die wie betrunkene Sklaven, die ihren Herrn nicht mehr kennen, gegen sie aufstehen. Sie gerät in einen Strudel widerstreitender Gefühle. Lust, Scham, Demütigung und Gewalt wechseln einander ab, ihr ist, als würde sie in einer endlosen Spirale in schwarze Wasser hinabgezogen. Ihr Bewusstsein will sie verlassen, sie ist nur noch ein Krampf, da blinkt ihr was Glänzendes ins Auge. Es ist sein Schwert. An dieses Schwert klammern sich ihre schwindenden Sinne.

Und Holofernes? Schläft nach der Vergewaltigung ein und lächelt im Schlaf. Was fühlt sie, wenn sie ihn lächeln sieht? Ist sie ein Wurm, den er zertreten, und als ob nichts geschehen wäre, ruhig einschlafen darf? Sie kennt sein Höllenlächeln, so lächelte er, als er sie zu sich niederzog. Nun entehrt er sie im Traum ein zweites Mal. Sie darf nicht zögern, denn wenn seine hungrige Begierde ihn weckt, wird er sie abermals ... Und da greift sie zum Schwert.

Hebbel blieb stehen, nahm den Hut ab und wischte sich den Schweiß von der Stirn. Da erst bemerkte er, dass es regnete. Es war ein sanfter Regen, der schon eine ganze Weile angedauert haben musste, Rock und Hosen waren durchnässt, und auch Hänschen bot einen traurigen Anblick. Das Fell klebte an ihm wie ein Lappen aus unversponnener Wolle, seine Ohren hingen herab. Als er sich zu ihm beugte und ihn streichelte, bekam er weiche Knie. Schwankend richtete er sich wieder auf. Ich kann nicht weiter, dachte er, und ich muss mir Notizen machen, ich muss mich ausruhen, ich muss weiter. In seinem Kopf war ein einziger Gedankenwirbel, er sehnte sich nach einem warmen Zimmer, aber er war noch nicht am Ziel.

„Du bekommst die restlichen Kartoffeln, Hänschen. Wir ruhen uns einen Moment aus, dann geht es nach Soltau. So furchtbar weit kann es nicht mehr sein. Und nasser als jetzt können wir nicht mehr werden."

Nach einer kurzen Pause drängte es ihn, weiterzugehen. Judith also greift zum Schwert und schlägt Holofernes den Kopf ab, nahm er den Faden wieder auf. Das ist der Augenblick, zu dem mich das kleine Tafelbild geführt hat, „Judith mit dem Haupt des Holofernes". Der Blick ihrer dunklen, mandelförmigen Augen geht durch mich hindurch, ich bin nur ein Spiegel für diese Augen, die nach innen sehen, dorthin, wo die Dinge dunkel und verworren sind. Es scheint das Bildnis eines Engels oder einer mittelalterlichen Madonna zu sein, nur dass an ihrer Brust kein Jesuskind liegt. Ihre rechte Hand hält das Schwert, ihre linke hat den Kopf des Holofernes bei den Haaren gepackt, aus dem Ströme von Blut fließen. Nun weiß ich, wie es möglich ist, dass eine so engelgleiche Erscheinung eine so grauenhafte Bluttat begeht.

Für einen kurzen Moment werde ich sie in dem glücklichen Wahn lassen, dass sie vom Elend ihres Volkes zu ihrer Tat bewegt worden ist, dass sie der Gedanke an verdurstende Mütter und verschmachtende Kinder angetrieben hat. Sie atmet auf, glaubt sich mit ihrem Schicksal versöhnt. Dann aber bricht die schreckliche Wahrheit in ihr durch, ich darf es ihr nicht ersparen. Nichts trieb mich, als der Gedanke an mich selbst. Ich muss meine Tat allein tragen und sie zermalmt mich. Unmöglich, dass sie mit diesem Wissen weiterleben kann. Sie wird sich selbst ins Schwert stürzen oder das schlafende Lager wecken und ihren Mord herausschreien, damit die Feinde sie zerreißen. Schon läuft sie los ...

„Gibt es denn niemanden, der sie aufhält?" Er erschrak über den Klang seiner Stimme.

Wo ist Mirza? Ich habe sie aus den Augen verloren, als sie mit Judith die Stadt verließ. Darum muss ich mich in Hamburg kümmern. Jetzt jedenfalls ist sie da, sie hat alles mit angesehen. Sie hält Judith fest. Dann zerreißen sie auch mich. Mirza hat keine Angst um ihr eigenes Leben, sie will Judiths Leben retten, und sie weiß, dass ihre Freundin sie nicht opfern wird.

Die Rückkehr der beiden nach Bethulia, den Jubel der Israeliten, die Flucht des feindlichen Heeres, das mach ich in Hamburg. Eine Menge Arbeit wartet auf mich. Wie aber endet meine Geschichte? Undenkbar, dass Judith es ertragen könnte, von Holofernes ein Kind zu bekommen. Wie muss sie vor dieser Möglichkeit erstarren. Wünscht sie sich als Lohn für ihre Tat den Tod? Betet zu Gott, dass mein Schoß unfruchtbar ist. Vielleicht ist er mir gnädig.

Er rang nach Luft. Es stach es in seiner Brust. Er fühlte sich wie ausgeleert und so schwach auf den Beinen, dass er sich am Straßenrand in den Schlamm setzte, den Kopf in die Hände gestützt. Hänschen kroch unter seinen Rock. Lange saßen sie so im sanft fallenden Regen. Es wurde dunkel.

Ein klappriges Fuhrwerk näherte sich und hielt an. „Heh! Was machen Sie da?"
Er rührte sich nicht. Warum ließ man ihn nicht in Ruhe?
„Ich fahr nach Soltau. Soll ich Sie mitnehmen?"
„Soltau ...", sagte er zu Hänschen, „wollten wir da nicht hin?" Schwankend stand er auf.
„Sind Sie krank?", fragte der Fuhrmann.
„Nur ein bisschen kurzatmig und nass."
„Ihr Hund scheint auch kurzatmig und nass zu sein. „Na, denn steigen Sie mal hinten auf. Ich fahr heute leer nach Soltau."

Auf dem ratternden Karren schlief er ein, schreckte hoch, als ihn jemand an der Schulter berührte, und wusste nicht, wo er war. Er fühlte sich wie zerschlagen, aber die Handlung seines Dramas stand ihm sofort mit großer Klarheit vor Augen, es war, als habe sich sein Geist vom Körper abgetrennt.

„Ich setz Sie hier beim Gasthof ab, wenns Recht ist", sagte der Fuhrmann, „die haben reelle Preise."

Er fand sich wieder zurecht und bedankte sich überschwänglich.
„Nichts für ungut, ich hätte Sie ja schlecht im Dreck liegen lassen können."
Ihm stiegen Tränen in die Augen.
„Ich fahr denn mal wieder ... Sehn Sie zu, dass Sie was Warmes in den Bauch kriegen."

Trotz seiner vor Schmutz starrenden Kleider wurde er aufgenommen. In seinem Zimmer brannte ein Feuer im Ofen. Er hängte den Rock über die Ofenstange, säuberte sich notdürftig und suchte im Ranzen nach trockenen Sachen. Doch der Regen hatte alles durchnässt, selbst das Tagebuch war nass geworden. Der Pappdeckel hatte sich verzogen, die Seiten wellten sich und klebten aneinander. Er fächerte sie vorsichtig auf und riss aus der Mitte des Heftes vier halbwegs trockene Seiten heraus. Dann legte er das Heft aufgeschlagen in die Nähe des Ofens.

In der Gaststube bestellte er für Hänschen eine Schale Milch. „Trink", sagte er, als der Hund an der Schale schnupperte und sich abwandte, „auch wenn es dir nicht so gut schmeckt wie Bouillon. Du musst zu Kräften kommen, und Milch ist nahrhaft." Müde schlappte Hänschen die Milch aus.

Endlich konnte er die ersten Sätze zu Papier bringen, das Schicksal seiner Heldin lag vor ihm ausgebreitet wie morgens die Landkarte, die er jeden Tag zu Rate zog. Mühelos überblickte er den Konflikt, in den seine Heldin geraten sollte. Der Stift flog über den Bogen, er musste sich bremsen, sich nicht in einzelnen Sätzen und Szenen zu verlieren, so deutlich stand ihm alles vor Augen.

Hänschen, der nicht wie sonst an den warmen Ofen gekrochen war, um sich zu putzen, sondern sich auf seinen Stiefeln zusammengerollt hatte, gab einen klagenden Laut von sich, kam mühsam auf die Beine, krümmte sich und erbrach die Mich. In flockigen Stücken würgte er sie aus sich heraus.

„Oh je", sagte der Kellner, „hat der Hund von der sauren Milch getrunken?"

Als Hebbel hochfuhr, stellte der Kellner ihm hastig seinen Teller auf den Tisch und lief davon. Wieder krümmte sich Hänschen, ein Zittern lief durch seinen Körper, dann krampfte er und erbrach sich erneut. Ein Schwall schmutzig-weißer Flüssigkeit ergoss sich über den Boden.

„Wer macht die Schweinerei jetzt weg? Kellner!", rief der Gast vom Nachbartisch. Hebbel nahm Hänschen auf den Arm, der Hund stöhnte leise.

„Kellner!", rief der Gast vom Nachbartisch. Aus der Küche drangen laute Stimmen. Der Küchenjunge erschien mit Lappen und Eimer und wischte das Erbrochene weg. „Gestern hab ich selbst noch von der Milch getrunken, und Hunde vertragen eine Menge ..., die haben doch einen guten Magen, und da hab ich gedacht ..."

„Ich trage ihn aufs Zimmer", sagte Hebbel schwach, von dem sauren Geruch aus Hänschens Maul war ihm übel geworden. „Bring mir das Papier, mein Essen und eine Kerze hinauf. Und frisches Wasser, und ein Stück altes Brot. Vielleicht kann er das bei sich behalten."

Der Küchenjunge nickte, „wenn der Hund das Zimmer beschmutzt, mach ich morgen früh sauber."

Hänschen ging es schlecht. Er stöhnte bei jedem Atemzug, verweigerte das Fressen und nahm nur widerwillig ein paar Schlucke Wasser, die er bald darauf wieder erbrach. Vorsichtig legte Hebbel ihn aufs Bett, streichelte ihn und redete ihm gut zu. Hänschen stöhnte und hob so mühsam seinen Kopf, als sei er zu schwer für ihn geworden, seine braunen Augen hatten jeden Glanz verloren. Dann ließ er den Kopf sinken und schlief ein. Auch im Schlaf stöhnte er weiter.

Hebbel nahm Papier und Stift, doch der Schwung, mit dem er in der Gaststube geschrieben hatte, war dahin. Nun schrieb die Angst um Hänschen mit. Wenn sein Stöhnen einmal aussetzte, ließ er den Stift sinken und beobachtete, ob das sich Fell über den Flanken noch hob und senkte.

Statt der fliegenden Sätze kamen kurze Stichworte aufs Papier, es war schwere Arbeit, sie zu notieren. Immer wieder wischte er sich Schweiß von der Stirn, wagte aber nicht, das Fenster zu öffnen. Nach dreieinhalb Seiten war er ans Ende seines Dramas gekommen und so müde, dass er sich zum ersten Mal mit schmutzigen Stiefeln ins Bett legte. In der Dunkelheit hörte er Hänschen stöhnen und würgen. So ging es die ganze Nacht. Immer wenn Hänschens Magen revoltierte, wurde er aus dem Schlaf gerissen. Erst als es hell wurde, schlief er für eine Stunde ein.

Kapitel 19

Am Morgen blieb Hänschen auf dem Bett liegen, und als Hebbel ihm die Reste des Abendessens anbot, schnupperte er nur kurz daran und drehte den Kopf zur Seite. Wie sollte er die sechs, sieben Stunden bis Welle überstehen, wenn er nichts fraß? Die Strecke, die Hebbel vor zwei Tagen noch als Spaziergang bezeichnet hatte, schien sich nun in eine fast unüberwindbare Entfernung zu verwandeln. Er konnte nur hoffen, dass Hänschen sich im Laufe des Tages erholte. Auch er selbst fühlte sich nach der schlaflosen Nacht wie gerädert, der Spiegel im Zimmer zeigte ihn mit Furchen im Gesicht, die Augen tief in den Höhlen und fiebrig rot. Doch in der Innentasche seines Rockes knisterten dreieinhalb eng beschriebene Seiten. Ich komme nicht mit leeren Händen nach Hamburg, dachte er, sollen sie über mich reden, was sie wollen, ich bringe ein Drama mit. Ich bin kein armer Teufel, kein Hungerleider ... Morgen schon bin ich in Harburg und übermorgen sitze ich an meiner „Judith". Es ist kaum zu glauben, ich habe es geschafft. Wenn Hänschen nur wieder fressen würde ...

Feuchtigkeit hing in der Luft, manchmal fiel ein feiner, warmer Nieselregen, dann wieder hellte das Grau des Himmels auf und versprach ein paar Sonnenstrahlen. Es hätte eine schnelle und leichte Etappe werden können, nun aber bestimmte Hänschens Krankheit das Tempo. Er bot einen jämmerlichen Anblick, sein Fell war über Nacht struppig geworden, seine Flanken eingefallen, und er humpelte stärker als je zuvor. Mit hängenden Ohren und gesenktem Kopf, den Schwanz zwischen die Hinterläufe geklemmt, quälte er sich voran. An jeder Pfütze blieb er stehen, schlappte Wasser, würgte und erbrach es ein paar Meter weiter. Bei der ersten Gelegenheit machte Hebbel Rast. Wie hatte Hänschen jeden Tag ums Frühstück gebettelt, wie hatte er mit dem Schwanz gewedelt und seinen Platz auf seinem Schoß gefordert, wie hatte er immer peinlich genau darauf geachtet, sein Fell sauber zu halten. Jetzt lag er im Schlamm, ließ sich nicht ermuntern, etwas zu fressen, hob nur ab und zu den Kopf und sah ihn aus stumpfen Augen an. Hinter vorgehaltener Hand kaute Hebbel sein Brot. Er hatte Hänschen überredet, die saure Milch zu trinken, er war schuld, und jetzt aß er seinem kranken Hund etwas vor. Eine Kutsche näherte sich, er sprang auf und winkte. Ohne auf sein Winken zu achten, ratterte die Kutsche davon, lange sah er ihr nach. Ich hätte auch das Geld nicht gehabt, die Fahrt zu bezahlen, dachte er dabei, und wer weiß, ob Hänschen das Geschaukel bekommen wäre. Wir müssen zu Fuß weiter. Langsam laufen kann er ja noch.

In kurzen Abständen legte er nun Pausen ein, doch nach jeder Pause schien es Hänschen schlechter zu gehen. Immer mühsamer rappelte er sich wieder hoch, immer häufiger knickte er ein, bevor er in seinen steifen Humpelgang verfiel. Hebbel wusste, dass der Hund sich nur noch ihm zuliebe weiterschleppte. Gegen Mittag verlor Hänschen die Orientierung, irrte von der linken auf die rechte Straßenseite und lief, ohne auf Rufe zu achten, eine Strecke zurück. Als er ihn einfing, fiepte und keuchte er und leckte ihm die Hand, als wolle er sich entschuldigen. Er trug ihn zu einem großen Bauernhaus abseits der Straße. Am dreiflügeligen Hoftor stand, eine Pfeife paffend, der Bauer und sah einem Knecht zu, der Pferdemist über den Hof karrte. Der Bauer trug eine Messingbrille, die ihm weit über die Nase gerutscht war, und machte ein Gesicht, als sei er mit sich und der Welt zufrieden und halte den lieben Gott für einen guten Mann. Hebbel fragte, ob er für seinen Hund eine Bouillon bekommen könne, er habe sich den Magen verdorben. Der Bauer warf einen kurzen Blick auf Hänschen, schob mit dem kleinen Finger seine Brille nach oben und nickte. „Lassen Sie sich in der Küche eine Fleischbrühe geben. Und am besten gleich noch den Ochsen dazu, das Viech hat ja nichts auf den Rippen."

Die Magd wärmte eine fette Brühe auf. Hänschen probierte sie erst, nachdem Hebbel ihm gut zugeredet hatte. Doch nach wenigen Augenblicken erbrach er, was er gerade getrunken hatte.

„Das Hundchen weiß nicht, was gut ist. Kriegt die beste Brühe und macht mir die Küche schmutzig."
Er drückte der Magd ein paar Pfennige in die Hand und ging. Hänschen schlich hinter ihm her.
„Hat es ihm geschmeckt?", fragte der Bauer, der noch immer paffend am Hoftor stand.
„Er kann nichts bei sich behalten. Sie verstehen doch etwas von Tie-

ren. Wird er durchkommen?"
Der Bauer zog bedächtig an seiner Pfeife, blies den Rauch aus, schob mit dem kleinen Finger seine Messingbrille nach oben. „Ich glaube nicht. Er hat ja nichts zuzusetzen. Wo wollen Sie denn mit ihm hin?"
„Nach Welle und morgen nach Harburg."
„Das schafft er nicht, der krepiert Ihnen unterwegs. Sie täten gut daran, ihn hier zu lassen. Dann würde ich mir die Sache heute ansehen, und morgen, wenn es nicht besser wird, schlag ich ihn tot."
Hebbel gab keine Antwort und verließ den Hof. Er konnte die Tränen nicht zurückhalten, nahm Hänschen auf den Arm und bedeckte ihn, so gut es ging mit seinem Rock. „In Hamburg gibt es jeden Tag Fleisch und Knochen, so viel du willst, die du vergraben und vergessen kannst, weil es am nächsten Tag neue gibt ..., und süßes Franzbrot, das wird dir schmecken ..., und keine langen Märsche mehr, höchstens einen Spaziergang durch den Park wie in München. Wenn du nur wieder frisst."

Hänschen fiepte kaum hörbar, schlaff wie ein lebloses Ding hing er im Arm. Den nächsten Entgegenkommenden fragte Hebbel, wie weit es noch bis Welle sei.

„Ungefähr zwei Meilen."
Er zweifelte, ob seine Kräfte ausreichten, Hänschen so weit zu tragen. In der nächsten Kneipe kehrte er ein und legte seinen Hund an den Ofen, doch als habe er Angst, allein zu sein, kroch Hänschen zu ihm an den Tisch und ließ sich mit einem Seufzer auf seine Stiefel fallen.
„Das arme Viech bekommt nichts", fragte die Wirtin, die den Kaffee brachte.
„Er hat gestern saure Milch getrunken. Seitdem mag er nichts mehr."
„Saufen muss er, sonst trocknet er aus, und dann ist es ganz schnell vorbei mit ihm. Das ist wie bei kleinen Kindern."
„Er erbricht alles sofort wieder."
„Saufen muss er, er hat ja schon ganz eingefallene Flanken. Ich bring Ihnen Wasser."

Hänschen rührte den Wassernapf nicht an. Hebbel sah zu, wie die Milchschlieren in seinen Kaffee sich auflösten, er mochte nicht trinken. Schließlich nahm er Hänschen auf den Schoß und bot ihm aus seiner hohlen Hand Wasser an. Hänschen schlappte die Hand leer, das Würgen und Erbrechen blieb aus. Nach und nach leerte er so die Hundeschüssel, und Hänschen trank aus seinen Händen. Dann fiel er, als habe ihn das Trinken zu Tode erschöpft, in sich zusammen und schlief ein. Sein Atem schien ruhiger geworden zu sein, gleichmäßig hoben und senkten sich seine Flanken, er stöhnte nur noch manchmal. Hebbel wagte nicht, ihn zu stören, trank den lauwarmen Kaffee und dachte an sein Drama. Er hätte die dreieinhalb Seiten leicht aus seinem Rock ziehen können, aber er empfand eine seltsame Scheu, das gestern Geschriebene zu lesen. Ohne seine Notizen zu Hilfe zu nehmen ging er Judiths Geschichte noch einmal durch und stellte fest, dass er sich in ihr wie auf vertrautem Gelände bewegte.

Ich habe die Einzelheiten ja auch schon lange gewusst, dachte er, weiß man erst einmal die Lösung, scheint alles ganz einfach. Im Gehen hat sich alles zusammengefügt. In Welle werde ich noch ein paar Verbesserungen vornehmen, wenn nur Hänschen bis dahin durchhält. Hoffentlich erholt er sich jetzt im Schlaf, hoffentlich wird er gesund ...

Nach zwei weiteren Stunden auf der Landstraße – Hänschen, der ein wenig trockenes Brot gefressen hatte, musste über weite Strecken getragen werden – erreichte er die Poststation in Welle. Er war am Ende seiner Kräfte, fieberte und war fast taub vor Müdigkeit. Kurz angebunden beantwortete er die Fragen des Wirtes nach seiner Wanderung, nach seinen Erlebnissen und nach Hänschens Befinden. Schlafen und Essen und Schlafen, dachte er. Warum lässt man mich nicht in Ruhe?

Er könne noch am Abend das Ziel seiner Reise erreichen, sagte der Wirt, pünktlich um halb zehn fahre die Post ab, genau eine Stunde später treffe sie in Harburg ein, und auf dem Brief-Felleisen sei ein Platz frei.

Er winkte ab, er vertrage das Fahren auf dem Karren nicht. Die Nacht, die er auf einem Felleisen verbracht habe, zähle zu den schlimmsten Erinnerungen seiner Reise.

Er habe nur behilflich sein wollen, sagte der Wirt. Der Hund mache auf ihn nicht den Eindruck, es bis Harburg zu schaffen. Ob er vorhabe, ihn am nächsten Tag vier Meilen zu tragen?

Hebbel geriet ins Schwanken. „Dauert die Fahrt wirklich nur eine Stunde?“

„Spätestens um elf schlummern Sie selig in Ihrem Bett. Ich gebe Ihnen mein Wort darauf."
„Eine Stunde werde ich dann wohl aushalten, es ist ja jetzt auch viel wärmer als vor zwei Wochen ..., könnte ich mein Essen mitnehmen und bis zur Abfahrt ein paar Stunden schlafen?"
„Ich packe Ihnen etwas ein. Legen Sie sich in die Kammer des Fuhrmanns."

Nachdem er Hänschen mit trockenem Brot gefüttert hatte, fiel er aufs Bett und sank in einen unruhigen Schlaf. Als er drei Stunden später geweckt wurde, fühlte er sich einer Ohnmacht nahe. Nur die Aussicht, in Harburg ausschlafen zu können, gab ihm die Kraft, das Bett zu verlassen.

Beim Aufsteigen auf den winzigen Sitz des Karrens stand ihm auf einmal die Fahrt von Coburg nach Hildburghausen so deutlich vor Augen, dass er am liebsten wieder abgestiegen wäre. Schon bei dem Gedanken an das Schleudern und Schwanken, das ihn erwartete, krampfte sich sein Magen zusammen.

„Halten Sie sich gut fest", sagte der Postjunge, „das letzte Mal ist mir einer runtergefallen, und ich darf unterwegs nicht anhalten; wenn ich die festgelegten Zeiten überschreite, wird mein Lohn gekürzt."

Hebbel nickte ergeben. Er wisse, dass eine Fahrt auf dem Karren die Hölle sei.

Der Junge lachte, so schlimm werde es nicht werden.

Solange er nicht mit erfrierenden Händen durch einen Frostnacht gejagt werde, wolle er alles aushalten, sagte er. Doch schon nach den ersten Metern wurde ihm klar, dass er sich überschätzt hatte. Das Pferd lief einen schnellen, harten Trab, die Stöße fuhren ihm direkt in den Magen. Wie auf der ersten Fahrt erbrach er sich unter Krämpfen, und mittlerweile war er so geschwächt, dass er sich nicht auf dem Bock halten konnte, seine Hände versagten ihm den Dienst. „Hilfe", sagte er leise. Die Angst herunterzufallen und mit zerschlagenen Knochen liegen zu bleiben, weckte letzte Kräfte. Er klammerte sich am Bock fest, zählte Sekunden und Minuten und sagte sich, unterbrochen von Würgen und Erbrechen, Gedichte auf. Das war keine Prüfung, das war das Ende.

Mit einem Ruck hielt der Karren hielt an. Der Postjunge sprang vom

Pferd. Hebbel war nach vorn geschleudert worden und hing schräg über der Deichsel.

„Harburg?“, stöhnte er.
„Poststation Buchholz. Bis Harburg ist es noch eine gute halbe Stunde.“
„Ich kann nicht mehr.“ Während er sich vergewisserte, dass er nichts gebrochen hatte, sich dann Speichel und Galle vom Rock wischte und die Handschuhe, so gut es ging, im Gras säuberte, wurde das Wägelchen in aller Eile neu beladen. Der Junge turnte auf den Sitz und knallte mit der Peitsche, das Pferd trabte an. In wenigen Augenblicken hatte die Dunkelheit sie verschluckt. Mit schwankenden Schritten ging Hebbel zum Gasthaus und klopfte ans Tor. Der Wirt verzog die Nase.
„Ich habe kein Zimmer frei.“
„Aber ich muss schlafen.“
„Wie gesagt ...“
„Ich würde mit einer Holzbank in der Gaststube vorlieb nehmen.“ Übelkeit übermannte ihn, er hielt sich am Türrahmen fest, würgte und spuckte lange Gallefäden.
Angeekelt schüttelte der Wirt den Kopf.
„Auch ein Heulager im Stall wäre mir recht.“
„Versuchen Sie es in der Fuhrmannskneipe unten an der Landstraße. Dort ist man auf Ihresgleichen eingestellt.“ Damit schlug der Wirt die Tür zu.
Wie vor den Kopf geschlagen stand er da. Er hörte das Knirschen eines schweren Riegels. Der Gedanke, im Freien übernachten zu müssen, jagte ihm Angst ein. „Wo ist diese Kneipe?“, rief er durch die Tür.
„Die Landstraße runter.“

Er konnte sich nicht daran erinnern, auf dem Karren die Lichter einer Kneipe gesehen zu haben, also musste er wohl in Richtung Harburg gehen. „Weit kann es nicht sein“, tröstete er Hänschen, der sich nur mit Mühe auf den Beinen hielt. „In einer halben Stunde liegen wir im Bett, und vorher gibt es Essen. Vielleicht kannst du schon wieder ein Stück Fleisch vertragen.“

Wolken zogen über den Nachthimmel, hier und da blinkte ein Stern, die Landstraße lag im Mondschein vor ihm wie ein gewundenes Band, das sich in der Nacht verlor. Nirgends war der Lichtschimmer einer Kneipe zu sehen, also musste sie hinter der nächsten Wegbiegung liegen. Er hatte das Gefühl, durch Wasser zu laufen, bei jedem Schritt spürte er den Widerstand. Es kostete Kraft und er kam nicht voran. Nach der nächsten Kurve sank sein Mut, schnurgerade führte das dunkle Band in eine nicht enden wollende Finsternis hinein. Er hatte die falsche Richtung eingeschlagen. Hänschen fiepte und wollte getragen werden. Hebbel nahm ihn auf den Arm und drehte um. Das Wasser reichte ihm jetzt bis über die Knie. Er ging und ging, das Wasser stieg, längst hätte er wieder an der Poststation vorbeigekommen sein müssen. Hatte er sich verirrt? Würde er im Freien übernachten müssen? Der Gedanke hatte seinen Schrecken verloren. Nun erschien es ihm als das allergrößte Glück, sich auf den weichen Waldboden zu legen und in den Morgen hineinzuschlafen, anstatt sich mit dem schweren Ranzen auf dem Rücken und Hänschen auf dem Arm durch immer tieferes Wasser zu quälen. Er gab nach und tastete sich in den Wald.

Hänschen vertrug sein Fressen und rollte sich auf seinem Schoß zusammen, seufzte und schlief ein. Es war ein Geschenk, das regelmäßige Heben und Senken seiner Flanken zu spüren. Hebbel lehnte an einen glatten Baumstamm und sah durch die kahlen Äste in den sternenübersäten Himmel, der Mond hatte einen schmalen Hof. Das versprach gutes Wetter für die Nacht, es würde trocken bleiben. Endlich durfte er die Sorge um Hänschen ein Stück beiseite tun, endlich die Beine ausstrecken, endlich ausruhen, endlich schlafen und schlafen ... Das Schicksal meinte es trotz allem gut mit ihm. Dankbar kostete er das Gefühl noch einen Moment lang aus, dann schloss er die Augen. Aber der Schlaf wollte nicht kommen, sein Rücken schmerzte, die vom Tragriemen wund gescheuerten Stellen brannten, und in seinen Schläfen pochte das Fieber.

Überscharf hörte er die Nachtgeräusche. Vor ihm raschelte es in den Blättern, eine Maus piepste, irgendwo aus der Höhe kam ein Knarren und Glucksen, im Unterholz knickte ein Zweig, Steinchen klickerten, dann war es still, bis der Ruf eines Waldkauzes und in der Ferne das Bellen eines Rehbocks zu vernehmen waren. Der Ranzen, auf dem er saß, war inzwischen so tief in die Erde eingesunken, dass die Nässe des Waldbodens an ihm hochkroch. Ein klarer Himmel bedeutete Frost. Würden Hänschen und er der Kälte standhalten? Wieder bellte das Reh, und nun kam es ihm so vor, als ob es das Bellen eines Hundes gewesen wäre. Er lauschte. Wieder rief das Käuzchen sein Kuwitt,

Kuwitt, wieder bellte es, und nun war er sich sicher, dass er einen Hund hörte. Wenn es kein Streuner war, musste es einen Bauernhof in der Nähe geben. Sollte er sich auf die Suche machen? Es tat ihm leid, Hänschen zu wecken. Und wenn er das Gehöft verfehlte und so lange im Wald umherirrte, bis er vor Erschöpfung zusammenbrach, würde er in den kalten Morgenstunden mit Sicherheit erfrieren. War es da nicht klüger, sitzen zu bleiben und sich wach zu halten?

„Kuwitt, Kuwitt, Kuwitt", rief es.
Komm mit, komm mit, komm mit, der Ruf des Totenvogels. Er sprang auf, Hänschen fiel unsanft von seinem Schoß.
„Wir müssen los", sagte Hebbel laut. Er nahm sich vor, so lange in die Richtung zu gehen, aus der das Bellen gekommen war, bis er den Hof gefunden hatte, und wenn er ihn nicht finden sollte, wollte er nicht enttäuscht sein, sondern weitergehen. Im Gehen konnte man nicht erfrieren. Er stolperte durch den Wald, Hänschen im Arm. Nach einer Weile, die ihm unendlich lang vorkam, öffnete sich das Waldstück und ging in eine feuchte Wiese über, an deren Ende sich eine große, dunkle Masse erhob. Ein Hofhund schlug an und riss an seiner Kette, Hänschen krächzte eine Antwort, der Hofhund tobte. Im Haus ging ein Licht an. Hebbel konnte sein Glück kaum fassen.

„Aus! Kusch!", kommandierte eine Männerstimme. Das Bellen erstarb.
„Wer ist da?"
Er ging an das Haus heran, „ein Wanderer, der sich verirrt hat."
„Hier hast du nichts zu suchen."
„Ich brauche ein Bett für die Nacht."
„Mach, dass du weiterkommst!"
Ich bin in Not, wollte er sagen, „ich zahle gut", sagte er.
„Wir haben keinen Platz für Landstreicher." Aus dem Hausflur war ein Tuscheln zu hören. „Wenn er Geld hat ..., in der Rumpelkammer ..." Er wartete.
„Fünf Kreuzer, auch für die nächtliche Ruhestörung. Es ist ja gleich elf."
Ungläubig schüttelte er den Kopf. Wie konnte es erst elf Uhr sein?
„Wollen Sie handeln?", fragte der Bauer barsch.
„Nein. Nein! Ich bin einverstanden." Fünf Kreuzer waren alles, was er noch besaß.
In der Kammer, die ihm die Bäuerin anwies, nachdem sie das Geld nachgezählt hatte, roch es nach Verwesung und süßlich nach Mäu-

sedreck. An der Schmalseite stand ein mit allerlei Gerätschaften zugestelltes Bett.
„Sie machen es sich selbst bequem“, sagte die Bäuerin.

Als er die Kammertür schloss, bemerkte er, dass der Riegel gebrochen war, auch gab es keinen Tisch, um die Tür zu verrammeln. Er warf das Gerümpel vom Bett und fiel auf den dünnen Strohsack, der als Unterlage diente. Frech und kalt schien der Mond zu ihm herein, es gab keine Fensterläden. Die Schauergeschichte der alten Meta, in der der einsame Wanderer seinen eigenen Tod heraufbeschworen hatte, kam ihm in den Sinn. Die Ölfunzel blakte, Meta zog ihren roten Schal tief ins Gesicht. „Er ist nie wieder aus dem Schuppen herausgekommen.“

Glaubten die Bauersleute, er wäre ein reicher Mann, weil er die große Summe anstandslos bezahlt hatte? Zwei Meilen vor Hamburg, wenige Stunden vor seinem Ziel, und nun in Gefahr, ausgeraubt und ermordet zu werden. Was für ein großartiger Witz das war. „Und stell dir vor, sie werden gar nichts finden“, sagte er zu Hänschen und lachte bis ihm die Rippen weh taten und der Schmerz ihn wieder zu sich brachte. Er musste schlafen, wenn er nicht wahnsinnig werden wollte. Die Bauersleute würden es nicht wagen, ihn zu überfallen, sie konnten sich leicht ausrechnen, dass sein Hund ihn rechtzeitig warnen würde.

Im Haus knackte und arbeitete es, ein Wischen und leises Trappeln kam vom Dachboden, irgendwo wuselte ein kleines Nagetier umher, doch lauter als diese vertrauten Geräusche war das gurgelnde Rasseln in seiner Brust. Er horchte in sich hinein. Bei jedem Atemzug klang es, als würden winzig kleine, feuchte Metallkugeln aneinanderklicken. Doch er war zu müde, um zu erschrecken. In Hamburg gehe ich zu Dr. Assing und lasse mich kurieren, dachte er, und morgen schon bin ich in Harburg, nur noch zwei lächerliche Meilen ..., es wird alles gut ...

Kapitel 20

Durch die zerschlissenen Stiefel hindurch spürte er Hänschens warmen Körper. Er hätte ewig so vor sich hindämmern mögen, wenn nicht der Hunger gewesen wäre und das feuchte Rasseln in seiner Brust. Mit einem Ruck setzte er sich auf. Im Morgenlicht wurde das wahre Ausmaß der Verwahrlosung sichtbar, die in der Kammer herrschte. Auf der zerbrochene Windfege, deren Teile er gestern aus dem Bett geworfen hatte, lag eine schmierige Schicht, altes Laub, schadhafte Töpfe und Krüge, Bretter und Holzstücke, aus denen Nägel hervorstachen, und die Reste eines Flachsbrechers bedeckten den Boden; an der Wand lehnte ein unförmiges, nasses Bündel, daneben der Griff einer Getreidesense, das Sensenblatt fehlte. Fast alles war von einer dicken Staubschicht überzogen, und die zahlreichen Spinnweben aus dem letzten Jahr hatten diesen Staub eingefangen und hingen wie fein gewebte Tücher in allen Ecken und Winkeln.

Wie reich muss der Hof sein, dachte er, wenn die Leute es nicht nötig haben, ihre Dinge in Stand zu setzen. Vorsichtig, um nicht auf einen Nagel zu treten, stieg er aus dem Bett und sah sich nach seinem Ranzen um. Einen Herzschlag lang fürchtete er, er sei in der Nacht bestohlen worden, dann erkannte er den Ranzen in dem nassen Bündel an der Wand. Er nahm ihn auf den Rücken, trug Hänschen über die gefährlichen Holztrümmer und ging den Küchengeräuschen nach. Der Magd fiel beinahe der Kessel aus der Hand, als sie ihn erblickte.

„Bitte erschrecken Sie nicht. Ich habe mich gestern Nacht verirrt und in der kleinen Kammer geschlafen."
„Man hat Sie hereingelassen?"
„Ich habe gut dafür bezahlt."
„Aber ich darf Ihnen ohne Erlaubnis nichts geben. Und die Bauersleute schlafen noch."
„Ich möchte bloß meine Wasserflasche auffüllen und wissen, wie ich auf die Landstraße nach Harburg komme."

Die Magd erklärte es ihm, und während sie miteinander sprachen, fasste sie Vertrauen und bot ihm zu trinken an. „Es ist nur Kornkaffee, aber so haben Sie etwas Warmes im Bauch. Ich gieße Ihnen ein paar Tropfen Milch hinein, wenn Sie mögen. Sie sehen aus, als ob Sie es nötig hätten. Bis Harburg sind es noch gut drei Stunden."

Das heiße Getränk belebte ihn, Hänschen bekam Wasser und einen Brotkanten, und mit dem stärkenden Bewusstsein, noch vor Mittag das Ziel seiner Reise erreicht zu haben, verließ er das Gehöft. Der schmale Hof um den Mond hatte getrogen, der Himmel war bedeckt, dunkle Wolken zogen auf und verhießen Regen und Wind. Und obwohl Hänschen erbärmlich humpelte, obwohl das Rasseln in seiner Brust sich verstärkte und Fieber in seinen Schläfen pochte, blieb er zuversichtlich. In seiner Rocktasche steckte der Entwurf für ein Drama, dreieinhalb eng beschriebene Seiten, sie waren es wert, sich zu quälen.

Was ihm Sorge bereitete, war sein Äußeres. Nun würde er mit verwittertem Hut, zerschlissenem Rock, durchgelaufenen Schuhen und einem derben Wanderstock in der Faust in Hamburg einziehen, auf dem Rücken ein schmutziges Bündel, für das sich jeder Landstreicher geschämt hätte. Wenn er bloß nicht gleich Wilhelm Hocker in die Arme lief, der an der Anlegestelle der Dampfschiffe aus Harburg wohnte. Was, wenn Hocker, der für seine spitze Zunge bekannt war, am Ufer stand und mit runden Augen seine Ankunft bestaunte? Er würde nichts Besseres zu tun haben, als fleißig zu vermelden, dass Hebbel, der stolze Friedrich Hebbel, der vor drei Jahren die Stadt verlassen hatte, um in Heidelberg Jura zu studieren und als Dichter berühmt zu werden, und der damals allen herablassend mitgeteilt hatte, er werde reich an Erfahrungen und Erfolgen zurückkehren – dass dieser Friedrich Hebbel heimgekehrt war wie ein Gespenst seiner selbst. Hocker würde sich in peinlichen Einzelheiten ergehen, ja, er würde der Wirkung seiner Schilderung zuliebe sein Elend übertreiben, ihm Krätze ins Gesicht zeichnen, Löcher in die Hosen reißen und einen Rock aus schmutzigen Flicken überhängen.

Er krümmte sich bei dem Gedanken, dass auch Hockers Eltern dann auf diese Weise von seinem jämmerlichen Einzug erfahren würden. Sie gehörten zu jenem Kreis von Leuten, bei denen er als Schüler auf Betreiben von Amalie Schoppe einen Freitisch bekommen hatte. Die

Erinnerung an die Nachmittage, an denen er sich bei dem Weinhändler Hocker zum Essen einfinden musste, trieb ihm zusätzlich Hitze ins Gesicht. Die Eltern von Wilhelm Hocker hatten es verstanden, ihm jeden Bissen zu vergällen.

„Lang nur tüchtig zu, du weißt ja, was Hunger ist“, forderte Frau Hocker ihn auf, „die Reste packe ich dir ein, damit du auch heute Abend etwas in den Magen bekommst.“

„So gut wie Sie hätten es manche gern“, sagte Herr Hocker, „zweiundzwanzig Jahre alt und keine anderen Verpflichtungen als ein bisschen Latein lernen. Wilhelm“, und er nickte über den Tisch seinem Sohn zu, „mein Wilhelm hat genau Ihr Alter und arbeitet schon seit sieben Jahren im Geschäft mit.“ Wilhelm lächelte schmal. Wenn Hebbel vor Verlegenheit und Ärger nichts mehr herunterbrachte, wurde er gefragt, ob es ihm nicht schmecke oder er aus Wesselburen anderes gewohnt sei. Und als er es wagte, Amalie Schoppe zu sagen, dass er sich bei Familie Hocker nicht wohl fühle, hieß sie ihn überempfindlich und undankbar und wollte nichts davon wissen, ihm einen anderen Freitisch zu besorgen.

Mit Wilhelm, der im väterlichen Weinausschank arbeitete und sich nebenbei als satirischer Dichter versuchte, hatte ihn eine Zwangsfreundschaft verbunden. Sie kühlte vollends ab, nachdem er sein Urteil über die satirischen Gedichte abgegeben hatte. Nun würde er Wilhelm Hocker ein prächtiges Thema liefern für eines seiner in ganz Hamburg ebenso belachten wie gefürchteten Spottgedichte.

Aber er war kein Hungerleider, kein armer Teufel ..., er brachte ein Drama mit. Er klopfte auf die Brusttasche seines Rockes, das Papier raschelte. Da überfiel ihn eine so unbezwingbare Gier, die dreieinhalb Seiten zu lesen, dass er, ohne auf den Schmutz zu achten, sich an den schlammigen Straßenrand setzte. Hänschen hielt die Frühstückszeit für gekommen und bettelte um Futter. Hebbel kratzte klebrige Brotreste von den nassen Sachen, die in seinem Ranzen zusammenklumpten. Er selbst begnügte sich damit, einen Schluck Wasser zu trinken, dann zog er den Entwurf aus der Tasche. Die Bleistiftschrift auf den feucht gewordenen Seiten war verwischt, aber lesbar. In wenigen Minuten überflog er den Text und ließ die Blätter sinken. Es war Judiths Geschichte, genau wie er sie in Erinnerung behalten hatte, doch in dürren Worten, ohne jeden Schwung. Was dort geschrieben stand, wirkte blutleer wie eine Wachspuppe. Warum hatte dieses Frauenschicksal ihn so in Atem gehalten und ihn in den letzten Tagen auf Schritt und Tritt verfolgt? Er versuchte das Bild, mit dem alles angefangen hatte, vor seinen Augen wiedererstehen zu lassen, „Judith mit dem Kopf des Holofernes." Eine junge Frau mit mandelförmigen Augen, einem Schwert in ihrer Rechten und einem abgeschlagenen Kopf in ihrer Linken. Es blieb irgendein Bild, ein kleines Tafelbild mit einem Motiv, an dem sich unzählige Maler versucht hatten, keine Beunruhigung ging von ihm aus. Er hatte mit diesem Bild nichts zu schaffen. War er seinem Fieber zum Opfer gefallen, war seine Aufregung, seine Begeisterung, ja, Besessenheit das Ergebnis einer Krankheit, die sein Denken verwirrt hatte? Hatte das Fieber ihn in einen Rausch versetzt, aus dem er nun erwachte? Wie gut er diese Ernüchterung kannte, wie oft war er in Heidelberg und später in München nach einer Zechtour mit Kopfweh erwacht und hatte das in der Nacht Geschriebene nach flüchtigem Lesen beschämt zerrissen. Was, wenn auch sein Dramenstoff einem kritischen Tagesblick nicht standhielt? Von diesem Stoff hing sein Ich ab, war jener ein Irrtum, so war er selbst einer. Hatte er sich am Tag zuvor deshalb vor dem Lesen gescheut, weil er dieses Misslingen geahnt hatte und zu feige gewesen war, der Wahrheit ins Gesicht zu sehen? In seinen Schläfen pochte es, und eine so große Mattigkeit ergriff ihn, dass er fürchtete, nie wieder auf die Beine zu kommen. Da durchfuhr ihn eine irre Hoffnung. Wenn er zu schwach war, aufzustehen, wie sollte er dann die Kraft besitzen, einen Dramenstoff zu beurteilen? Wenn er sich erholt hatte, würde er seinen Entwurf mit anderen Augen lesen, Begeisterung und Erregung, ohne die er nicht schaffen konnte, würden zurückkehren. Er musste nur gesund werden. Alles war ganz einfach.

Aber bedeutete sein Gedanke im Umkehrschluss nicht auch, dass er Hamburg auf keinen Fall erreichen durfte, dass er liegen bleiben musste, um zu beweisen, dass sein Drama etwas taugte? Warum also sich nach Harburg schleppen, wenn er damit zugab, dass sein Leben ein Irrtum war? Musste er auf der Landstraße krepieren, musste sein Drama ungeschrieben bleiben als Beweis dafür, dass es etwas taugte? Musste er nicht aufstehen und nach Harburg gehen? Aber wenn er überlebte, würde sein Drama keinen Wert haben. Er keuchte vor Anstrengung.

Es war der Regen, der ihn schließlich zu der Erkenntnis brachte, dass er im Sitzen nicht beurteilen durfte, was ihm im Gehen eingefallen war. Böiger Wind peitschte ihm die Nässe fast waagerecht ins Gesicht und unter den Rock, unter dem Hänschen Schutz gesucht hatte. Er zitterte vor Kälte, einen Augenblick lang kämpfte er mit der Versuchung, seinen Ranzen mit einem Tritt in den Straßengraben zu befördern. Was sollte er sich die letzten Stunden mit einem nassen Sack abplagen, für den er sich schämte? Nur das schlechte Gewissen Elise gegenüber hielt ihn davon ab, es zu tun. Sie hatte ihm die Hemden, Unterwäsche und Strümpfe, die im Ranzen vor sich hinmoderten, nach München geschickt. Unmöglich, ihr nach der Begrüßung zu gestehen, dass er die Sachen, die sie genäht und sich vom Mund abgespart hatte, auf den letzten Metern weggeworfen habe.

Mit Hilfe des Stocks stand er auf, zog den Hut tief ins Gesicht und machte erste kleine Schritte. Das Gehen tat ihm gut, er hatte das Gefühl, sich im Gehen vom Sitzen zu erholen, doch die Angst, sein Drama könne sich als untauglich herausstellen, begleitete ihn weiter. Wenn er mit leeren Händen nach Hamburg kam, würden ihn alle verachten. Er sah sich über den Jungfernstieg schleichen, neugierige, mitleidige, abschätzige Blicke treffen ihn, Straßenjungen zupfen an seinem Rock, und wenn er stolpert und fällt, johlen sie im Chor:

Bringt dat Swien no'n Swienmarkt han,
ho, ho, ho.

Im Kaffeehaus an der Alster wird er von ehemaligen Freunden erkannt, sie wenden sich ab, um sich und ihm die Peinlichkeit zu ersparen. Da rappelt er sich auf und geht mit gesenktem Kopf an ihnen vorbei. Er ist auf dem Weg zu Amalie Schoppe, sie wird ihm Vorhaltungen machen, dass er kein neues Werk vorzuweisen hat und sich einem neuen Schützling zuwenden. Aber sein Kopf ist leer, ihm fällt schon lange nichts mehr ein ... Ein ausgemergelter Hund humpelt an seiner Seite und fiept vor Schwäche, weil er nicht mehr weiter kann ...

Hänschen fiepte, stolperte und blieb mitten auf der Straße liegen, beim Versuch aufzustehen, knickten seine Vorderläufe ein. Sofort war Hebbel bei ihm und nahm ihn hoch. Er schwankte unter der zusätzlichen Last und musste sich schwer auf seinen Stock stützen. Hänschen hob kurz den Kopf, das Vertrauen, das in seinem Blick lag, tat ihm weh. Ohne den leisesten Vorwurf würde er mir ins Verderben folgen, dachte er, und wer weiß, ob er es nicht bereits getan hat? Er ist am Ende seiner Kräfte. Nicht die saure Milch ist schuld, ich war es, der ihn drei Wochen lang zu Tode geschunden hat.

„Der Hund krepiert Ihnen. Er hat ja nichts mehr zuzusetzen." Wie Recht der Bauer gehabt hatte.

Ich werde ihn nach Harburg tragen und den elenden Ranzen zurücklassen. Was sind ein paar stinkende Hemden gegen Hänschens Leben? Elise wird verstehen und verzeihen. Hat sie nicht immer alles verstanden, immer alles verziehen? Wenn alle seine Hamburger Bekannten ihn fallen ließen, Elise Lensing würde sich weiter zu ihm bekennen, ihn bei sich aufnehmen und unterstützen, so unerschütterlich war ihr Glaube an ihn, so vorbehaltlos ihre Liebe. In wenigen Stunden würde er die treue Freundin in seine Arme schließen. Warum nur konnte er sich nicht darauf freuen?

Von Beginn an hat unserer Verbindung etwas Schiefes angehaftet, dachte er. Amalie Schoppe hatte mich vor ihr gewarnt. „Ich weiß Sie sehr ungern mit diesem Fräulein Lensing unter einem Dach. Ihr Ruf ist nicht der allerbeste, Sie verstehen, was ich meine ... Und für eine älter werdende Frau ist ein glutvoller, junger Dichter eine ebenso begehrte wie leichte Beute. Lassen Sie sich nicht auf Vertraulichkeiten ein." Amalie Schoppe rückte nah an ihn heran, „kommen Sie zu mir, wenn Sie etwas auf dem Herzen haben."

Kein Wunder also, dass er vor dem ersten Zusammentreffen mit der Stieftochter seines Vermieters voller Vorurteile gegen sie gewesen war. Doch dann klopfte es nachmittags an der Tür und auf sein „Herein", betrat eine schlanke, noch junge Frau in einem blassblauen Kleid das Zimmer, ging mit sicheren Schritten auf ihn zu und reichte ihm ihre kühle Hand.

„Ich bin Elise Lensing." Ihre Stimme klang hell und klar, ganz anders, als er sie sich vorgestellt hatte. Vor Verblüffung versäumte er es, ihr seinen Namen zu nennen. Doch sie ließ keine Verlegenheit aufkommen. „Ich kann mir wahrscheinlich kaum vorstellen, Herr Hebbel, was gerade alles auf sie einstürmt. Wenn ich Ihnen behilflich sein darf ..., in praktischen Dingen hat eine Frau ja oft eine leichtere Hand."
„Danke", mehr wusste er nicht zu sagen.
„Ich bin es, die zu danken hat. Ich habe Ihre Gedichte im „Modeblatt" von Amalie Schoppe gelesen und stehe also in Ihrer Schuld. Ich würde

mich freuen, Sie zur Begrüßung auf eine Tasse Kaffee und ein Franzbrot in meine Kammer einzuladen, wir sind ja jetzt allernächste Nachbarn."

Wie beglückt und zugleich misstrauisch er gewesen war, als aus Freundschaft in wenigen Wochen ein Liebesverhältnis wurde und er gezwungen war, das Haus zu verlassen, weil die Leute redeten. Kindlich stolz, diese weltgewandte und erfahrene Frau erobert zu haben, und zugleich beschämt, so leicht eingefangen worden zu sein. Elise nahm an, dass er noch unberührt und unerfahren in Liebesdingen war. „Du musst nicht erschrecken über deine und meine Heftigkeit. Das ist alles ganz richtig", hatte sie zu ihm gesagt, bevor er sie umarmte. Und er hatte geschwiegen. Soviel er auch von sich erzählt hatte, mit keinem Wort hatte er erwähnt, dass in Wesselburen eine Verlobte auf ihn wartete. Elise wähnte ihn frei, und als wenig später Dorothea in Wesselburen überraschend verstarb, musste auch dies unausgesprochen bleiben.

Warum hatte er nicht den Mut aufgebracht, ein Verhältnis zu beenden, das nach dem ersten Sinnenrausch kein Begehren mehr in ihm auslöste, während sie in ihm aufging. Und nun wartete sie, allen seinen harschen Worten und ihren eigenen Beteuerungen zum Trotz, auf die Rückkehr ihres Liebhabers. Wie sehr würde er sie enttäuschen. Und würde ihre innige geistige Verbindung, die in den Jahren seiner Abwesenheit von Brief zu Brief gewachsen war, körperliche Nähe aushalten?

Elises Güte und Sanftmut mir gegenüber sind ohne Beispiel, dachte er, sie ist mir heilig, aber das Heilige reizt ebenso oft zur Empörung wie es zur Anbetung zwingt. Und ich kann kein anderer werden als ich bin. Er wischte sich Schweiß aus den Augenhöhlen und schluckte, als am Ende der Straße ein Wirtshaus auftauchte, Hänschen wog auf einmal doppelt schwer. Ein Felsstein neben dem Wirtshaus zeigte, dass es noch eine Meile bis Harburg war. Lange stand er vor der Tür, schließlich konnte er Hänschen nicht länger tragen und betrat die Schankstube. Einige Gäste sahen kurz auf, wandten sich dann wieder ihren Getränken zu.

„Darf ich mich an den Ofen setzen", fragte er den Kellner, „mein Hund ist krank und braucht Wärme."
„Nehmen Sie Platz. Was darf ich Ihnen bringen?"

Er sank mit Hänschen auf einen Stuhl, ließ den Ranzen zu Boden gleiten und lehnte seinen Wanderstock an den Tisch.
Was er ihm bringen dürfe, fragte der Kellner geduldig.
Er wolle bloß ein Weilchen ausruhen.
Ohne etwas zu verzehren, dürfe er nicht bleiben.
Er habe kein Geld.
Ein paar Pfennige für eine Suppe oder einen Kaffee würden sich immer noch anfinden.
Er besitze keinen Pfennig mehr, sagte er. Die Hitze, die der Ofen ausstrahlte, prickelte auf seiner Haut.
Eine Gaststube sei kein Ort für Bettler, die andere Gäste verschreckten. Er habe seine Anweisungen.
„Ich sehe niemanden, den ich verschreckt habe. Außerdem ist es Unrecht, einen Menschen nach seinem Äußeren zu beurteilen. Und woher wollen Sie wissen, ob ich nicht in Wirklichkeit ein verkappter Königssohn bin?“
„Was?“
„Oder sind Sie es, der in Wirklichkeit ein Königssohn ist?“
„Ich?“
„Und eines Tages, werden sie sich zu erkennen geben, und der Wirt wird Sie um Vergebung bitten für all die unsinnigen Anweisungen, die dreckige Arbeit und den geringen Lohn, den er Ihnen gezahlt hat. Und er wird Sie anflehen, in Ihrem Palast als Diener arbeiten zu dürfen.“
„Donnerwetter! Das wäre was!“
„Würden Sie ihm verzeihen?“
„Ich weiß nicht ...“
„Seien Sie großmütig wie ein wahrer König. Sie haben doch ein gutes Herz. Und ich will bloß ein Weilchen ausruhen.“
„Was?“ Der Kellner schlug sich an die Stirn, „meinetwegen, bleiben Sie sitzen.“ Kopfschüttelnd entfernte er sich und stellte bald darauf ein Glas Bier auf seinen Tisch. „Damit es nicht so aussieht, als ob Sie nichts bestellt hätten ...“
Er trank das nahrhafte Getränk und spürte seine Kräfte zurückkehren. Dann hielt er Hänschen auf seinem Schoß das Bierglas an die Schnauze, aber der Hund drehte den Kopf weg und dämmerte weiter vor sich hin.

Als sie wieder auf der Straße waren, humpelte Hänschen ein paar Meter, fiel hin und blieb liegen. Er nahm ihn auf den Arm. Eine Meile bis Harburg, dachte er, nur eine einzige Meile noch ..., solange werde ich ihn tragen. Doch er hatte seine Kräfte überschätzt. Immer wieder rang er, auf seinen Stock gestützt, um Luft und musste Hänschen absetzen, der keine Anstalten mehr machte, selbst zu laufen.

Neben der Sorge um seinen Hund kreisten seine Gedanken um die Bittgänge, die ihm in den nächsten Tagen bevorstanden. Selbst wenn er in frischem Hemd und sauberer Hose zu Gutzkow ging, um ihm Artikel für seine Zeitung anzubieten, würde dieser seine Angst riechen und mit einer einzigen Bemerkung über seine zerrissenen Stiefel das Scheingebäude zum Einsturz bringen.

Campe würde sich zu einer Plauderstunde herablassen, aber die Gedichte mit keinem Wort erwähnen, er hatte Zeit. Durfte ein Autor seinem Verleger ins Gesicht sagen, dass er hungerte und fror? Amalie Schoppe würde gute Ratschläge austeilen, ihm eine Stelle als Hauslehrer für Kinder reicher Hamburger Kaufleute empfehlen und Auftragsarbeiten für ihr „Modeblatt" in Aussicht stellen. Und Pastor Schmalz, der Verwalter seines Stipendiums, würde ihn an seinen Abschiedsbrief erinnern, – man müsse in gewissen Dingen den Menschen gewähren lassen und der Zukunft das Urteil über ihn anheimstellen, hatte er nach seinem Weggang aus Hamburg geschrieben. Nun hatte die Zukunft ihr Urteil über ihn gesprochen. Und wie war es ausgefallen?

Wenn alle seine beruflichen Bemühungen fehlschlugen, und es war mehr als wahrscheinlich, dass dies geschah, würde er Freunde und Bekannte um Geld anbetteln müssen. Sie würden ein Weniges geben und hinter seinem Rücken über ihn reden, „Hebbel, der arme Teufel ..."

Wie anders war ihm vor seinem ersten Einzug in Hamburg zu Mute gewesen. Als er aus Wesselburen kam, hatte er Angst gehabt vor all dem Unbekannten, das ihn in der großen Stadt erwartete, nun fürchtete er sich vor den Dingen, von denen er genau wusste, dass sie eintreten würden. War das der Ertrag der letzten vier Jahre? Hatte er gar nichts vorzuweisen?

Im Gehen zählte er seine Erfolge auf, aber während er sie aufzählte, zerbröckelten sie ihm zu Grus: Zwei Universitäten besucht, ohne einen Abschluss zu erzielen, einen Roman geschrieben, der keinen Ver-

leger findet, ein paar Zeitungsartikel, die nicht bezahlt worden sind, einen Band Gedichte, der bei „Hoffmann und Campe" Staub ansetzte, und ein Drama im Kopf, das wohl nichts taugte. Lauter Trümpfe, die nicht stachen. Wieder stützte er sich schwer auf den Stock. In seinen Schläfen rauschte es, er fühlte sich wie betrunken. Mehr als eine halbe Meile kann es nun nicht mehr sein, tröstete er sich. Eine halbe Meile, dann nimmt ein geheiztes Zimmer mich auf, ich strecke mich aus und schlafe und schlafe und schlafe. Eine halbe Meile bis Harburg, wo niemand mich kennt, ich wünschte, ich könnte für immer dableiben. Aber ich darf Elise nicht zumuten, mehr als eine Übernachtung zu bezahlen. Schon morgen muss ich nach Hamburg. Ihm war, als gebe es diese Stadt nur, um ihn zu demütigen, sie hatte aus ihm einen Mann mit hängenden Schultern gemacht. Seufzend nahm er Hänschen wieder auf seinen Arm. Er schwankte unter der Last. Eine alte Frau überholte ihn mit eifrigen Trippelschritten.
„Wie weit ist es noch bis Harburg?", rief er ihr hinterher. Die Alte hielt an und fragte, wohin er mit seinem armen Hundchen wolle.

„Zur Anlegestelle der Dampfschiffe nach Hamburg."

„Über den kleinen Hügel, von dort sieht man schon die Hamburger Kirchturmspitzen. Und dann wieder ein kleines Stückchen hinunter, und Sie haben es geschafft. Mut, junger Mann, es ist nicht mehr weit, und im Gasthof „Zum Weißen Schwan" können sie sich ausruhen." An ihrem Zuspruch erkannte er, was für einen Anblick er bot. Keuchend schleppte er sich die Steigung hinauf, sie schien kein Ende zu nehmen. Sein Herz raste, er hatte nicht gewusst, dass es vor Harburg so steile Berge gab. Wenn er auf seinen Stock gestützt eine Pause einlegte, brodelte es in seiner Brust, und in seinen Schläfen pochte das Fieber. Heiße und kalte Schauer jagten durch seinen Körper. Am höchsten Punkt machte die Straße eine jähe Biegung, und auf einmal lag der Harburger Hafen vor ihm und in der Ferne die große Stadt mit ihren schlanken, abweisenden, lockenden Türmen.
Wenn es nur nicht zu spät ist für Hänschen, dachte er, und wenn ich nur selbst wieder gesund werde. Dann nehme ich es mit allen auf. Ich schreibe mein Drama. Ich darf bloß nicht daran denken, was mit mir geschieht, wenn es misslingt.

***

Hänschen überlebte.

Hebbels Drama „Judith“ wurde im Juli 1840 am Berliner Hoftheater uraufgeführt; im Dezember folgte die Hamburger Erstaufführung.